KB196017

한국추리문학상
황금펜상 수상작품집

2024 · 제18회

한국추리문학상
황금펜상 수상작품집

2024· 제18회

무경

홍선주

장우석

박건우

정해연

김범석

나비클럽

차례

낭패불감, 이러지도 저러지도 못하고

무경

무경

부산에서 태어나 부산에서 살고 있다. 고려대학교 국어교육과를 졸업했다. 좋은 이야기는 세상을 좋은 방향으로 움직이고, 이야기 한 줄에 무한한 가능성이 담겨 있다고 믿는다. 다른 이에게 재미있는 이야기를 전하고 싶어 하며, '작가'라는 호칭 못지않게 '이야기꾼'이라는 말을 듣고 싶어 한다. 《1929년 은일당 사건 기록》 시리즈를 썼으며, 연작 단편집 《마담 흑조는 곤란한 이야기를 청한다: 1928, 부산》을 펴냈다.

1

"그렇게 생각하지 않습니다."

나는 악마에게 말했다.

"분명 사람은 종종 어리석은 잘못을 합니다. 하지만 나중에라도
제 잘못을 깨닫는다면 분명 후회하며 남은 삶을 삽니다."

"그런가요? 그런 거 같지 않던데요."

악마의 대답은 시큰둥했다. 인간의 어리석음을 비웃는 자로서
는 당연한 반응이었다. 노란 안경알 너머로 지루한 기색이 엿보여
다시 내 생각을 설명하려 했다.

그때 내 앞에 잔이 놓였다. 역삼각형 글라스에 담긴 짙고 새카만
액체와 위를 장식하는 악마의 손가락처럼 보이는 검은 이파리들.

칵테일이 노란색 핀 조명을 받아 어둡게 빛났다. 나는 바텐더를 보았다. 하지만 칵테일의 이름을 말한 건 옆자리의 악마였다.

"블랙 마티니입니다. 평소 마시던 것과 다른 술을 맛보고 싶다고 해서 내가 추천했잖아요. 어떻습니까?"

악마가 얼굴을 찌푸린 날 보며 킥, 웃었다.

그럴듯한 이름의 칵테일은 내게는 특이한 향이 거슬리는 쓴 액체일 뿐이었다.

악마는 자기 잔에 든 검은 액체를 홀짝였다. 기포가 부글부글 솟아오르는 모양새까지 지옥을 그럴듯하게 흉내 낸 악마의 칵테일은 모양 빠지게도 잭콕이었다. 코카콜라의 달콤함에 잭다니엘의 향기만 슬쩍 얹은 가벼운 액체. 악마는 흔해빠진 둘을 섞은 것을 맛있게 들이켜고는 입맛을 다셨다.

"인간은 모순으로 가득한 존재입니다. 새로운 걸 좋아하면서도 싫어하거든요. 지금의 당신처럼요."

장광설이 시작될 조짐이었다. 나는 퉁명스레 대꾸했다.

"무슨 말인지 모르겠습니다만."

"인간은 매해 연말 연초에 소원을 빌고 로또 복권을 삽니다. 대박이 나서 새로운 삶을 살길 꿈꾸기 때문이죠. 하지만 정작 인간은 자기가 겪을 일이 새롭지 않았으면 해요. 예상치 못한 일과 맞닥뜨리면 두려워하거든요. 음식과 술에서 아는 맛과 향이 나길 기대하다 보니 특이한 풍미의 술맛에 정색하고 맙니다."

악마의 비웃음이 내 잔을 향했다. 칵테일을 다시 입에 대보았다. 시커먼 액체가 입안을 씁쓸히 감돌며 기묘한 향기를 어지러이 퍼트렸다.

이름이 뭐라고 했지? 블랙 마티니? 블랙 맨해튼?

기억나지 않는다. 술의 이름도. 악마와 언제 어떻게 만났는지, 왜 여기로 온 건지도.

잔을 쥔 손이 떨린다. 난 무척 취했다. 무뎌진 입에도 독한 칵테일이다. 더 마시면 안 된다.

악마가 입꼬리를 올렸다.

"그런데도 인간은 새로운 걸 좋다고만 생각합니다. 왕이나 황제들이 새롭다는 말을 붙여 여러 일을 꾀했던 걸 떠올려봐요. 정작 그건 통치자가 자기 권력을 영원히 지키려는 헛되고 추한 발버둥이었을 뿐이잖아요? 비단 오래된 이야기는 아니지요. 당신도 잘 알 겁니다. 이 나라에도 10월 유신이라는 게 있었잖습니까."

그때였다. 악마가 과장된 소리를 입 밖으로 낸 것은.

"그러고 보니 그즈음에도 재미있는 일을 더러 했었어요. 그때 인간들은 선과 악의 이분법에 눈멀어 있었거든요. 여기 인간들은 남한은 선, 북한은 악이라고 했고, 반대편 인간들은 반대로 외쳤습니다. 다들 이념에 취해서 폭주했어요. 나로서는 맹목적인 질주에 휩쓸린 영혼이 순식간에 타락하는 걸 재미있게 지켜보며 즐기던 시절이었고요."

"이거 보세요. 어떻게 사람이 타락하는 걸 보며 재미있다고 하는 겁니까?"

"재미있고말고요. 옆에서 한두 마디 던질 뿐인데 그걸 들은 인간은 스스로 남을 파멸시키고 자신을 타락시키더란 말입니다. 누가 총에 맞아 죽었을 때 그건 총의 잘못입니까, 그걸 쏜 인간의 잘못입니까?"

궤변이다. 하지만 나는 반박하지 못했다. 취기가 말문을 막고 말았다.

악마가 중얼거렸다.

"그때가 1973년 여름이었지요. 대통령은 유신이라는 이름으로 웅덩이 속 자신의 권력을 무한히 움켜쥐려 들었고, 그가 거느린 자들은 수면 아래 도사린 불온함을 뜰채로 건져내려 애쓰던 그때, 나는 혼탁한 물 아래서 마주친 피라미와 송사리를 목격했습니다. 난 그들을 구경하며 어떤 선택을 할지 고민하다가 자칫 낭패를 볼 뻔했었지요."

"낭패? 선택?"

혀 꼬인 내 말을 들은 악마가 키득거렸다.

"이걸 '악마의 딜레마'라고 이름 지어볼까요? 그게 좀 더 그럴듯하게 들릴 테니."

2

그때를 떠올리면 생각나는 게 있습니다. 컴컴하고 습한 방과 그 안을 가득 채운 미친 더위.

여름에 창 하나 없는 실내에서 일하는 건 고역입니다. 거기가 늘 물기 흥건한 곳이라면 더더욱 그렇죠. 시멘트가 물에 찌든 냄새를 알고 있습니까? 창고의 오래 묵은 먼지 내음이나 고인 물의 비린내와는 다른 아주 기괴한 악취입니다. 쿰쿰한, 아니, 꿉꿉하다는 게 맞을까요? 냄새를 맡는 것만으로도 오장육부가 뒤틀리고 피부가 썩는 기분을 느낄 수 있거든요. 거기에 인간의 오물 냄새까지 주기적으로 섞인다? 악마가 말하기엔 이상한 표현이지만, 지옥이 따로 없지요.

"와, 진짜 김일성 입 냄새도 이렇게는 안 날 거다."

조 경사가 얼굴을 찌푸리며 툭 뱉었습니다. 취조실 문틈으로 스멀스멀 새어나오는 냄새만으로도 투덜거리긴 충분했어요. 왜 하필 김일성 입 냄새냐? 그곳 인간들에게 박힌 생각대로라면 나쁜 건 죄다 공산당 빨갱이 것이었거든요. '공산당'과 '빨갱이'는 당시 '지옥'과 '악마' 대신 쓰이던 용어였어요.

내가 있던 곳은 서울의 한 경찰서였습니다. 정확히는 경찰서 가장 깊은 곳에 자리 잡은 취조실 밖 복도였지요. 벌레나 쥐 따위를 제외하면 그곳에 모이는 건 가장 은밀하고 더럽고 잔인한 일을 가하거나 당하는 자들뿐이었어요.

"아, 죽겠네."

신 경장이 주먹을 몇 번이나 꽉 쥐며 중얼거리던 게 기억납니다. 커다란 체격과 상대를 위압하는 거친 인상에 어울리지 않는 모습이었거든요. 와이셔츠와 바지 차림이 장소와 맞지 않게 단정했던 탓도 있었을 겁니다.

당시 서른 살인 신 경장은 불과 몇 개월 전에 경장 계급장을 달았습니다. 신 경장은 출세에 목을 매고 있었습니다. 그가 이 일에 자원했던 건 어쩔 수 없는 사정이 있었어요. 야망을 갖고 갓 송사리가 된 애송이에게 용의자를 취조해 정보를 캐내라는 명령이 떨어진 상황이었지요.

네? 초보자를 어떻게 그런 일에 투입할 수 있냐고요? 지적하신

대로입니다. 애송이가 바깥세상에서 치열하게 구른 자를 상대했
다간 정보를 캐내기는커녕 오히려 탈탈 털릴 게 분명하지요.

경찰들은 바보가 아니었습니다. 송사리를 힘센 가물치로 키워
내려면 훈련을 시켜야 한다는 걸 잘 알았어요. 애송이 신 경장에
게는 어리바리한 레미콘 공장의 공원이 던져졌습니다. 송사리의
첫 상대는 피라미였던 겁니다.

그래서 송사리… 아니, 신 경장은 인생 첫 취조를 하게 되었습니다.

순경이었을 때 유치장에서 취조실까지 혹은 그 반대로 용의자
를 끌고 가기만 했던 그는 용의자들의 눈과 몸에 점점 힘이 빠져
나가는 걸 봤지요. 왜 그렇게 되는지는 잘 알고 있었고 당연히
그런 일을 제 손으로 하지 않으려 했습니다. 그가 이 일에 자원하
며 억지로 짜낸 용기는 취조실 앞에 다다른 순간 맥없이 꺾이고
말았지요.

경찰도 바보가 아니었기에 당연히 신 경장 혼자 취조하게 놔두
진 않았어요. 취조실 밖에서 나 경위가 지시를 내리면 하 경사가
현장과 나 경위 사이를 오가며 구체적으로 상황을 조율했지요. 현
장에는 베테랑 조 경사가 있었고 그저 힘쓰기를 거들 목적으로 신
경장보다 어린 새파란 경장도 하나 더 투입되어 있었습니다. 하지
만 신 경장의 주도로 취조를 이끌어간다는 건 변함없었어요.

용의자 홀로 취조실에 남겨두고 하 경사가 설명했습니다.

"민영수. 나이는 스물일곱. 레미콘 공장에서 일하며 공부하겠답
시고 야학에 다니다가 거기서 선생인 양 흉내 내던 대학생 년과
밀접하게 접촉했다. 그년은 북한 빨갱이 놈들 지령을 받는 불온
단체에 소속되어서, 다른 공장에서도 북한 체제가 우월하다느니

자유대한이 독재국가니 하면서 노동자들에게 흑색선전을 일삼았던 전과가 있다. 민영수는 그년과 밀접하게 접촉해 불온서적을 건네받고 공장 사람들을 선동하려 했다."

"개새끼구먼, 아주!"

조 경사가 버럭 소리치며 철문을 발로 걷어찼습니다. 이 또한 계산된 행동이었습니다. 취조실에 홀로 남겨진 용의자는 두려움에 떨며 밖의 웅성거림에 귀를 기울일 겁니다. 제대로 들리지 않는 말소리에 뒤섞여 또렷이 들려오는 자신을 향한 욕설. 그러다 갑자기 터지는 꿍음. 그렇게 용의자의 불안을 키우고 저항할 힘을 빼앗았죠. 경찰들은 합리적인 전략을 구사하고 있었던 겁니다.

"민영수에게 그년이 어디 숨었는지 알아내도록. 잘해봐, 신 경장."

하 경사가 신 경장의 어깨를 툭툭 두드렸습니다.

"알겠습니다."

신 경장이 딱딱하게 대답했습니다. 신 경장은 주먹을 쥐었다 펴길 반복했습니다. 그의 별명은 '렌치'였어요. 어마어마한 악력 때문에 어떤 흉악범도 그의 오른손에 잡히면 빠져나가지 못한다는 뜻이었지만, 초조할 때마다 주먹을 계속 쥐었다 펴는 버릇 탓도 있었을 겁니다. 그 손놀림이 신경 쓰여서 나는 말했습니다.

"너무 긴장하지 마십시오."

"긴장하는 거 아냐. 마 경장, 너나 똑바로 해."

나는 신 경장의 말과 행동이 맞지 않음을 지적하려다 그만두었습니다. 송사리가 피라미를 만나지도 않았는데 벌써 자극할 필요는 없었거든요.

경찰은 바보가 아니었습니다. 하지만 그들이 바보가 아니었기에 알아채지 못한 게 있었지요. 그들 사이에 바로 나, 악마가 끼어들어 있었다는 것을요. 나는 '마 경장'이라는 이름표를 단 채 열심히 궁리했습니다.

자, 앞으로 어떻게 해야 할까?

3

용의자 민영수의 첫인상은 그야말로 피라미였습니다. 팬티만 남기고 죄다 벗겨진 채 와들와들 떨고 있는 비쩍 마른 몸이 백열전구의 노란 불빛을 받으니 겨울바람에 흔들리는 앙상한 나무처럼 더욱 볼품없어 보였지요. 등 뒤로 돌려진 손에 수갑 채워진 채 새카만 피부 위로 크고 작은 상처들이 있는 지저분한 몸에서 유독 팬티만 새하얬지요. 팬티도 얼마 뒤 더러워졌지만요.

취조가 시작되자 그는 더욱 심하게 몸을 떨었습니다.

내가 계속 '취조'라는 단어를 쓴 점에 유의해주십시오. 말로 윽박지르는 것조차 폭력이라고 호들갑 떠는 요즘 인간들 기준으로 보면 그때의 '취조'는 엄연한 '고문'입니다. 원하는 진술을 받아내려고 용의자의 신체에 직접적인 폭력을 가했으니까요. 아무리 좋게 보려 해도 그저 다른 인간에게 더욱 잔인한 고통을 주려는 목적만 가득했어요. 정작 폭력의 가해자들은 굳은 믿음을 가지고 있었습니다. 나는 자유대한을 지키려고 이런 힘든 일을 하고 있다. 나의 행동은 정당하다. 그들은 그런 생각으로 '취조'에 임했던 겁니다. 물론 가끔 거기에 자신의 사적인 울분을 슬쩍 섞어서 풀기도 했지만요.

아, 그 향기로운 악의라니! 인간은 악마보다 더욱 위대하게 잔인해요. 지옥 가장 깊은 곳의 그분도 인간에게 경의를 표할 겁니다.

이거 이야기가 엉뚱한 곳으로 흘렀군요.

조 경사가 기술적 지도를 했지만 민영수를 주도적으로 취조한 건 신 경장이었습니다. 처음 신상과 대학생의 행방을 묻는 형식적인 대화가 끝난 뒤 신 경장은 얼굴을 찡그린 채 진짜 취조에 임했습니다. 취조실에 아무렇게나 널려 있던 목봉을 쥐고 열심히 했어요. 서툴러서 과하게 힘을 쓰기도 했지만 민영수가 고통에 찬 비명을 질러댔으니 오히려 좋은 효과를 낸 것 같아요.

민영수가 기절한 뒤 자연스레 잠깐의 휴식 시간이 주어졌습니다. 팔을 걷어붙인 신 경장의 와이셔츠가 땀에 흠뻑 젖어 있더군요. 나는 담배를 내밀었습니다. 아무리 맡아도 무뎌지지 않는 지독한 냄새는 진한 담배 냄새로 잠깐이나마 덮어야 했거든요.

"할 만하십니까?"

"내가 지원한 거니 잘해야지. 마 경장은 어때? 괜찮아?"

"겨우겨우 하고 있습니다. 둘째 생기셨다면서요? 축하드립니다."

"애가 사내인지 아닌지부터 알아야 축하하든지 말든지 하지."

퉁명스레 말하면서도 신 경장이 웃었습니다. 담배를 한 모금 빨아들인 그의 손 떨림이 줄어든 게 보였어요.

"첫째는 아들 아니었습니까? 둘째는 딸 낳아도…."

"아버지 어머니는 무조건 사내를 낳아야 한다고 성화셔. 아들이 여럿 있어야 한다고."

"아이고, 아직도 아들 타령하십니까? '딸 아들 구별 말고 둘만 낳아 잘 기르자'고 나라에서도 말하는데."

"속에 맺힌 것 때문에 그러시는 거지. 매번 둘째가 있었으면 지금 스물일곱인데, 지금쯤 번듯한 직장 다닐 텐데, 그렇게 중얼거리시니까."

"거참."

"뭐, 둘째가 딸이라도 어쩌겠어. 나라에서도 애 덜 낳으라 하고 마누라 몸 생각하면 지금 애 지우기도 어려울 거 같으니, 내가 아버지 어머니를 설득해야지."

"힘내십시오."

"그래."

신 경장이 웃었습니다. 한 집안의 가장이 지을 만한 평범한 미소였지요. 하지만 백열전구 빛을 받은 표정 너머에 어떤 진실이 도사리고 있는지 나는 잘 알고 있었어요.

"야, 신정용. 힘 좀 빼고 해. 언제까지 기력 붙어 있을 줄 아냐? 나이 금방 먹는다."

맞은편 의자에 앉아 신 경장을 지켜보던 조 경사가 어깨를 주무르며 툭 말을 던지더군요. 조 경사는 머리에 쓴 초록색 '새마을' 모자와 목에 두른 꾀죄죄한 수건, 새카만 낡은 장화 때문에 농부처럼 보였어요. 그리고 보니 그들의 모습은 논일 도중 쉬는 시간을 한가로이 즐기는 시골 농군처럼 보였을 거 같군요. 그곳이 지독한 냄새를 풍기는 취조실이고 온몸의 상처를 드러낸 채 오물 범벅이 되어 기절한 민영수가 없었다면요.

취조실 문이 열리고 하 경사가 들어왔습니다. 우리가 형식적인 경례를 붙이자 신 경장에게 물었습니다.

"어때? 할 만해?"

"네."

"나 경위님이 그러시더라. 빨리 대학생년 정보를 얻으라고. 그
년, 몇 번이나 쥐새끼처럼 도망쳤잖냐. 승진에 목마른 전국 경찰
이 그년 엉덩이 노리는 걸 너희도 잘 알 거다."

조 경사가 흘끗 하 경사를 보더군요. 하 경사가 기절한 민영수를
보며 툭 내뱉었습니다.

"이 새끼는 적당히 조져. 그년이 이 새끼에게 제대로 말한 건 없
을 거다. 뭐 볼 만한 게 있는 놈도 아니잖냐. 다른 멀쩡한 놈 잡아
다 족치는 게 낫겠지. 어차피 신 경장이 앞으로 일 잘하라고 연습
하는 거니까 이 새끼 가지고 적당히 해봐. 알았어?"

하 경사가 민영수를 보며 턱짓했습니다. 이제 쉴 만큼 쉬었으니
다시 취조를 재개하자는 지시였지요. 하 경사가 나가고 철문이 닫
히자 신 경장은 민영수의 어깨를 힘껏 그러쥐었습니다. 무시무시
한 비명을 토해내며 민영수가 깨어났습니다.

"개새끼야, 언제까지 거짓말할 거야?"

"거거거, 거짓말 아닙니다. 전 아무것도 몰라요!"

눈물을 줄줄 흘리며 민영수가 외쳤습니다. 그의 따귀를 때리며
신 경장이 소리쳤지요.

"아무것도 모른다는 새끼가, 응? 그런 책을 갖고 다녀?"

그런 책. 어디 보자, 그때는 불온서적이라고 불린 책이었는데,
그게 뭐였더라…. 거참, 기억이 나질 않네요. 지금은 대중에게 아
무렇지 않게 읽히고 있거나 완전히 잊히고 만 책일 겁니다. 아무
튼 그녀는 책 속 진리가 인간을 밝은 미래로 인도할 거라며 민영

수에게 책을 건네주었고, 민영수는 그걸 소중히 품고 내용을 이해하지 못하면서도 더듬더듬 읽었습니다. 그리고 책은 민영수를 밝음이 아니라 어둠으로 던져버렸지요.

"잘못했습니다. 잘못했어요!"

"잘못했으면 그년이 지금 어디 있는지 말해."

"전 아무것도 몰라요!"

"이 새끼가?"

다시 신 경장의 취조가 시작되었습니다. 몸부림치는 민영수를 목봉으로 구타하는 신 경장의 손에 불거진 핏줄이 보였습니다. 어느새 손 떨림이 멎어 있었지요.

나는 신 경장과 조 경사를 돕는 척하며 그들의 영혼이 조금씩 썩어가는 향기로운 내음을 흠뻑 맡았습니다. 일은 계획한 대로 잘 흘러가고 있었지요.

하지만 머릿속은 여전히 복잡했습니다. 나는 누구 편에 서야 할까?

* * *

"누구 편?"

혀 꼬부라진 발음에 내가 놀라고 말았다. 악마가 비웃음을 흘렸다.

"오해하진 마세요. 내가 고문하는 자의 편에 서지 못해 안달복달하던 건 아닙니다. 나는 악마로서 자부심이 있고 자신의 좋은 영혼을 스스로 타락시키는 자의 편일 뿐이거든요."

노란 안경알 너머 악마의 눈이 나를 응시했다.

"그런데 뜻밖입니다. 이 이야기에 그리 놀라지 않네요. 혹시 아는 이야기였나요?"

나는 고개를 저었다.

하지만 악마의 물음이 맞았다. 난 이 이야기가 낯설지 않았다.

당연하다. 실제로 당시 이와 비슷한 일이 꽤 있었지 않았나. 흔한 이야기를 악마가 제가 겪은 듯 입에 담는 것뿐이다.

나는 애써 그렇게 생각했다.

거북스럽게 긁어대는 이야기를 무시하려고 무심코 칵테일을 마셨다가 기침을 내뱉고 말았다. 독한 알코올이 목구멍을 태우는 것 같았다. 바텐더가 물 한 잔을 내려놓았다. 그의 과묵한 배려가 부담스러웠다.

"그때 그곳에는 그럴듯한 선택지가 둘 놓여 있었어요. 나는 그걸 놓고 고민했습니다."

"대체 뭘 두고 고민한 겁니까?"

"이야기를 마저 들어보시길."

악마는 쉽게 답을 주지 않았다.

나는 물잔을 집으려다가 그만두었다. 취기에 손 떨림이 심해져 있었다. 나는 주먹을 꽉 쥐었다가 펴보았다. 떨리는 손을 들키지 않으려고 한 행동이었다.

* * *

취조는 지지부진했습니다. 신 경장이 어설펐던 탓도 있었어요.

하지만 민영수가 계속 모른다고만 하는 게 더 큰 문제였습니다. 결국 참지 못하고 조 경사가 소리쳤습니다.

"안 되겠다. 이 새끼, 담그자!"

취조실 한편 욕조에 한가득 받은 물에 민영수의 머리를 집어넣자는 말이었지요.

취조에 익숙한 자였다면 조 경사의 지시에 이의를 제기했을 겁니다. 욕조에 머리를 담그는 건 이미 구식이었어요. 고문에 능했던 일본 순사들이나 그들의 기술을 이어받은 자들은 물수건을 용의자 얼굴에 덮고 그 위에 물을 부었습니다. 그래야 흔적이 남지 않거든요. 욕조 물에다 냅다 머리를 집어넣으면 자칫 폐에 물이 들어갑니다. 일이 크게 잘못되면 폐 속의 물은 취조한 사람을 궁지에 몰 수 있는 증거가 되고 말지요.

신 경장은 이 일을 처음 하는 자였습니다. 나는 지금은 괜한 말은 하지 않는 편이 좋겠다고 판단했고요. 신 경장은 버둥거리는 민영수를 욕조로 끌고 갔습니다.

"살려주세요. 잘못했습니다, 제발⋯."

민영수의 간절한 외침은 입이 물에 잠기기 전까지 계속되었습니다. 버둥거리는 민영수의 몸을 꽉 누르며 나는 신 경장의 억센 손에 돋아난 푸른 핏줄과 민영수의 머리카락 아래 드러난 뒤통수 오른편의 커다란 흉터, 수면 위로 부글거리며 격렬히 올라오는 공기 방울 따위를 지켜보며 계속 고민했습니다.

그때였습니다.

신 경장의 입에서 억누른 비명이 터져 나온 것은. 그리고 손이 다시 떨리기 시작한 것은.

4

그날 취조실에는 조급한 인간이 한 명 더 있었습니다. 조 경사였지요. 시골 아저씨처럼 보였지만 실제론 실적에 굶주린 난폭한 곰이었습니다. 그 앞에 피라미 민영수가 나타났는데 그 뒤에는 모두가 탐내는 커다란 연어인 대학생이 있을지도 몰랐어요. 그래서 조 경사는 민영수를 욕조에서 급히 꺼낸 신 경장이 갑작스레 신상부터 다시 캐묻는 걸 이상하게 여겼던 겁니다.

"너, 고향이 어디야?"

"모, 모, 모릅니다."

"왜 그걸 몰라? 엉?"

"저는 고아라서요…. 네 살 때 가족과 떨어져서 쭉 고아원에서 자랐습니다…."

"가족과 떨어져? 네 살에?"

"네, 네…. 육이오 때 피난 가던 도중 떨어졌다고 하는데…."

"어디서 그랬는데?"

"모릅니다. 그게, 그, 서울 근처라고만 들었는데…. 모르겠습니다."

"왜 모른다는 말만 하냐? 야!"

신 경장의 옥박지름에 민영수가 점점 위축되는 게 보였지요. 상황을 지켜보던 나는 슬쩍, 조 경사에게만 들리게 중얼거렸습니다.

"이상하지 않습니까?"

"뭐가?"

"신 경장님은 이미 들은 신상을 왜 저렇게 구체적으로 캐묻는 걸까요?"

조 경사가 얼굴을 찌푸리더군요. 그도 같은 생각을 하고 있다는 신호였습니다. 나는 지나가듯 한 마디를 덧붙였습니다.

"민영수의 대답이 마치 거짓으로 꾸민 거 같지 않습니까? 북한 간첩 놈들처럼요. 모른다, 기억나지 않는다, 그런 말만 하는 게 꼭⋯."

아, 그 순간 조 경사의 표정이 변하는 모습이라니! 순식간에 풀썩 피어오른 의심의 향기에 현기증이 일 지경이었습니다. 취조실의 지독한 냄새조차 잠시 잊을 수 있었어요.

"야, 비켜봐!"

조 경사가 신 경장을 힘껏 밀쳤습니다. 하지만 신 경장은 덩치가 컸고 힘도 좋았기 때문에 꿈쩍도 하지 않았습니다. 조 경사의 언성이 더 높아졌지요.

"뭐 하는 거야? 그따위로 해서 이 새끼가 불겠어?"

"아직 이 사람에게 물어볼 게 있습니다."

"뭘 물어? 이 새끼, 단단히 교육받은 놈이야. 죽기 직전까지 조져놔야 분다고!"

"단단히 교육받다니요? 대체 무슨⋯."

"이 새끼, 간첩이야!"

조 경사가 외쳤습니다.

그렇습니다. 조 경사의 눈에 민영수가 더는 피라미로 보이지 않았던 겁니다. 커다랗고 탐스러운 '간첩'이라는 이름의 연어가 된 거지요. 당장 자기 손에 꽉 움켜쥐어야 할!

"네?"

"아, 아, 아닙니다!"

신 경장과 민영수가 동시에 소리쳤지요.

조 경사의 행동은 빨랐습니다. 조 경사는 곧바로 민영수의 멱살을 그러쥐고 억지로 일으켜 세운 뒤 버둥거리는 그를 욕조로 끌고 갔습니다.

"조 경사, 뭐 하는 거야!"

갑작스러운 소란에 상황을 살피러 들어온 하 경사가 급히 외쳤지요. 조 경사가 맞받아 소리쳤습니다.

"이 새끼, 간첩이야! 분명히 뭔가 숨기고 있어. 자기 어릴 적 일도 제대로 말 못한다고! 공산당 놈들이 남파시킬 때 가짜 신원 교육받으면서 미처 거기까지는 듣지 못해서겠지. 신 경장, 너도 그게 이상해서 이 새끼에게 계속 물어본 거잖아!"

"아, 아니, 그게….'

신 경장이 더듬거렸습니다. 하 경사도 눈을 크게 뜬 채 아무 말도 하지 못했고요.

"아닙니다! 전 간첩 아닙니다!"

욕조 수면에 코가 닿을락 말락 한 채 민영수가 크게 외쳤습니다.

* * *

취조실 밖 복도에서 회의가 열렸습니다. 나 경위는 아직 상황을 모르고 있고, 상황을 전하는 역할인 하 경사는 상황 파악이 덜 된 채였지요. 조 경사와 신 경장은 저마다 속에 품고 있던 확신이 달랐고요.

닫힌 철문 너머에서 소리가 났습니다. 애국가였어요. 딴에는 민영수가 애국심을 보이려 한 행동이었겠지만 목이 터져라 부르는 노래가 귀에 거슬리기만 하더군요. 철문을 흘끗 보며 하 경사가 물었습니다.

"확실해? 저 새끼, 간첩 맞아?"

"확실해. 그게 아니면 저 새끼가 왜 어릴 적 일을 똑바로 말 못하는 건데?"

조 경사가 초조하게 대꾸했어요. 하 경사와 조 경사는 같은 기수라서 서로 말을 놓았습니다. 하지만 하 경사가 경위가 되면 동기에게 존댓말을 붙여야 할 처지였습니다. 유능함을 인정받아 곧 승진할 거라는 하마평이 자자했던 하 경사와 달리 조 경사는 뚜렷한 실적이 없어서 경사로 퇴직할 가능성이 컸거든요.

신 경장이 끼어들었습니다.

"하지만 정말로 어릴 적 일을 기억하지 못해 저러는 걸지도 모릅니다."

신 경장은 덩치와 악력 때문에 힘만 쓰는 자로 보였지만 머리도 곧잘 썼습니다. 촉망받는 인재였기에 하 경사도 조 경사보다는 그의 말에 귀 기울이는 눈치였고요.

"섣부르게 판단하지 맙시다. 일단 저 사람의 호적부터 조회해본 뒤에도 늦진….'

"그러기엔 시간이 없지 않습니까?"

좋지 않은 흐름이라 나는 얼른 신 경장의 말을 끊었습니다. 모두 나를 쳐다보더군요. 조 경사가 뭔가 말하려 했지만 하 경사가 빨랐어요.

"마 경장 말대로야. 나 경위님이 오늘 중으로 이 새끼 건 끝내고 다른 용의자를 조사하라고 지시하셨어. 자칫 시간 오래 끌었다간 그년이 도망칠지도 몰라."

조 경사가 대뜸 언성을 높였습니다.

"지금 그깟 년이 중요해? 저 새끼가 간첩이라고, 간첩!"

"간첩이 아니면 나중에 큰 탈이 날 수도 있습니다."

신 경장의 대꾸에 잠시 침묵이 이어졌습니다. 결국 하 경사가 말했습니다.

"슬슬 마무리하자. 마지막으로 살살 구슬려봐. 그러다 혹시 뭐가 나올지 모르니까. 이제 함부로 더 손대지 말고."

"야! 하 경사!"

조 경사가 소리쳤지만 하 경사는 복도 저편으로 빠르게 걸어가 버렸습니다. 철문 너머로 들리던 애국가와 조 경사의 씩씩거리는 숨소리가 뒤섞였지요.

당시 경찰이 마구잡이로 수사한 건 사실입니다. 하지만 그들은 엄연히 공무원이었고 공무원은 소위 '보신주의'를 뼛속 깊이 새긴 자들이지요. 만에 하나 일이 틀어지면 무사안일한 미래가 날아가는 거였습니다. 하 경사는 그래서 증거가 빈약한 조 경사의 주장을 흘려보냈던 거지요. 그 덕에 내 계획 또한 틀어지지 않았고요.

철문을 열고 신 경장이 먼저 취조실로 들어갔습니다. 조 경사가 마지못해 그 뒤를 따라가려는데 나는 급히 속삭였습니다.

"아무래도 이상합니다. 조금 전에 못 들으셨습니까?"

의아해하는 조 경사를 보며 나는 일부러 한 박자 늦게 말을 이었습니다.

"신 경장님이 조금 전부터 민영수를 '저 사람'이라고 칭했습니다."

"뭐? 진짜야?"

"그랬습니다. 민영수를 왜 그렇게 공손히 불렀을까요? 어쩌면 신 경장님이 민영수와 뭔가 우리가 모르는 관계가 있어서…."

"씨발!"

조 경사의 얼굴이 험악해졌습니다.

철문을 박차고 들어간 조 경사가 의자에 앉아 있던 신 경장을 냅다 걷어찼어요. 이번에는 기세가 거셌기에 덩치 큰 신 경장조차 컥, 소리를 내며 나동그라지고 말았지요. 밝게 빛나는 백열전구 아래, 더러운 바닥에 쓰러진 신 경장과 그걸 지켜보던 민영수의 얼굴에 놀람과 의아함이 뒤섞인 표정이 동시에 떠오르더군요. 조 경사가 소리쳤습니다.

"개새끼야. 너, 빨갱이야? 왜 간첩 새끼를 감싸고돌아?"

"네?"

당혹한 표정을 짓던 신 경장의 얼굴은 이어진 조 경사의 외침에 새카맣게 흐려졌습니다.

"너, 아까 '저 사람'이라고 했잖아! 빨갱이가 사람이야? 사람이 냐고!"

빨갱이는 사람이 아닌 짐승이고 자유대한의 적이다.

자유대한의 적을 감싸는 자는 똑같은 적이다.

나는 빨갱이가 보낸 간첩이라 의심받는 자를 옹호하는 말을 뱉었다.

거기까지 생각에 미친 순간 신 경장은 직감했을 겁니다. 자신이 진퇴양난의 상황에 빠지고 말았다는 것을요.

나는 겉으로 놀란 표정을 드러내며 속으로 웃었습니다. 지금까지는 계획한 대로 일이 순조롭게 흘러가고 있었거든요. 아직도 내가 어느 쪽을 택할지를 두고 갈등하고 있었지만, 선택은 마지막의 마지막에 하면 될 일이었지요.

5

당장 여기서 일어서야 한다. 이 바에서 나가야 한다.

내 머릿속은 그렇게 외치고 있었다. 언제 어쩌다 이곳에 왔는지 떠올리지 못할 만큼 취한 채였다. 내 옆에 앉은 악마라는 자는 비웃음을 흘리며 악랄한 이야기를 꺼내 속을 마구 휘저어댔다. 손이 떨렸다. 이야기를 더 들으면 안 된다고 몸이 보내는 경고였다.

하지만 움직일 수 없었다. 탁한 수면 위로 어른거리는 그림자를 보고서도 계속 그 자리만 맴돌아야 하는 물고기의 기분이 이럴까? 대체 난 어떻게 해야 하는 걸까?

"진퇴양난. 이걸 요즘 말로는 딜레마라고 하지요?"

내가 쥔 주먹을 보며 악마가 비웃듯 말했다. 악마를 비추는 노란 핀 조명이 밝게 빛났다.

신 경장 앞에 놓인 딜레마는 묵직했습니다. 그는 땀을 뻘뻘 흘리며 입을 벙긋거렸지만 정작 아무 말도 하지 못했어요. 그 모습에 조 경사는 더욱 확신했지요.

"야, 신 경장! 너, 간첩 편이야? 빨갱이 앞잡이야?"

"아닙니다!"

신 경장이 반사적으로 외쳤습니다.

"그런데 왜 저 새끼를 사람 취급해?"

민영수에게 손가락질하며 조 경사가 소리쳤습니다. 이 공간에서 주도권을 쥔 것은, 물론 악마인 나를 제외한다면, 조 경사였습니다. 그가 눈을 희번덕거리며 다시 외쳤지요.

"너, 공안 업무에 자원한 것도 다른 꿍꿍이가 있어서지? 예전부터 민간인 신원조회를 자주 요청하더라? 용의자도 아닌 사람을 왜 계속 조회한 건데?"

신 경장의 얼굴에 땀이 마구 흐르는 게 보였습니다.

　　아, 이야기하는 걸 깜박했군요. 신 경장이 '취조'하는 업무에 지원한 건 사실 타의가 더 컸습니다. 신 경장은 업무와 관계없는 민간인의 신원을 조회하는 일이 잦았습니다. 한두 번이면 모를까, 그런 일이 계속되자 경찰서 안에서 그런 행동에 의문을 가진 사람이 점점 늘어났지요. 주위의 껄끄러운 시선을 신 경장이라고 모를 리 없었습니다. 결국 자신의 애국심을 증명해야 했던 그는 빠르게 출세할 수 있는 길이라고 스스로 합리화하면서 남들이 꺼리는 '취조'에 뛰어들어야 했습니다. 조 경사는 그 껄끄러운 점을 찌르며 추궁한 겁니다.

"너 이 새끼, 간첩과 한패지? 북한 빨갱이 놈들이 남한 정보 넘기라고 지령 내린 거지?"

"아닙니다, 그런 게 아닙니다!"

신 경장의 외침은 필사적이었습니다. 하지만 그걸로 조 경사의 확신에 가까운 의심이 풀릴 리 없었습니다.

"그러면 새끼야, 빨갱이 끄나풀이 아니라 대한민국에 충성하는 놈이면 저 새끼는 네가 조져. 네 손으로 물에 처넣어서 저 새끼가 간첩이라고 불게 하란 말이야. 알았어?"

그때였습니다.

"다, 다 말하겠습니다. 다 말할게요!"

얼굴을 일그러뜨린 채 민영수가 외쳤습니다.

"그, 그년이 어디에 숨어 있는지 다 말할게요. 그러니 물에 집어넣지 마세요. 전 간첩이 아니에요!"

딜레마에 처한 이가 하나 더 있었다고 말하는 걸 잊었군요.

민영수는 레미콘 공장의 평범한 공원이었습니다. 고아가 되어 제대로 된 교육도 사랑도 받지 못하고 홀로 고독하게 살아온 불쌍한 이였지요. 늘 누군가의 품을 그리워하던 그에게 대학생이 나타났습니다. 야학의 학생과 교사로 만난 둘은 곧 사랑에 빠졌습니다. 대학생은 민영수에게 늘 말했어요.

영수 씨, 배워야 해요, 노동자 대중의 배움이 있어야 이 나라가 독재를 타도하고 민주주의를 되찾아 통일을 이룰 수 있어요. 그러면 영수 씨가 잃어버린 가족도 찾을 수 있어요.

어떻습니까? 달콤한 속삭임 아닙니까?

달콤함에 잔뜩 취해 있던 민영수가 갑자기 경찰에게 연행된 뒤 대학생의 행방을 털어놓으라며 구타당하고 욕조에 억지로 집어넣어진 겁니다. 민영수의 영혼은 반나절 만에 그의 몸뚱이처럼 상처투성이가 되었습니다. 그는 계속 아무것도 모른다고 외쳤습니다. 사랑하는 이를 지키려는 마음이 그 정도로는 강했으니까요.

그런데 돌연 간첩으로 몰리고 만 겁니다.

간첩. 북한 공산당이 보낸 인간의 탈을 쓴 괴물. 그런 취급을 받는 순간 지금 겪는 봉변과는 차원이 다른, 삶이 산산조각 나는 미래가 다가올 게 분명했습니다. 대학생을 보호해야겠다는 생각이 순식간에 벗겨질 만했지요.

"뭐 해? 야, 신 경장!"

민영수의 말은 들은 체도 하지 않고 조 경사가 소리쳤습니다. 신 경장은 조 경사와 민영수를 번갈아 보며 어찌할 바 모르더군요.

나 역시 더는 망설일 수 없었습니다. 내게도 드디어 선택의 순간이 다가온 겁니다.

나는 신 경장에게 속삭였습니다.

"신 경장님, 가족을 생각하십시오."

효과는 확실했습니다. 나를 멀거니 쳐다보며 눈을 껌벅이던 신 경장이 곧바로 민영수의 머리끄덩이를 쥐었습니다. 민영수가 비명을 질렀습니다. '렌치'의 악력이 아니었더라도 그럴 수밖에 없었겠지요.

"다 불게요! 전부 다 말할게요!"

덜덜 떠는 팔로 신 경장의 다리를 붙든 민영수가 필사적으로 소리쳤어요.

"그년은 지금 우리 공장에서 서, 서무계원으로 위장해 있어요. 제발 살려주세요! 전 간첩 아니에요! 살려주세요, 형사님, 아니, 형님!"

신 경장의 커다란 몸이 흔들리더군요. 민영수가 덜덜 떨어서인지 그도 몸을 떨어서였는지는 잘 모르겠어요. 민영수의 간절한 외침이 이어졌습니다.

"살려주세요, 형님, 형님!"

젠장! 내가 틀렸나?

나는 욕설을 내뱉을 뻔한 걸 간신히 참았습니다. 민영수의 돌발 행동은 자칫하면 지금까지 순조롭게 완성되어가던 계획을 송두리째 망치는, 그야말로 낭패할 흐름을 만들 것 같았어요.

다행히 신 경장은 멈추지 않았습니다. 민영수를 질질 끌고 간 신 경장은 그의 머리를 움켜쥐고 욕조로 들이밀었습니다. 민영수의 코가 물에 닿으려던 때였어요. 신 경장이 속삭였지요.

"신의용이 누군지 알아?"

아주 작은, 민영수만 들을 수 있는 속삭임이었습니다.

민영수가 버둥거림을 멈췄습니다. 나도 초조히 귀를 기울였습니다. 영겁 같은 찰나의 시간이 흐르고 민영수가 말했지요.

"그, 그거, 제 어릴 적 이름인데….."

머리를 잡힌 채 민영수가 고개를 돌리려 애쓰는 게 보였습니다. 나는 침을 꿀꺽 삼켰고요. 민영수가 눈을 크게 뜬 채 작게 내뱉었습니다.

"혀, 형님…?"

순간 민영수의 머리가 욕조에 잠겼습니다. 마구 몸부림치는 민영수의 몸뚱이를 신 경장이 힘주어 눌렀지요. 신 경장을 돕는 척하며 옆에 서 있던 나는 그의 입에서 새어나온 중얼거림을 들을 수 있었습니다.

"개새끼가, 이 개새끼가…"

민영수의 머리를 누르는 신 경장의 손이 떨렸습니다. 욕조 아래에서 공기 거품이 거세게 솟아올랐지요. 민영수의 버둥거림이 더욱 격렬해졌지만 신 경장은 힘을 빼지 않았습니다. 거품이 서서히 줄어들어 더는 솟아오르지 않을 때까지. 신 경장은 계속해서 욕설을 쏟아냈습니다.

시간이 얼마나 흘렀을까요?

신 경장이 민영수를 끄집어내어 바닥에 팽개쳤습니다. 민영수는 더는 떨지 않았습니다. 그저 죽은 생선처럼 입에서 물을 줄줄 흘릴 뿐이었지요. 나는 백열전구의 노란 빛을 받으며 민영수를 내려다보는 신 경장의 굳어진 얼굴을, 악문 입술을, 더는 떨지 않는 손을 보았습니다.

그렇게 신 경장은 자신이 마주한 딜레마에서 한쪽을 선택했습니다.

나는 웃음을 터트리지 않으려 애썼습니다.

그럴 수밖에 없지 않습니까? 내가 잘못 선택하지 않았다는 걸, 내 한마디가 나조차도 예상하지 못한 최고의 결과를 끌어냈다는 걸 알았으니까요.

6

아차, 아직 신 경장의 이야기를 하지 않았군요.

1950년, 그의 가족은 북한군의 침공을 피해 서울에서 남쪽으로 급히 피난을 떠났습니다. 갓 열 살이었던 그는 동생의 손을 꼭 잡고 가족을 따라갔습니다. 멀고 낯선 길을 걸으며 처음 보는 사람들의 두려움을 마주하면서 아무것도 모르고 칭얼거리는 동생의 손을 더욱 꼭 쥐어야 했습니다. 형으로서 동생을 지키는 게 그의 일이었습니다.

피난민 무리가 염곡리를 벗어날 즈음이었습니다. 쾅! 갑자기 뒤쪽에서 커다란 폭음이 터졌습니다. 혼비백산한 피난민들이 마구 달렸고 그의 가족도 비명을 지르며 뛰어갔지요. 가족을 쫓아가려 애쓰며 그 역시 엉엉 울며 달리고 또 달렸습니다. 그러다 어느 순간 잡았던 손을 놓쳐버렸단 걸 뒤늦게 알았어요. 그렇게 네 살이던 동생을 잃었습니다.

피난지 부산에서도, 전쟁이 끝나 서울로 돌아온 뒤에도 그와 그의 가족은 잃어버린 아이를 찾으려 애썼습니다. 그들은 어릴 적 돌에 머리를 찧어서 뒤통수 오른편에 길게 난 상처가 있다는 미약한 특징 하나만으로 아이를 찾으려 했지요. 하지만 도저히 찾을 수 없었어요. 〈이산가족을 찾습니다〉 방송은 그로부터 10년 뒤에 시작되었고 그전까지 민간인이 어디에 누가 있는지를 알 방법은 거의 없었거든요.

그래서 신 경장은 경찰이 되었습니다. 그가 자주 신원조회를 요청한 건 잃어버린 동생을 찾기 위해서였지요.

그의 마음속에는 아물지 않은 상처가 생생했습니다.

그때 동생의 손을 놓지 않았다면, 좀 더 힘주어 손을 쥐고 있었더라면.

상처는 마음의 동요가 일 때마다 버릇처럼 손을 쥐었다 펴길 반복하는 버릇이 되었습니다.

그런 그의 눈앞에 민영수의 머리카락 아래 숨겨져 있던 오른편 뒤통수 상처가 드러났던 겁니다. 하필이면 자기 손으로 민영수의 머리를 물속에 집어넣은 그때 말이지요.

신 경장은 급히 취조를 중단하고 민영수의 신상을 꼬치꼬치 캐물어 네 살 때 서울 근교에서 가족을 잃었다는 걸 확인합니다. 하지만 정작 가족을 전혀 기억하지 못하는 눈치였으니 신 경장은 당연히 초조해졌지요. 그때 조 경사가 말한 겁니다.

이 새끼, 간첩이야!

반공이라는 이름의 폭주 열차에 올라탄 조 경사의 출세욕 때문에 일은 순식간에 걷잡을 수 없이 흘렀습니다. 간첩 편이라는 의심을 받아 어쩔 줄 몰라 하던 신 경장에게 내가 말했죠.

가족을 생각하십시오.

신 경장의 눈앞에는 잃어버린 동생으로 의심되는 자가 있었습니다. 집에는 부모와 아내, 그리고 자식들이 기다리고 있었고요.

어느 쪽을 선택해야 할까? 오래전에 잃어버린 동생? 지금 내 곁에 있는 가족들?

신 경장은 마지막까지 희망의 끈을 놓지 않았습니다. 최후의 순간 잃어버린 동생의 이름을 직접 입에 올려 물었습니다. 그리고 민영수는 그게 자기 이름이었다고 답했지요.

신 경장은 민영수를 버렸습니다. 민영수가 거짓말을 하고 있다고, 잃어버린 동생과 비슷한 상처를 가진 괘씸한 가짜라고 여기기로 한 겁니다.

'낭패불감狼狽不堪'이라는 사자성어를 아십니까? 낭은 앞다리가 긴 동물이고 패는 앞다리가 짧은 동물이라고 해요. 둘은 서로 같이 있어야 설 수 있고 떨어져 있으면 한 발짝도 움직이지 못한다지요. 마치 한 몸이나 다름없어야 할 둘이 서로 떨어져버린 처지를 가리키는 이 단어는 '낭패'라는 말의 어원이고 '진퇴양난'과 같은 의미로 쓰입니다.

이상하지 않습니까? 몸 한쪽이 떨어져나간 것처럼 간절히 찾던 동생을 만나자마자 제 손으로 죽여버린 형이라니. 이건 낭패라고 할 수조차 없는 꼬락서니잖아요?

아, 잠깐만요. 조금만 진정할 시간을 주시겠습니까? 그때의 난장판, 그렇게 순식간에 여러 인간의 영혼이 타락하던 꼴을 생각하면 지금도 웃음이 나온단 말입니다.

***

손이 덜덜 떨려왔다. 나는 다시 주먹을 쥐어야 했다. 악마의 불쾌한 이야기를 견디는 게, 옆에서 키득거리는 악마를 지켜보는 게 괴로웠다. 취기를 죄다 토해버리고 싶었다.

악마는 그럴 틈을 주지 않았다.

"신 경장이 욕조에서 끄집어냈을 때 이미 민영수는 생사의 기로를 달리했습니다. 조 경사가 바닥에 쓰러진 민영수를 걷어차며 욕하다가 사태를 뒤늦게 알아차렸지만 때는 늦었어요. 고아 민영수는 대학생이 자신에게 빛을 보여준 걸 감사해하며 그녀를 평생의 은인으로 생각했었습니다. 하지만 죽기 전 은인이자 연인이 숨은 곳을 불면서 배신자로 타락했고 자기 죄를 반성할 말미조차 주어지지 않았지요. 피라미는 죽고 나는 질 좋은 영혼을 수거했습니다."

속이 울렁거렸다.

"신 경장의 타락은 내 의도대로였습니다. 하지만 민영수의 타락은 뜻밖의 수확이었지요."

"…그게 무슨 소리입니까?"

"나는 신 경장을 트롤리 딜레마로 이끌었던 겁니다. 트롤리 딜레마. 제동장치가 망가진 반공호 기차가 질주하는 상황에서 두 갈래 선로 중 한쪽에는 한 명이, 다른 쪽에는 다섯 명이 있었지요. 선로 전환기 레버를 잡은 신 경장은 폭주하는 기차로부터 어느 쪽을 구할지 선택해야 했습니다. 그리고 결국 민영수를 버리고 가족을 구하기로 한 거지요."

악마는 의기양양하게 계속 말했다.

"공교롭게도 그때 나 역시 트롤리 딜레마에 처해 있었어요. 물론 신 경장과 달리 나는 어느 쪽에 기차에 치여 타락할 영혼이 많을지를 재며 갈등한 거였지만요. 민영수 쪽? 아니면 신 경장 쪽? 고민 끝에 나는 민영수를 버렸습니다. 민영수가 대학생을 배신하게 유도하는 것보다는 신 경장이 동생을 죽음으로 몰고 가게 하는 편이 더 타락할 자가 많다고 계산한 거지요. 그런데 내 선택 직후 민영수가 스스로 비밀을 뱉었던 겁니다. 계산이 어긋났나 싶어 아찔했어요. 하지만 신 경장은 결국 제 손으로 동생을 죽이는 선택을 했습니다. 내가 포기한 피라미까지 손아귀에 들어왔으니, '악마의 트롤리 딜레마'에서 최고의 결과를 얻은 겁니다. 얼마나 즐거운 일입니까?"

더는 참을 수 없었다. 나는 자리를 박차고 화장실로 달려갔다.

화장실 변기 앞에 무릎 꿇고 머리를 처박은 뒤 마구 토했다. 변기에 고인 물이 순식간에 오물 범벅이 되었다. 토사물과 눈물이 쏟아져내렸다.

겨우 토악질이 멈췄다. 목이 타는 듯 아팠다. 나는 숨을 몰아쉬며 진정하려 애썼다. 변기를 붙든 손이 덜덜 떨리고 몸도 따라 요동쳤다.

발소리가 들리는가 싶더니 등 뒤에 누군가 섰다. 곧 오물이 시끄러운 소리를 내며 내려갔고 깨끗한 물이 흰 변기에 다시 가득 고였다. 노란 조명을 받은 변기가 내 그림자와 섞여 탁한 노란색으로 빛났다. 나는 오물을 집어삼킨 새카만 구멍을 노려보며 숨을 골랐다.

뒤에 선 자가 내 등에 손을 올렸다. 나는 얼른 일어나려 했다. 하지만 꼼짝할 수 없었다.

"그때 배운 기술입니다. 큰 힘을 들이지 않고도 인간을 꼼짝 못하게 하는 방법이지요."

악마의 목소리였다. 등줄기가 오싹해졌다.

지금 나는 이야기 속 민영수처럼 찰랑이는 물과 마주하고 있다. 만약 악마가 내 머리를 붙들고 힘을 준다면?

숨소리가 거칠어졌다. 몸이 덜덜 떨렸다. 물 위로 뚝, 액체가 떨어졌다. 침인가, 땀인가, 눈물인가?

악마의 손이 내 등을 쓸어내리듯 움직였다. 뱀이 기어가는 듯한 소름 끼치는 손길이 떨어졌다. 뒤이어 악마가 내 등을 토닥였다.

"벌써 이렇게 취하면 곤란합니다. 아직 이야기가 남아 있거든요. 그것도 마저 들어야죠."

악마의 목소리는 가벼웠다.

"인간을 죽인 자는 처벌받아야 했습니다. 조 경사가 대가를 치르게 되었지요. 물론 민영수를 죽인 건 조 경사가 아니었지만 조급함 때문에 충동적으로 지시했다가 사달이 난 거였으니까요. 결국 그는 출세와 영영 멀어지고 말았지요. 몇 년 뒤 나는 경찰 옷을 벗고 어느 술집에서 대장인 양 행세하다가 조폭의 칼에 찔려 죽은 그의 영혼을 수거했습니다."

악마의 목소리가 화장실 타일 벽을 타고 울렸다.

"조 경사가 받은 징계엔 나 경위와 하 경사의 뜻이 들어가 있었습니다. 조 경사는 조직에 필요 없는 인간이었지만 신 경장은 그렇지 않다는 판단이었죠. 나 경위와 하 경사는 조 경사에게 모든 짐을 떠넘기고 책임을 회피했습니다. 그들은 나중에 경찰 고위직으로 승진하거나 지방 경찰서의 실세가 되었지요. 물론 그들의 영혼 역시 훗날 수거했습니다. 애국심에 절여져 질도 좋았던 데다 자기가 져야 할 책임을 몇 번이나 남에게 떠넘기며 훌륭히 타락했거든요."

"…"

"대학생의 영혼도 역시 나중에 거둬갔어요. 어느 순간 그녀는 자신이 외치던 민주주의와 통일의 구호 아래 의견을 달리하는 자를 모조리 적으로 증오하며 타락했거든요. 체포되고 취조당하며 몸과 마음을 크게 다친 탓이 클 겁니다."

침 섞인 액체를 뱉고 나는 겨우 말을 짜냈다.

"신 경장은 그 뒤, 어떻게…."

"그도 민영수의 일로 징계를 받았습니다. 하지만 조 경사에 비하면 그리 무거운 게 아니었어요. 게다가 레미콘 공장에 숨어 있던 대학생을 자기 손으로 체포하고 취조하는 과정에서 배운 기술을 활용해 불온한 자를 여럿 색출한 덕에 그의 앞길은 다시 활짝 열렸습니다. 송사리는 더 이상 송사리가 아니게 된 거지요. 이후 그는 다시는 사사로운 목적의 신원조회를 요청하지 않았습니다. 주먹을 쥐었다 펴는 버릇 또한 사라졌고요."

변기를 잡은 손이 마구 떨렸다.

신 경장이라는 자의 일, 어째서인지 나는 그 일을 무척 잘 알고 있다. 마치 내가 직접 본 것처럼.

악마가 웃음을 터트렸다. 벽을 긁어대는 날카로운 키득거림이 화장실 안을 시끄럽게 울렸다. 섬뜩한 조소가 멎은 뒤 악마가 나긋이, 한 번도 웃은 적 없었던 것처럼 말을 이었다.

"이왕 선택에 관한 이야기를 했으니 문제를 하나 내지요. 나중에 신 경장이 어떻게 되었는지 알아맞혀보겠습니까? 두 가지 가능성을 말할 테니 어느 쪽이 진짜 있었던 일인지 맞히면 되는 겁니다. 양자택일이에요. 쉽지요?"

"그게 무슨…."

"우선 하나를 제시하겠습니다. 그날 이후 신 경장은 술에 절어

버리고 말았습니다. 취조실에서는 부인하고 욕했지만 자기 손으로 동생을 죽였다는 죄책감이, 욕조에 밀어넣은 동생의 머리 감촉이 손에 남아서였지요. 그걸 잊으려 술을 마실수록 그의 손은 더욱 떨렸어요. 결국 그는 제 몸 하나 제대로 가누지 못하게 되어 경찰을 떠나야 했고 남은 생애 내내 손과 온몸을 덜덜 떨며 살아가야 했습니다."

악마의 목소리는 더할 수 없이 나긋했다.

"아니면 이건 어떻습니까? 신 경장은 그날 이후 열심히 일했고 몇 가지 행운이 따라주어 나 경위와 하 경사보다 더욱 승승장구했습니다. 훗날 여당의 국회의원 후보 공천까지 받을 정도였으니까요. 그때 고문 경찰이었다는 이력이 드러났지만 오히려 자신은 우국충정으로 그랬다고 당당히 외쳤고, 아무런 타격도 받지 않은 채 여생을 안락하게 보냈습니다. 자, 과연 어느 쪽이 정답일까요?"

"모르겠습니다. 어느 쪽이 답일지, 도무지….'"

"모르겠다고요?"

악마가 빈정거렸다.

"당신은 이미 둘 중 뭐가 진실인지 알고 있어요. 아까도 당신 입으로 말했잖아요? 나중에라도 자기 잘못을 깨닫는다면 인간은 분명 그걸 후회할 거라고. 그러니 대답해보세요. 어느 쪽이 진실입니까? 신정용 씨."

그 순간 모든 게 생각났다.

분명히 나는 노환으로 병원 침대에 누운 채 힘겹게 숨을 내뱉고 있었다. 죽음을 앞두고 있던 내가 어째서 이 이상한 바에 온 걸까?

나는 몸을 움직이려 했다. 하지만 악마의 손은 내 등을 누른 채

억눌렀다. 악마의 손이 움직이는 게 느껴졌다. 손은 서서히 내 머리로 향했다.

"동생을 제 손으로 죽인 신정용 씨, 아니, 신 경장님. 들려주세요. 당신의 답은?"

내 헐떡이는 소리가 화장실에 시끄럽게 울렸다. 떨리는 손이 멈추지 않았다. 변기 속 짙은 어둠이 점점 커졌다.

〈낭패불감, 이러지도 저러지도 못하고〉로 황금펜상을 받게 되었다는 연락을 받고 기분이 이상했다. 오래 고집해온 나의 글쓰기가 인정받았다는 기쁨과, 앞으로 뭘 써야 할지 모르는 두려움이 뒤섞였다. 이 감정들 모두 앞으로 재미있고 좋은 이야기를 쓰는 원동력으로 삼겠다. 작품을 좋게 봐주신 여러분께 감사드린다.

〈낭패불감〉을 쓰면서 '아무도 본 적 없는 미스터리'를 염두에 두었다. 한국 현대사를 다룬 작품은 많다. 악마가 나오는 작품도 많다. 하지만 한국 현대사와 악마를 결합한 작품은? 지극히 서양적인 느낌을 주는 악마와 한국 현대사의 결합에서 어떤 결과물이 나올지 짐작하기가 어려웠다. 두 소재를 미스터리 형식으로 섞으면 좋겠다는 생각이 들었고, 과감하게 도전했다. 작가란 그럴듯한 아이디어를 떠올리면 쓰지 않고는 못 견디는 존재이지 않은가.

이 작품에서 선택한 사건은 유신 시기에 경찰서에서 벌어진 고문과 이산가족이다. 한국 현대사의 비극이지만 결이 달라 보이는 두 사건은, 실은 같은 뿌리에서 돋았다. 서로 다르다고 여긴 것들이 뜻밖의 지점에서 하나로 합쳐지는 순간 아이러니와 비극성이 극대화될 것이라는 생각이 들었다.

한국 현대사의 비극을 보며 인간이 저지른 악에 절망하고, 어리석음과 나약함에 안타까웠다. 왜 이런 일들이 벌어졌을까? 인간이라는 존재가 지닌 결함 때문일까? 아니면 시대가 인간을 그렇게 몰고 간 것일까?

내가 쓴 이야기 속 악마는 인간을 꾀어 타락시킨다. 하지만 인간이 타락의 갈림길에 서게 된 발걸음을 되짚어보면 뜻밖에 인간 스스로 그곳까지 걸어왔다는 걸 알 수 있다. 악마는 마지막 순간, 인간을 손가락으로 슬쩍 건드릴 뿐이다. 인간의 타락은 악마 탓일까? 악마가 그 자리에 없다고 해도 인간은 똑같은 선택을 할지도 모른다. 과연 악마는 존재하는가? 악마란 대체 무엇인가?

악을 탐구하는 과정은 결국 인간을 탐구하는 과정이었다.

'아무도 본 적 없는 미스터리'는 결국 '나만 쓸 수 있는 미스터리'일 것이다. 내가 아는 것 중 이런 작품은 없었다고 생각했기에 〈낭패불감〉을 세상에 내놓았다. 독자 여러분께도 이 작품이 '무경만이 쓸 수 있는 미스터리'로 읽히길, 부디 재미있고 좋은 이야기로 남길 바란다.

회귀

홍선주

이 탐정 중에는 곧바로 올 수 있는 사람이 없어서 울며 겨자 먹기로 지인을 통해 연결된 눈앞의 남자가 영 미덥지 않다는 얼굴이었다. 만약 케이지까지 빠뜨리고 왔다면 곧바로 내쫓겼을 것이다.

"혹시 당근마켓을 이용하고 있다면 거기에 자두 사진과 함께 간략한 내용을 올려두시는 게 좋겠습니다. 근처 주민들이 우연히 발견하고 자두 사진을 보내줄 수도 있으니까요. 실제로 도움을 받는 경우도 꽤 있습니다. 밖으로 나가기 전에…."

남자가 우는 듯한 표정을 지었다. 여자는 휴대폰을 열어 빠른 속도로 터치하기 시작했다. 국가동물보호정보시스템과 포인핸즈에 등록하는 건 나중에 말하는 게 좋을 것 같았다.

"집 안을 다시 한번 수색해보는 게 좋을 것 같습니다. 넉넉잡아 30분 정도면 충분할 겁니다."

남자의 입에서 한숨이 나왔다.

"저희가 한 시간 넘게 찾아보고 연락드린 거 아시잖아요. 여기가 몇 평이나 될 거 같아요? 문 앞 복도 제외하면 스무 평 조금 넘는 정도라고요. 장롱 속, 심지어는 냉장고 안까지 진짜 집을 거꾸로 들어서 탈탈 털었다니까요. 정 그러시면 저희가 다시 집 안을 볼 테니까 탐정… 선생님은 아파트 주변을 수색해주세요. 아니다, 그것보다 집 안 수색은 아내에게 맡기고 우리 두 사람이 나가보는 게 좋겠네요."

관식은 남자의 눈을 보고 말했다.

"이미 두 분이 집 안을 한 번 보셨으니 이번에는 제가 보는 것이 좋지 않을까 합니다."

"아이참. 다 찾아봤…."

홍선주

《계간 미스터리》 신인상으로 등단하여 몇 개의 공모전에서 상을 받았고, 《나는 연쇄살인자와 결혼했다》, 《심심포차 심심 사건》, 《푸른 수염의 방》을 냈다. 부캐로 웹소설 쓰는 '쥬한량', 동화 쓰는 '홍서록'을 키운다. 본격 미스터리를 쓰는 '히라노 쥬'와는 이번 일을 계기로 작별을 고했다.

세상의 모든 흥미로운 이야기는 미스터리에 기반을 둔다고 믿고 '어떻게?'보다는 '왜?'를 좇으며, 기억이 인간을 만들어가는 과정을 우연과 운명의 드라마로 풀어내고 있다.

등장인물

쿠스다 코타로楠田孝太郎: 남성. 30대 중후반. 성격이 예민하고, 다양한 기술 구사가 가능한 천재 프로그래머 & IT 기업 CEO.

오오츠카 카나大塚香奈: 여성. 30대 초중반. 엄청난 미인은 아니지만 남성의 심리를 공략하는 기술이 뛰어난 골드디거. 쿠스다 코타로의 애인.

오가타 유우緒方優: 남성. 30대 중후반. 쿠스다의 거의 유일한 친구. 실력 있는 영상 데이터 분석 전문가로 사람들과 잘 어울리는 성격.

안도 히로카安藤博香: 여성. 30대 후반에서 40대 초반. 사이타마현 경찰청 소속 형사. 순사부장.

1

눈을 뜨자, 온통 캄캄한 어둠이었다. 내가 눈을 뜨고 있는 게 맞는지 모를 정도로 아무것도 보이지 않았다. 이곳이 어디인지, 시간은 얼마나 지난 건지, 내가 어떻게 된 건지 전혀 감이 잡히지 않았다.

수 초 후에야, 비로소 내 오른손이 뭔가를 움켜쥐고 있다는 걸 깨달았다. 단단한 손잡이에 어딘지 익숙한 촉감의 미끈한 뭔가가 느껴졌다. 이내 풍겨온 비린내에 그 정체를 가늠할 수 있었지만 덜컥 솟은 겁에 판단을 미뤘다.

"누, 누구 없어요? 불, 누가 불 좀 켜…!"

순간 번쩍, 불이 들어왔다. 갑자기 밝아진 빛에 눈이 부셔 또다시 아무것도 볼 수 없었다. 눈을 한참 껌뻑이고 나서야 익숙해졌다. 그러나 그렇게 마주한 현실은 끔찍했다.

"아아아악! 아아아아아악!"

새된 소리를 지르며 손에 들고 있던 것을 내던지듯 놓아버렸다. 칼날은 물론 손잡이까지 붉은 피로 흥건한 과도가 쨍강, 울리는 소리를 내며 하얀 바닥에서 튀어 올랐다.

피의 주인인 남자가 바로 앞에 쓰러져 있었다. 죽은 지 얼마 되지 않은 듯, 핏기가 가시지 않은 얼굴이지만 부릅뜬 눈은 이미 생기를 잃은 상태였다. 그 눈으로 나를 노려보다 죽어간 게 분명했다.

그는 내 애인이자 잘나가는 IT 기업의 CEO, 천재 프로그래머 쿠스다 코타로였다.

"꺄아아아악!"

믿을 수 없는 상황에 다시 소리를 지르다 양손에 묻은 피를 봤다. 죽은 코타로의 피라는 걸 알게 되자 더욱 소름이 끼쳐 견딜 수 없었다. 푸른색 꽃무늬 원피스의 치맛자락에 급하게 닦아내다가, 그러면 그 피가 내게서 떠나지 않는 것과 다름없다는 걸 깨닫고 바쁘게 움직이던 손을 멈췄다. 다른 것에 닦거나, 씻을 곳을 찾기 위해 주변으로 시선을 돌렸다.

온통 하얀 작은 방이었다. 창도 하나 없는 밀실 형태의 방은 내겐 생경하지 않은 곳이었다. 바로 코타로가 홀로 처박혀 프로그래밍 작업을 하는 작업실이었으니까.

하지만 지금이 몇 시이고, 어쩌다 내가 이곳에서 죽은 코타로와 함께 있는 건지 전혀 알 수 없었다. 주위를 확인했지만 휴대폰도 보이지 않았다. 재빨리 몸을 돌려 출입문으로 달려갔다. 여기서 나가야 했다. 빨리 이 끔찍한 공간에서 벗어나야 했다.

문손잡이를 잡고 흔들었지만 열리지 않았다. 당황한 손놀림에 하얀 벽엔 붉은 핏자국이 어지럽게 찍혔다. 그 끔찍한 광경에 얼굴이 일그러지려는 순간, 기계음의 경고 메시지가 울리는 바람에 몸이 경기하듯 움찔했다.

"마스터의 음성 인식이 필요합니다."

"문 열어! 나, 오오츠카 카나야!"

"오오츠카-카나. 사용자 음성 확인 완료. 현재 출입문의 개폐는 마스터의 음성 인식으로만 가능하도록 설정되어 있습니다."

"당장 열라고! 네 마스터는 저기 죽어 있잖아! 빨리 열어!!"

"다시 한번 알립니다. 현재 출입문의 개폐는 마스터의 음성 인식으로만 가능합니다."

"시발! 씨바알! 으아아아아!"

열리지 않는 문을 잡고 미친 듯이 흔들었다. 주먹으로 세게 두드렸다. 하지만 문은 흔들림도 없었다. 완벽하게 소음을 차단하고자 했던 코타로가 조금의 틈도 허락하지 않은 탓이었다.

순간 절망감 때문인지 숨이 턱 막혔다. 그대로 정신을 잃고 쓰러졌다.

2

"…카 씨. 오오츠카 씨?"

"아, 죄송해요. 아직도… 그 사람 얼굴이 눈앞에 아른거려서."

회색으로 도배한 듯한 경찰서 조사실에서 내가 겨우 정신을 차리며 변명하듯 말했다. 안도 히로카 형사라고 자신을 소개했던 여자가 책상 한쪽에 있던 생수병을 내게 밀어주었다.

"물 좀 드세요."

고개를 끄덕여 감사를 표하곤 뚜껑을 따서 마시는데, 날카롭게 관찰하는 시선이 느껴졌다. 그래, 나였더라도 그런 시선으로 날 봤을 것이다. 하지만 나는 정말로 코타로를 죽이지 않았다. 심지어 그 방에 들어간 기억조차 없다.

멍하니 있는 내게 안도 형사가 다시 경고하듯 말을 꺼냈다.

"혹시 심신미약이나 심신상실로 어떻게 해보려는 생각이라면, 일찌감치 포기하는 게…."

　"아니에요! 정말 기억이 전혀 없다고요! 제가 마지막으로 기억하는 건… 그래요, 지하 주차장에서 차를 빼려고 운전석에 앉았는데, 머리에 아찔한 통증을 느꼈던 게 끝이라고요. 형사님, 제발 믿어주세요!"

　안도 형사는 눈을 가늘게 떴다. 본인이 거짓말 탐지기라도 되는듯 지그시 내 표정을 살폈다. 하지만 원하는 성과를 이루지 못한 듯 이내 눈을 내리깔고 앞에 놓인 서류를 뒤적였다.

　"그 말을 믿는다 치더라도, 설명이 안 되는 부분이 너무 많습니다. 완벽한 밀실이었던 곳에서 쿠스다 씨가 사체로 발견됐고 그곳에 흉기를 든 오오츠카 씨가 있었어요. 그곳에서 찾은 지문과 미세증거도 전부 두 사람 것입니다. 방 출입도 사전 등록된 음성 인식으로만 가능하던데, 등록된 사람은 죽은 쿠스다 씨와 오오츠카 씨뿐이에요. 그래서 저희가 오오츠카 씨를 꺼낼 때도 문을 부수고 진입해야 했습니다."

　거기에 대해선 할 말이 없었다. 나도 코타로의 작업실이 얼마나 완벽한 밀실인지 잘 알기 때문이었다. 소음조차 완벽하게 통제해야 했던 천재 프로그래머의 작업실이었으니까. 그렇지만….

　"하지만 저는 진짜로 죽이지 않았어요! 저도 형사님 입장이라면 저를 의심할 수밖에 없다는 건 인정해요. 정말로요! 그렇지만… 그런 정황인 거지, 제가 그 사람을 죽이는 걸 목격한 사람이 있는 것도 아니잖아요? 누군가 코타로를 죽였고, 저한테 모든 걸 뒤집어씌우려 하는 거라면요? 저를 기절시킨 후, 그곳에 데려다놓고 현장을 꾸몄을 수도 있잖아요? 코타로 정도의 프로그래머라면, 그의 작업물을 노리는 사람이 분명 있을 거라고요, 네?"

그런 의심이 약간은 있었는지, 안도 형사의 눈빛이 조금 흔들렸다. 순간, 돌파구를 찾을 수 있을지 모른다는 희망이 머릿속에서 번뜩였다.

3

나는 눈이 부실 정도의 미인은 아니다. 길을 걷다 돌아볼 만한 미모는 아니라는 말이다. 그럼에도 불구하고 많은 남자가 나한테 빠져 모든 것을 내주곤 했다. 아니 내가 빼앗았다고 하는 게 더 맞겠다.

조금 부족한 외모 때문이었을까, 나는 남자를 유혹하는 방법을 일찍 터득했다. 어떻게 해야 그들이 나를 돌아볼지, 관심을 가질지, 내 마음대로 움직이게 할 수 있는지를 안다는 얘기다.

바로 그들 입장에서 생각하면서 내 자존심을 조금만 희생하면 가능했다. 처음엔 그저 장난스럽게 그들과 놀았다. 커피 한 잔, 술 한 잔을 대접받는 걸로 시작했다. 성공률이 높아지자, 어디까지 가능한지 시험해보고 싶었고, 점차 그 한계가 상당히 높다는 것을 알게 되었다. 명품 가방은 물론 생활비, 차, 심지어 고급 오피스텔 임대료까지 대주는 남자들이 있었다.

그때쯤엔 남자들을 부리는 게 내 직업이나 마찬가지가 되었다.

물론 위기도 있었다. 조금 눈치가 빠른 남자이거나, 애인이나 배우자가 있는 경우에는 감당해야 할 위험이 컸다. 내가 그들에게 투자한 시간 대비 수확이 그리 크지 않은 경우도 많아졌다. 게다가 나는 점점 나이가 들어가고 있었고, 노후를 위한 큰 한 방을 선사해줄 상대를 찾을 필요가 있었다. 마침내 목적에 맞는 한 집단을 발견하는 데 성공했다. 바로 사회성이 조금 떨어지는 천재들.

주로 공부에 특화된 머리를 가진 그들은 이성 관계는 물론이거니와, 일상적인 인간관계를 맺거나 유지하는 것도 힘들어 보였다. 그래서 초기 접근은 무척 힘들었지만, 일단 접점을 만들어 경계심만 풀고 나면 내게 빠져들어 의지하는 것은 순식간이었다.

그들을 처음 발견한 계기는 하늘이 도운 우연이었다. 당시 작업하려던 유부남의 와이프가 내 존재를 알아채면서 제대로 시작도 하지 못하고 작업을 접기로 결론을 내린 날이었다. 홧김에 잘 가지도 않던 나이트클럽에 들렀다. 술을 진탕 마시는 바람에 화장실을 다녀오다 방을 잘못 찾아 들어갔는데, 일행들은 다 춤추러 나가고 어떤 남자가 홀로 남아 있었다. 이전의 작업 실패에 대한 보상 심리였을까, 아니면 내 능력이 건재한지에 대한 테스트였을까. 아무튼 나는 혼자 있던 남자 옆에 무턱대고 앉았다. 그렇게 정신없이 술을 마시고 잠자리까지 하게 됐는데, 남자는 그런 인연만으로도 나를 자신의 운명이라고 여겼다. 알고 보니 그는 상당히 유망한 스타트업의 CTO였고 업계에서 차세대 기술로 기대하는 뭔가를 개발하고 있었다. 이전까지는 내가 접하지 못했던 부류의 사람이라 호기심에 만남을 이어갔다.

그러나 그와의 데이트는 영 재미가 없었다. 공통의 관심사도 없고, 남자가 하는 말을 거의 이해는커녕 알아들을 수조차 없었다. 그래서 내가 선택한 대응은 무조건 싱긋, 웃어주는 것이었다. 그의 말이 옳다고, 의견이 맞을 거라고, 나는 그렇게 믿는다는 듯 눈

55

을 반달로 만들어 웃었다. 그러면 남자는 기쁜 얼굴로 "역시 날 이해하는 건 너밖에 없어"라는 식의 말을 지껄였다.

그 생활이 내게 즐거웠을 리는 없다. 그래도 어느 때보다 풍족하고 안락하게 지낼 수 있었다. 잠시의 희생으로 얻은 남자의 돈으로 나의 다른 즐거움을 채웠다. 하지만 시간이 갈수록 의미 없는 웃음에 스스로 지치는 건 어쩔 수 없었다.

그런데 때마침 브로커가 접근해왔다. 남자의 사무실에서 뭔가를 몰래 가져다주면 큰돈을 주겠다고 했다. 어차피 남자와의 관계를 지속할지 말지를 고민하던 참이라 일거양득이었다. 자료를 넘기고 남자에게는 이별을 고했다.

나중에 보니, 브로커는 남자 회사의 경쟁사에 고용된 사람이었고, 경쟁사는 내가 넘긴 정보로 고착되어 있던 단계를 비약적으로 뛰어넘어 완성된 제품을 바로 시장에 내놓았다. 의심을 살 만도 했지만, 경쟁사가 오래전부터 남자와 같은 연구를 진행하고 있었다는 사실은 업계에서 이미 잘 알려져 있었고, 내가 남자와 사귄 기간이 그런 목적으로 접근해서 관계를 유지했다고 보기엔 상당히 긴, 3년에 가까운 시간인지라 큰 탈 없이 넘어갔다.

그 일로 큰돈을 쥐게 된 후, 나는 일명 '너드nerd'라 불리는 그들을 타깃으로 삼았다. 이쪽은 어느 기술이 유망한지 트렌드도 중요했기에 관련 공부도 시작했다. 그들의 공통적인 특성이나 좋아하는 취미, 활동 등에서도 접점을 만들기 위해 준비했다. 접근하기 쉽도록 직접 온라인 쇼핑몰도 하나 만들어 운영했다.

누군가는 내게 골드디거니 꽃뱀이니 하겠지만, 정말로 모르는 소리다. 이제 나는 타깃의 말에 미소로 무마하지 않고 약간의 대화를 할 수 있는 수준까지 도달했으니까. 내가 그들을 사로잡기 위해 기울인 노력의 결과다.

그 후 두세 명을 대상으로 더 작업하고 지금에 이르렀다. 어차피 이 일을 평생 하지는 못할 터였다. 세월이 흐를수록 그다지 뛰어나지 않은 미모는 더욱 시들 것이며, 당한 남자들이 자존심 때문에 쉬쉬한다고 해도 영원히 비밀로 묻힐 거라고 장담할 수 없다. 이미 통장 잔고도 노후를 걱정하지 않아도 될 만큼 채워져 있었다. 그래서 쿠스다 코타로가 마지막 타깃이었다. 코타로만 마무리하면, 더 이상 그들이 원하는 나로 사는 게 아니라, 내가 원하는 남자를 찾아 본연의 나로 살기로 마음을 정했다.

그리고 마침, 하늘이 내게 첫 우연을 선사했던 때처럼, 오가타 유우가 나타났다. 코타로의 절친이었지만, 그의 친구라고 생각할 수 없을 만큼 너무도 다른 남자. 유우는 영상 데이터를 분석하는 프로그래밍 기술자이지만, 코타로처럼 한쪽으로 과도하게 치우친 천재가 아닌, 이른바 문·이과 통합형 수재다. 문화·예술 방면의 지식과 관심도 많아서 함께 이야기를 나누면 시간 가는 줄 몰랐다. 내가 그를 즐겁게 해주는 게 아니라, 그가 나를, 우리를 즐겁게 해주었다.

그래서 코타로 몰래 유우를 만나기 시작했다. 유우는 처음엔 별 생각이 없었던 것 같다. 내가 정말 단순한 일을 부탁하거나 그의 회사 근처에 일이 있어 들렀다며 커피나 한잔 사달라고 하는 식으로 접근했기에 다른 목적이 없다고 여겨 응해주었다. 하지만 그도 곧 내 마수에 걸려들었다. 친구를 속이는 일이라는 걸 자각하고선 괴로워했지만, 결코 나를 끊어내지 못했다. 나 또한 유우가 내 남은 인생을 걸 만큼 마음에 들었기에, 모든 걸 정리하고 그에게 안착하고 싶었다. 그래서 조만간 코타로의 작업을 마무리할 생각이었다. 유우와 행복한 진짜 인생을 시작할 예정이었다.

그런데 코타로가 죽어버린 것이다. 마치 내가 죽인 것처럼 보이는 상황으로.

4

쿠스다 코타로는 내가 이제껏 만난 어느 천재보다도 까다로웠다. 보통의 예민함을 넘어 까탈스럽기 그지없었다. 특히 프로그래밍 작업을 할 땐 누구의 방해도, 심지어 선풍기 소리 같은 작은 소음에도 치를 떨었다. 그래서 오로지 작업에만 집중할 수 있는 밀실을 만든 거였다.

그 작업실은 사이타마현 외딴곳에 있었다. 거품경제가 한창이던 시절엔 작은 중소기업들이 모여 호황을 이루던 지역이었는데, 거품이 꺼진 2010년쯤엔 모든 기업이 그곳을 떠났다. 그리고 2015년, 이미 자신의 회사를 굴지의 IT 기업으로 키워낸 코타로가 그 일대의 땅을 몽땅 사들여서 부지의 한가운데 있던 건물 하나만 남기고 모두 헐어버렸다. 주변에 사람들이 들고 나면서 발생할 소음을 애초에 차단하기 위해서였다. 그 건물은 원래 직원 100여 명이 일하는 기업이 입주했던 곳이었는데, 코타로는 건물 정중앙에 있던 사무실 하나를 자신의 작업실로 개조한 후 다른 곳을 모두 폐쇄했다.

코타로의 결벽 성향만큼 하얗게 꾸민 작업실은 건물 중심에 있었기에 창문이 없었다. 작업실 내부에는 컴퓨터, 책상과 의자, 작은 소파 세트, 물과 차 정도만 마실 수 있는 싱크대만 두었다. 냉장고조차 소음 때문에 들여놓지 않았다. 방 내부에 있는 화장실도 창이 없긴 마찬가지였다. 환기는 보이지도 않을 만큼 얇은 틈으로 가능했는데, 이 역시 소음이 발생하지 않도록 특수 제작한 장치를 적용했다.

작업실 출입은 지하 주차장에서 직통으로 연결된 엘리베이터로만 가능했다. 지하 주차장으로 들어가려면 도보로든 차로든 비밀번호를 입력해야 했고, CCTV는 주차장 입구와 작업실 복도에만 설치되어 있었다. 작업실에 들어가는 것은 물론 나올 때도 음성 인식 시스템에 목소리가 등록된 사람만 가능했다. 얼마 전까지만 해도 시스템에 등록된 목소리는 코타로 본인뿐이었으니, 보안은 거의 완벽한 셈이었다.

청소도 코타로 본인이 직접 했다. 다른 사람이 한 것은 성에 차지 않았고, 누가 그곳에 들락거리는 것도 싫어했기 때문이다. 어지간한 손님이 아니라면 그 공간에 들이는 것조차 꺼렸다. 작업실을 만든 지 10년이 다 되어가지만, 내부를 본 사람은 나와 유우, 그리고 코타로가 작업실을 막 꾸렸던 초기에 방문한 투자자 몇뿐이었다.

사실 그 때문에 내 작업을 마무리하는 게 쉽지 않았다. 브로커가 내게 요구한 프로그램 소스는 이미 정해져 있었다. 하지만 그의 작업실에 몰래 들어갈 수 없는 상황이라 빼내는 게 불가능했다. 코타로의 목소리를 녹음해서 시도해본 적도 있지만, 기본으로 적

용된 음성 인식 기술에 코타로가 프로그래밍을 추가하면서, 녹음되었거나 모사한 음성으로는 문이 열리지 않았다.

그러나 일을 언제까지 미룰 수는 없었다. 유우가 시간이 지날수록 코타로 몰래 만나는 상황을 힘들어했기 때문이다. 그래서 하루빨리 정리해야 했다.

결국 나는 성과 없이 끝나버릴지도 모를 위험을 감수하면서까지 최후의 무기를 던졌다.

"코 군, 나 사랑해?"

관계를 막 마치고 그가 가쁜 숨을 몰아쉬며 내게서 막 떨어지기 직전, 오르가슴의 발목을 잡아채듯 물었다.

"…갑자기 그건 왜 물어?"

코타로가 생각을 읽을 수 없는 눈빛으로 내려다보며 되물었다. 언뜻 얼음장처럼 차가운 기운이 스치는 것 같았지만, 일단 말을 내뱉은 이상 물러서긴 늦었다는 걸 알기에 애교를 섞어 답했다.

"나는 자길 사랑하거든."

그가 물끄러미 나를 바라봤다. 내 답이 어떤 의미인지, 어떤 답을 원하는지 도통 모르겠다는 표정이었다. 그도 그럴 것이, 내가 일부러 그를 혼란스럽게 만든 거였으니까.

나는 싱긋 미소를 짓고는 본론에 들어갔다.

"자기가 일할 때 아무에게도 방해받지 않고 싶어 하는 건 나도 알아. 하지만 나는 걱정이 돼. 혹시나 자기가 작업하다 갑자기 쓰러지거나 하면 어떡해? 자긴 특히나 일에 집중하면 물도 마시지 않고 코드만 짜느라 밤새 일하는 날이 많잖아."

그제야 내가 하고 싶은 말을 짐작한 듯 코타로가 눈을 끔뻑였다.

유우였다면 이런 순간에 감동하거나 기뻐하며 해사하게 웃었을 텐데, 코타로는 오히려 사업적 판단을 내릴 순간이 왔다는 듯한 굳은 표정이 되었다.

"그러니까."

그 표정에 흔들리지 않고 고집스럽게 말을 이으려는 순간, 코타로가 끼어들며 대신 말했다.

"그러니까, 내 작업실을 드나들게 해달라는 거야?"

"자기에게 내가 필요한 순간이 언제가 될지 모르니까, 그때 바로 달려갈 수 있게 해달라는 거지. 자기를 구하러."

내가 지을 수 있는 가장 다정한 미소를 얼굴에 올리며 한 손으로 그의 볼을 감쌌다. 그를 정말 걱정하는 것처럼 보이는 순수한 눈빛도 잊지 않았다. 코타로는 그런 내 눈을 조금은 흐릿하게 응시하다가 마침내 고개를 끄덕였다.

다음 날 바로 작업실로 함께 가서 내 목소리를 등록했다. 그걸로 드디어 코타로의 작업실을 자유롭게 드나들 수 있게 됐다. 목표물에 접근하는 첫 번째 단계는 넘어섰으니, 이제 다음 단계는 그에게 걸리지 않고 소스를 훔쳐낼 방법을 찾는 거였다. 더불어 음성 인식을 통과해도 기록은 남을 테니, 그것을 말끔히 지울 계획도 필요했다.

그것만 준비되면, 이제 쿠스다 코타로와의 지난한 관계를 끊고 오가타 유우에게 갈 수 있었다.

5

안도 형사가 내 눈치를 살피며 조심스럽게 입을 뗐다.

"실은, 작업실 복도의 CCTV가 사건 당일 꺼져 있던 게 좀 걸리긴 했습니다만…."

"복도 CCTV가요? 역시…!"

내가 제기한 의문을 뒷받침할 근거가 이미 있다는 얘기였다! 나도 모르게 두 주먹으로 책상을 내리치며 소리쳤다.

"그것 보세요! 누군가 저한테 누명을 씌우려고 계획한 게 분명하다고요!"

"하지만 그런 의혹이 의미 없을 만큼 강력한 다른 증거가 있습니다. 오오츠카 씨는 몰랐을 수도 있지만, 쿠스다 씨가 오오츠카 씨에게 살해당하는 장면을 본 사람이 있어요. 아니, 사람들이 있죠."

"네…? 그, 그게 무슨 말이에요?"

당사자인 내겐 기억에도 없는 일이 실제로 일어났고, 심지어 그걸 목격한 사람이 있다는 말인가? 그것도 다수라고? 말이 되지 않았다. 내가 정신이 이상해진 게 아닌 이상, 불가능한 일이었다.

안도 형사가 고개를 돌려 투명한 창 너머로 소리쳤다.

"그 영상 좀 가져다주세요!"

곧장 누가 작은 노트북을 책상 위에 놓고 갈 때까지도, 나는 넋이 나간 채 시간이 정지된 듯 멈춰 있었다. 실제론 시간이 아닌 뇌가 정지된 느낌이었지만.

안도 형사는 뭔가를 조작하더니 노트북 화면을 내게로 돌렸다.

"이걸 보시죠."

겨우 정신을 차리고 노트북 화면을 주시했다. 처음엔 뭔가 싶었지만 이내 정체를 알아챘다. 코타로의 라이브 스트리밍이 녹화된 화면이 재생되고 있었다.

코타로는 매주 화요일 저녁 7시부터 두 시간 남짓 자신이 짜는 코드를 실시간으로 스트리밍했다. 나를 만나기 전부터 해오던 일이었으니, 벌써 몇 해째 이어진 루틴이었다. 그렇게 하는 이유는 루틴을 정착시켜 스스로 게을러지지 않도록 채찍질하면서, 동시에 코딩 프로그램을 공부하는 후배들에게 자신의 노하우를 공유해 작업 향상을 독려하기 위해서라고 했다.

표면적인 이유는 그랬지만, 사실 나는 코타로가 실력을 과시하기 위한 목적이 크다고 생각했다. 자신이 얼마나 천재적인지, 얼마나 빠르면서도 완벽하게 프로그램을 짜는지, 남들과 차이가 나는 모습을 보여주려는 의도라고 여겼다. 정말 누군가에게 도움을 줄 목적이었다면, 채팅 창에 올라오는 반응이나 질문에 좀 더 적극적으로 답했을 테니까.

나도 몇 번 그가 스트리밍하는 라이브를 관찰한 적이 있었지만, 코타로는 채팅에 거의 반응을 보이지 않았다. 그나마 채팅에 참여하는 경우는, 작업에 딴지를 거는 안티를 뭉개기 위한 반론이나 논쟁을 할 때뿐이었다. 어쨌든 까다로운 성격 때문에 밀실까지 만든 인간에게 그런 소통을 바란다는 것 자체가 무리였다.

가만. 스트리밍 영상을 보다 보니, 불현듯 내가 차에서 정신을 잃고 기억이 끊긴 요일과 시간이 떠올랐다. 화요일 저녁 7시가 조금 넘은 시각. 재빨리 화면의 날짜와 시간을 확인하곤 눈이 커졌다. 어떻게 이게 가능하지? 안도 형사는 이게 증거라고 했는데? 그렇다면 이 화면에 내가 코타로를 죽이는 장면이 찍혀 있다는 얘기인데, 그게 어떻게…?

이해할 수 없는 상황에 눈살을 찌푸린 채 모니터에 얼굴을 기울였다. 코타로는 집중할 때면 항상 그랬듯 무표정한 얼굴에 미간을 살짝 찌푸린 채 빠르게 코드를 쳐내고 있었다. 채팅 창에 갖가지 대화가 올라오고 있었지만 역시 신경 쓰지 않았다.

그런데 갑자기 코타로가 어느 특정한 채팅에만 답을 했다. 내용을 확인하곤 위화감에 속으로 혼잣말을 했다. 저런 시답잖은 인사에 대꾸를 했다고?

4rang: 쿠스다 님의 코드는 오늘도 완벽하네요!
GOD_쿠스다: 고맙습니다.

그리고 언제 그랬냐는 듯 다시 코드를 써내려갔다. 어딘지 모를 찝찝함 때문에 입이 말랐다. 다시 생수병을 열어 한 모금 마시는데, 갑자기 화면이 어두워졌다. 노트북이 고장 난 건가 싶어 나도 모르게 모니터 모서리를 손으로 때렸다.

안도 형사가 재빨리 내 손을 잡으며 소리쳤다.

"고장 아니에요, 기다리세요!"

그 말에 놀라 그녀의 얼굴을 멀뚱히 보는데 어두워진 화면에서 소리가 들렸다.

"전등, 켜. …불 켜라고!"

코타로가 짜증스럽게 음성 명령을 내린 거였다. 어두워진 화면

속 어딘가에서 외치는 듯했다. 하지만 캄캄한 화면은 전혀 변화가 없었다. 채팅 창은 사람들이 영문을 몰라 주절대는 말들로 순식간에 가득 찼다.

그런데 갑자기 코타로가 경악한 목소리로 크게 외쳤다.

"카나?!"

지금은 이미 죽은 코타로의 입에서 나온 내 이름에, 일순 온몸에 소름이 돋았다. 그사이 "윽!" 하는 신음과 함께 쓰러지는 소리가 났고 채팅 창도 난리가 났다. 코타로에게 무슨 사고가 생긴 게 분명하다며, '카나'가 누구냐고 묻는 글들이 정신없이 올라왔다. 경찰에 신고해야 한다는 말이 나오더니 누군가 이미 110에 신고하고 통화 중이라는 대화도 올렸다. 거기서 화면이 정지됐다.

"이제 아시겠습니까? 오오츠카 씨가 쿠스다 씨를 칼로 찌르는 순간이 라이브 영상에 고스란히 담겼어요. 라이브를 보고 있던 사람들이 너도나도 경찰에 신고 전화를 해서 우리가 쿠스다 씨의 작업실로 출동했던 겁니다. 쿠스다 씨는 이미 숨진 후였지만, 오오츠카 씨를 현장에서 검거할 수 있었죠."

이럴 리는 없다. 이럴 수는 없었다. 도대체 어떻게 된 일인지 여전히 알 수가 없어서 소리쳤다.

"마, 말도 안 돼요! 저는 그 시간에 지하 주차장에서 차를 타고 나가려다가 공격을 받고 정신을 잃었다니까요! 지금 이건… 그래요! 화면도 온통 어두워서 사실 제 모습은 보이지도 않잖아요! 이런 화면을 가지고, 제가 코타로를 죽였다고 하는 건 무리가 아닌가요? 네?"

이럴 때 흥분하는 건 위험한 일이었지만 너무 급작스러운 상황에 제어가 되지 않았다. 자칫하면 정말로 내가 코타로를 죽인 살인자로 몰릴 것 같았다. 그를 등치려 했던 건 맞지만, 결코 죽일 생각은 없었다. 사기죄는 인정해도 살인죄를 덮어쓸 순 없었다.

"맞아요, 차! 차량은 조사하셨어요? 범인이 저를 납치해서 코타로가 죽은 자리에 데려다 놨을 테니까, 분명 범인의 흔적이 차에 남았을 거예요. 그러니까…!"

"당연히 거기도 꼼꼼히 조사했습니다. 하지만 없었어요. 오오츠카 씨와 쿠스다 씨, 두 분 것 외에는."

안도 형사가 내 말을 단호하게 잘랐고 나는 다시 절망했다.

"그럴 리가…."

그날 코타로가 작업실로 저녁을 사다 달라고 했다. 음식 배달이 안 되는 외딴곳이라 내가 종종 그렇게 식사를 가져다주곤 했다. 코타로는 평소에 운전을 거의 하지 않아서 우리는 차 한 대를 함께 사용했는데, 그날은 그가 작업실에 일찍 간다며 오전에 타고 나갔기 때문에 나는 도시락을 사서 택시로 이동했다. 나올 땐 나보고 차를 가져갔다가 나중에 데리러 와달라며, 주유소에 들러 기름도 채워달라고 했었다.

사실 코타로가 라이브 스트리밍을 하는 매주 그 시간은 나에게 매우 소중한 자유 시간이었다. 유우와 가장 안전하게 정기적인 데이트를 할 수 있었으니까.

때론 코타로의 라이브를 보면서 데이트 시간을 조정하기도 했다. 그날도 코타로가 시키는 대로 그에게 방해가 되지 않도록 포장해온 식사를 작업실 복도에 놓아두고 유우를 만나러 가기 위해 차에 올랐다가 공격을 당해 정신을 잃었던 거다.

문득, 어쩌면 그게 나의 알리바이가 될 수 있을 것 같았다. 내가 코타로를 살해할 계획이었다면 그 시간에 다른 사람과 약속을 잡았을 리 없으니까.

"저, 사실 그 시간에 만나기로 한 사람이 있었어요. 약속이요. 제가 정말 코타로를 죽였다면, 죽일 생각이었다면, 그 시간에 약속을 잡을 리는 없잖아요? 안 그래요, 형사님? 네?"

"만나기로 한 분이 있었다고요? 그게 누구죠?"

"그….."

비록 코타로와 결혼을 한 건 아니었지만, 바람피우던 상대를 말한다는 게 껄끄러웠다. 하지만 살인죄를 덮어쓰면서까지 피할 일은 아니라고 판단해, 결국 오가타 유우의 존재와, 그와 매주 같은 시간에 만나왔다는 사실을 털어놓았다. 안도 형사의 눈빛이 묘해졌지만 무시했다. 지금 가장 중요한 건 살인 누명을 벗는 거였으니까.

그리고 이렇게 된 김에, 더 확실한 돌파구를 찾아야 했다.

"분명히 누군가가 코타로가 개발하던 소스 코드를 노리고 범행을 저지른 게 틀림없어요! 그걸 감추기 위해 코타로와 가장 가까웠던 저한테 모든 걸 뒤집어씌운 거고요! 이 라이브 스트리밍 영상은 아무래도 수상해요. 의심스러운 다른 정황이 있다고 생각하면서도, 결국 이것 때문에 형사님은 제가 범인이라고 단정하신 거잖아요? 그렇죠?"

"그렇긴 하지만… 그러나 저희 쪽에도 이 분야의 전문가가 있어요. 영상은 문제가 없었습니다. 라이브로 송출된 게 맞고, 채팅도 실시간으로 진행된 게 확실해요. 조작된 부분은 전혀 보이지 않는

단 얘깁니다."

"형사님, 기술이라는 건! 저도 코타로와 지내면서 어깨 너머로 들은 것뿐이지만, 새로운 기술은 단지 상용화되지 않았을 뿐이지 불가능하다고 단정할 순 없어요. 딥페이크 같은 기술도 실제 서비스가 나오기 전까지는 가능할 거란 생각도 못했다고요!"

실제 기술과 관련된 얘기를 꺼내자, 안도 형사의 얼굴에 의구심이 떠올랐다. 이마를 찡그린 채 골똘히 생각에 잠겼다가 이윽고 물었다.

"그럼, 그걸 확인해줄 만한 기술자를 추천해줄 수 있습니까?"

6

유우의 얼굴이 많이 상해 있었다. 범인으로 의심받고 있는 나에 대한 걱정 때문인지, 코타로의 죽음 때문인지 알 수 없지만, 유우의 다감한 성격이라면 어쩌면 둘 다 큰 충격과 부담을 줬을 것이 분명했다.

"카나. 몸은 좀 어때? 괜찮은 거야?"

자기 얼굴이 더 수척해 보이는 걸 모르는지, 유우가 걱정스럽게 내게 물었다. 그게 고맙고 사랑스러워서 미소를 띤 채 책상 건너 편에 마주 앉은 그에게로 손을 뻗었다.

"응. 놀랐지만 괜찮아."

"접촉은 안 됩니다."

옆에 앉아 있던 안도 형사가 곧바로 내 손을 저지했다. 엉거주춤

손을 다시 가져오면서 멋쩍은 표정으로 '미안해요'라고 입술만 들 썩였다.

"불필요한 오해가 없도록, 바로 본론으로 들어가겠습니다."

안도 형사가 딱딱한 말투로 유우에게 말했다. 유우가 어리둥절한 표정으로 안도와 나를 번갈아 보자, 나는 고개를 주억거리며 안도 형사의 말을 들으라는 시늉을 해 보였다. 그러자 유우는 단정한 얼굴로 형사를 바라보았고, 그녀는 코타로가 죽은 현장과 의심스러운 정황, 라이브 스트리밍 영상에 대해 설명한 뒤 내가 의혹을 제기한 부분까지 놓치지 않고 덧붙였다.

"쿠스다 씨를 살해한 결정적인 증거로 보이는 라이브 스트리밍 영상을, 용의자인 오오츠카 카나 씨는 조작됐다고 주장하는 상황입니다. 그런데 오가타 씨가 이 분야에서는 손꼽히는 기술자라고하니 협조를 부탁드리고 싶습니다. 물론 피해자와 이해관계가 충돌하기 때문에, 모든 과정을 저희 쪽 전문가의 입회하에 작업하셔야 합니다. 이 때문에 거부하신다 해도 불이익은 없을 것이며…."

"아니요, 하겠습니다. 카나를 위해, 그리고 코타로를 죽인 진범을 찾기 위해, 제가 꼭 밝혀내겠습니다."

이 일에 최선을 다해야겠다는 다짐이 말을 마치고 굳게 다문 유우의 입술에서 읽혔다. 그는 결의에 찬 시선을 바로 내게로 옮기며 말했다.

"내가, 꼭 밝혀낼게."

유우의 믿음과 애정이 느껴져 울컥 눈물이 솟을 지경이었다. 최종적으로 그를 선택한 나의 선견지명에 뿌듯함마저 들었다.

다음 날 오전, 충격과 걱정으로 며칠 동안 제대로 잠을 이루지 못했다가 어제 유우를 만나고 난 후 믿을 수 없을 정도로 마음이 차분해진 덕에 단잠을 잤다.

눈을 뜨자마자 안도 형사에게서 전화가 왔다. 유우의 분석이 끝났다며, 조사한 결과를 설명하기 위해 경찰서에 나오기로 했으니 내게도 당장 와달라고 했다. 예상보다도 빠르게 진행된 유우의 작업에 벌써 좋은 예감이 들었다. 서둘러 준비를 마치고 경찰서로 향했다.

어제와 마찬가지로 조사실에서 유우와 마주 앉았다. 안도 형사는 내가 도착하기 전에 미리 유우와 얘기를 나눈 듯, 조금 떨어진 곳에 앉아 듣기만 하겠다고 했다.

희망에 찬 눈으로 유우를 바라봤다. 그가 어떤 식으로 내 누명을 벗겨줄지 기대가 됐다. 하지만 그는 어딘지 모르게 무거운 표정으로 내 시선을 피했다. 설마, 하는 생각에 자리에서 벌떡 일어나 다그치듯 물었다.

"서, 설마! 영상이 조작된 걸 밝혀내지 못한 거야?"

안도 형사가 벌떡 일어나 방어하는 태세로 나를 막았다.

하지만 나는 그저 놀랐을 뿐, 유우에게 위해를 가할 생각은 없었다. 그래서 멀뚱히 서서 안도 형사와 유우를 번갈아 보았다. 그때 유우가 앉은 자리에서 나를 올려다보며 단호한 어조로 말했다.

"아니. 라이브 스트리밍은 조작되었다고 보는 게 맞아. 미리 촬영된 영상이었어."

다리에 힘이 풀려 털썩, 소리가 날 정도로 앉았다. 놀랐던 마음이 큰 한숨으로 흘러나왔다.

"후. 역시 그랬구나."

하지만 내 반응은 상관없다는 듯 유우가 담담하게 설명을 이었다.

"미리 녹화해둔 영상을 라이브 방송인 것처럼 송출한 거였어. 일반인은 그런 식으로 스트리밍할 수 없지만, 서비스에 기능을 만들어두지 않은 것뿐이지 실제로 불가능한 건 아니야. 범인이 서비스를 해킹해서 백도어를 만들고 필요한 기능을 일반 사용자 몰래 추가해서 이용한 흔적을 발견했어."

그 정도의 기술을 가진 사람이라면, 범인은 확실히 코타로의 라이벌일 가능성이 높아 보였다. 하지만 곧장 의문이 뒤따랐다. 그게 라이브였다고 믿을 수밖에 없었던 이유.

"하지만 실시간 채팅을 했잖아?"

"맞아. 단순한 녹화 영상이었다면 실시간으로 그러는 건 불가능하지. 하지만 언제 대화를 주고받을지 그 시간을 알고 있다면, 채팅 창에 질문자와 답변자의 채팅을 끼워 넣을 수 있어. 범인은 거기에 챗봇을 활용했어. 질문자인 4rang도, 코타로도, 그 계정에 챗봇을 연결해서 정해진 시간에 대화가 올라오게 만든 거야."

머리가 끄덕여졌다. 그렇다면 범인은 다양한 기술을 자유자재로 다루는 기술자라는 얘기였다. 하지만 이미 그런 능력이 있다면 왜 굳이 코타로의 소스를 훔치려 했을까? 아니, 어쩌면 그저 그를 죽이기 위해서였을지도 모른다. 성공한 코타로를 질투해서 그를 죽이고, 그저 자신의 혐의를 내게 돌리려는 의도일 수도 있었다.

그러나 그렇다 해도, 라이브 영상에 대한 의문이 완전히 해결된 건 아니었다. 분명 코타로는 어둠 속에서 내 이름을 외쳤다. 내가 그곳에 실재하기라도 한 듯 나를 불렀고, 나로 오인되는 범인에게 공격을 받았다.

퍼뜩 머릿속에 떠오른 가설에, 유우를 바라보며 의문스럽게 외쳐 물었다.

"영상 속 인물이 정말로 코타로가 맞아? 혹시 딥페이크 영상이었던 건 아니야? 목소리는? 음성도 확인해봤어? 영상 속에서 코타로가 내 이름을 불렀지만, 내 기억에 그런 상황은 한 번도 없었어! 확실해!"

"…응, 아마 그럴 거야."

"아마 그럴 거라고? 그게 무슨 말이야?"

"네가 실제로 함께 있지는 않았을 거라는 말이야. 그렇지만 영상 속 인물은 코타로가 맞아. 딥페이크는 아니었어."

도대체 그게 무슨 말이지? 유우의 말을 정확하게 이해할 수 없어서 인상을 썼다. 그럼 누군가가 내 얼굴을 하고, 나인 척 코타로를 공격했다는 건가? 그게 가능한가?

그 의문을 풀기 위해 영상 속 상황을 머릿속에 떠올렸다. 갑자기 누군가 불을 껐다. 코타로가 불을 켜려고 했지만 음성 인식이 작동하지 않았다. 깜깜한 어둠 속에서 코타로는 누군가를 발견한 듯 이름을 불렀다. 그게 내 이름이었다.

그 순간, 진실을 깨닫고 머리카락이 쭈뼛 섰다. 코타로를 죽인 범인이 누구인지 알게 되었다.

그 깜깜한 어둠 속에서 나타난 누군가가 나라는 것을, 코타로는… 알 수 없었다.

안도 형사는 밀실을 포함한 모든 현장에서 발견된 지문과 미세

증거가 나와 코타로의 것뿐이라고 했다.

그렇다는 건….

애초에 아무도 나타나지 않았던 거다.

코타로는 그저 내가 그곳에 있는 것처럼 내 이름을 불렀을 뿐이다.

그렇다면 범인은 쿠스다 코타로, 그 자신일 것이다. 내게 살인 누명을 씌우기 위해 자신이 가진 온갖 기술을 동원해 이 요란한 연극을 벌이고 자살한 거다.

빙빙 돌아 결국 밝혀진 진실이 너무 어이가 없어서 멍한 눈으로 유우를 바라봤다. 유우는 조사 과정에서 이미 그걸 알아낸 듯, 아랫입술을 깨물며 내가 알 수 없는 어떤 감정을 억누르고 있었다.

그 순간 한 가지 사실을 더 알게 됐다. 코타로는 내가 유우를 몰래 만나는 사실을 알았던 거다.

그래서 내게 버림받는 게 두려웠을까? 그 높은 자존심에 상처를 입어서 이런 식으로 복수하려던 거였을까? 날 벌주고 싶었던 걸까?

그러나 안타깝게도 그의 복수는 실패했다. 나의 유우가 결국엔 코타로가 내게 건 올가미를 잘라내고 구원해주었으니까. 유우를 선택한 나의 결정이 옳았다. 조금 전 죄책감 같은 게 마음 한편에 슬쩍 모습을 드러냈지만, 안도하는 마음이 이내 그걸 구석진 곳으로 밀어버렸다.

나는 한껏 평온해진 마음으로 만면에 미소를 띠며 유우에게 고마움을 표했다.

"고마워, 유우! 자기가 나와 함께해줘서 정말 다행이야. 코타로가 나한테 이렇게까지 할 거라곤 생각도 못했어."

하지만 유우는 얼굴이 차갑게 굳더니 한참 후 겨우 입을 뗐다.

"…글쎄, 난 잘 모르겠어. 그 사실들을 밝혀내고서도 뭔가 찝찝한 구석이 남았어. 코타로가 왜 이렇게까지 했는지 이해가 되지 않았어. 너에게 복수할 생각이었다고는 하지만, 왜 굳이 라이브 스트리밍을 해킹으로 조작까지 하면서 그 시간에 송출한 건지. 아무리 고심해봐도 인과관계가 이상하다는 생각만 들었어. 그래서 밤새 고민하다… 이번 사건의 종속변수인 '자살'에 이르는 독립변수가 '배신한 연인에 대한 복수'만이 아니라, 다른 변수도 있는 건 아닐까 생각하게 됐어."

유우의 말에 내 머릿속도 다시 복잡해졌다. 그가 맞았다. 만일 코타로가 내게 살인 누명을 씌우려 했다면, 밀실인 작업실을 이용해 언제 어느 때든 가능했다.

그런데 굳이 라이브 스트리밍을 계획에 동원했고, 그 때문에 오히려 조작 가능성이 제기되면서 코타로의 계획은 들통나버렸다.

유우가 시선을 내리깐 채 가라앉은 목소리로 말을 이었다.

"코타로는 네 계획을 알고 있었어."

"…뭐? 내 계획이라니, 그게 무슨 말이야?"

"조만간 소스를 훔친 후 자신을 떠날 거라고 확신했어. 그 후 나와 함께할 거란 것도."

유우가 나를 측은한 시선으로 바라봤다. 왜지? 유우가 왜 저런 눈으로 날 보는 거지?

"작업실의 음성 인식 시스템에 너를 등록해줄 때, 코타로는 이미 너에 대해 알고 있었던 모양이야. 이전의 애인들에게서 훔쳐낸 정보를 어디에 얼마를 받고 팔았는지, 몇 번이나 그래왔는지, 날짜별로 정리된 문서가 라이브 스트리밍 해킹 소스에 암호화되어 숨겨져 있었어. 너를 함정에 빠뜨리면, 내가 널 구하기 위해 그 소스를 뒤질 걸 예상했던 거지."

언제나 다정다감했던 유우의 이목구비에서 어떠한 감정도 보이지 않았다.

"코타로는 내게 적나라하게 보여주고 싶었던 거야. 나를 사랑한다고, 내가 사랑한다고 믿는 너의 실체가 무엇인지 직접 확인시켜주고 싶었던 거지. 그게 바로 숨겨져 있던 또 하나의 독립변수였어. '배신한 친구를 향한 복수'."

유우가 잠시 숨을 고른 후 차가운 바람이 이는 듯한 눈빛으로 말을 이었다.

"그런 식으로 인과관계를 분석하는 걸 회귀분석, 영어로는 레그레션regression이라고 해. 근데 재미있게도 심리학에서도 동일한 영어 단어를 사용하는 '퇴행'이라는 현상이 있어. 사람이 어떤 일로 충격을 받으면 미성숙한 정신 기능 단계로 되돌아가버리는 거야. 코타로는 대단한 천재이지만, 가장 가까운 너와 나의 배신을 알게 되었을 때 엄청난 좌절감에 빠졌던 거야. 견고했던 정신세계가 한순간에 붕괴되어버린 거지. 그래서 자신이 가진 최고의 머리와 기술로, 너와 나를 응징한 거야."

뭔가 불안했다. 이대로 가만히 있으면 안 된다는 육감에 다급히 입을 뗐다.

"유우, 나는⋯."

하지만 완강하게 말을 잇는 유우의 목소리에 내 목소리는 곧장 사그라졌다.

"모든 걸 알게 되었을 때, 솔직히 고민했어. 네가 진짜로 코타로를 죽인 건 아니었지만, 코타로를 죽음에 이르게 한 것만은 명백한 사실이니까. 난 영상이 조작되었다는 것을 밝히지 않고 그냥 네가 그 대가를 치르게 하고 싶다는 생각까지 했었어."

놀란 눈을 크게 뜨고 유우를 직시했다.

"하지만⋯ 결국 난 코타로의 선택을 존중하기로 했어. 그는 내가 그걸 발견하고 모든 걸 정리할 걸 계산했던 거니까. 그게 아니었다면 이런 식으로 계획하지 않았을 테니까. 그리고 그 결과로⋯ 내가 정신을 차리고 너를 놓을 거라는 걸 녀석은 알았던 거니까."

내가 이제껏 본 적 없는, 얼음장 같은 얼굴로 유우가 일어서며 덧붙였다.

"앞으로 우린 절대 볼 일 없을 거야."

"유, 유우! 잠깐만! 내, 내 말도 좀 들어보⋯!"

하지만 유우는 뒤도 돌아보지 않고 조사실 문을 열고 나갔다.

나는 그렇게 코타로를 살해한 혐의를 벗을 수 있었지만, 내가 원했던 안락한 삶은 오가타 유우의 차가운 등과 함께 멀어졌다. 그동안 남자들을 속여온 일이 단 한 번의 회귀回歸로 내 미래를 끝내 버렸다.

먼저 사과의 말씀을 올립니다. 네,《계간 미스터리》에 발표 당시 필자로 명기된 '히라노 쥬'는 저였습니다. 왜 이런 장난(?)을 치게 된 건지, 구차스럽지만 세 가지 이유로 변명해봅니다.

첫 번째. 일본 추리소설만 읽는 지인이 제게 한국 추리소설을 읽지 않는 이유로, '등장인물이 일본 이름이 아니면 흥미가 생기지 않아서'라고 말했습니다. 일본 추리소설이 국내 장르 소설계에서도 꽤 많은(어쩌면 대부분) 지분을 차지하고 있지만, 이 정도인 줄은 몰랐기에 충격이었습니다.

두 번째. 본격 미스터리를 표방하는 작품에서는 '동기'를 너무 가볍게 다루는 것에 대한 반항이었습니다. 저는 캐릭터를 움직이는 것은 마음이고, 그로 인해 집요한 트릭도 나올 수 있다고 생각합니다. 그래서 본격 미스터리와 심리 스릴러를 굳이 구분하고, 어느 한쪽은 조금 약해도 괜찮다고 넘기는 풍토가 안타까웠습니다. 이런 얘기를 동료 작가에게 했더니, '네가 동기를 중시해서 그쪽 글쓰기를 계발하는 것처럼, 트릭에 집착하는 작가도 그쪽으로 머리가 발달한 거다. 너도 본격 미스터리는 못 쓰지 않느냐'라고 하더군요.

그래서 썼습니다. 일본 추리소설만 읽는 독자에겐 이름과 장소만 다를 뿐, 발생하는 사건이나 인간의 행동은 다르지 않다는 걸 보여주고, 본격 미스터리도 동기에 힘을 실어주면 훨씬 인상적인 작품이 될 수 있다는 예시가 되고 싶었습니다.

원래는 정체를 완전히 숨기기 위해 '신인상' 응모작으로 넣었습니다. 혹시나 한국추리작가협회의 누군가가 의심하고 추적할까 싶어서 별의별 준비를 다 했건만(이건 기회가 되면 다른 단편으로 풀 계획입니다), 막상 공모 마감 기간이 다가오자 나중에 번거로워질 일이 걱정되어 결국 일반 투고 형식으로 게재했습니다.

이후, 정체를 감추기 위해 동료 작가들에게 무수한 거짓말을 해야 했습니다. 그랬기에 '이건 10년짜리 비밀이다' 다짐했는데, 황금펜상 후보작이 되면서 스스로 밝히게 되었네요. 역시 제 팔자에 비밀은 없나 봅니다. (그러니 여러분, 앞으로 제가 하는 말은 다 진실입니다?)

마지막 세 번째 이유를 아직 말씀드리지 않았죠. 인생에서 재미를 가장 중요한 것으로 치는 저를 움직인 건 당연히 '재밌겠다!'라는 생각이었습니다. 진짜 범죄는 아니지만 구상하고 실행하는 과정은 그것과 비슷하니, 이런 기회를 놓치면 제가 아니지 않겠습니까. 그 과정에서 '나 혼자 재밌자고 이렇게까지 하는 게 맞나?'라는 자괴감도 들었지만, 그때를 회상하면 역시나 재밌고 웃기고 즐겁고 그렇습니다. 더불어, 이 작품 덕에 처음으로 우편 팬레터도 받았으니(광양의 모 독자님께 이 자리를 빌려 감사의 말을 전합니다), 그것으로 또 행복했습니다.

그렇게 우여곡절 끝에 나온 결과물이 《한국추리문학상 황금펜상 수상작품집: 2024 제18회》의 독자들에게도 부디 재미나길 바랍니다.

고양이 탐정 주관식의 분투

장우석

장우석

2014년 《계간 미스터리》 봄호에 〈대결〉로 등단한 후 〈안경〉, 〈파트너〉, 〈영혼샌드위치〉, 〈인멸〉, 〈특별할인〉, 〈인과율〉, 〈구토〉, 〈공짜는 없다〉, 〈나의 작은 천사〉 등의 단편을 발표했다. 〈대결〉은 2017년에 영화화되어 제19회 국제여성영화제 본선에 진출했다. 추리 단편집 《주관식 문제》와 수학 교양서 《수학멘토》, 《수학, 철학에 미치다》, 《수학의 힘》, 《내게 다가온 수학의 시간들》, 《수학을 포기하려는 너에게》를 출간했다.

카페에 들어서자마자 휴대폰이 몸을 떨었다. 주관식周觀識은 눈앞에 보이는 빈 의자에 앉은 다음 휴대폰을 열었다.

'호두 아버님, 잘 지내셨나요.'

관식을 이렇게 부르는 사람은 한 사람밖에 없다. 쟈니 아버지는 이름도, 나이도, 하는 일도, 사는 곳도 모르지만 관식이 확실히 '아는' 사람이다.

'안녕하세요. 오랜만입니다.'

'호두도 잘 있지요? 카톡 프로필 사진 보니까 살이 좀 쪘던데.'

'그럼요. 잘 지내고 있습니다.'

프로필 사진을 바꿀 때가 지난 것 같다.

'몸무게가 6.5킬로그램만 넘지 않으면 고양이는 그래도 좀 통통한 게 귀엽지요. 그건 그렇고 혹시 호두 아버님께 부탁 하나 드려

도 되겠습니까?'

'부탁…이요?'

'○○아파트 1동 거주자가 고양이를 잃어버린 모양입니다. 고양이 집사가 이웃이었던 사람이라 저한테 도와달라고 하는데 제가 요 며칠 지방에 와 있는 상황이지 뭡니까. 인터넷으로 고양이 탐정 몇 명을 찾아서 연락했더니 희한하게 ○○아파트 근처에 사는 사람이 없더라고요. 다들 출장하는 데 두세 시간씩 걸린다고 하고… 허 참. 30분 거리에 사는 사람이 하나 있기는 한데 밤새 수색 작업을 했다면서 먼저 집사가 주변을 찾아보고 있으면 최대한 빨리 오겠다고 했답니다. 고양이 수색은 근접성이 최우선이지 않습니까. 고민하다가 호두 아버님이 생각나더라고요. 지난번 일도 있고…'

관식이 ○○아파트에 살 때, 가끔 밥을 주던 연갈색 길고양이가 얼굴에 큰 상처를 입은 채 사라진 적이 있었다. 고양이를 찾다가 자신처럼 그 고양이를 찾고 있는 노인을 만났다. 쟈니는 일곱 살 수컷이었다. 다른 길고양이에 비해 압도적으로 나이가 많은 노묘.

"다른 고양이에게 밥도 곧잘 양보하는, 심성이 착한 녀석입니다. 뭐 주로 암컷에게 그랬지만요."

쟈니를 먼저 본 사람이 즉시 연락하기로 하고 둘은 전화번호를 교환했다. 이틀 후 노인에게서 전화가 왔다.

"갈 만한 곳은 다 찾아봤는데 안 보이네요. 아이가 거주지를 옮겼나 봅니다. 허 참."

울먹이는 목소리가 멀어져갔다. 관식은 그날 밤 아내에게 먼저 자라고 말한 뒤, 랜턴과 소형 케이지를 챙겨서 조용히 집을 나섰다. 겨울방학이라 그나마 시간 운용이 자유로웠다. 노인의 말대로 노묘가 거주지를 옮겼을까? 만약 그랬다면 어디로 갔을까? 2천 세대가 넘는 단지를 다 뒤질 수도 없는 노릇. 연역적 접근이 필요했다.

조건 1: 쟈니는 노묘다.
조건 2: 쟈니는 얼굴에 심한 상처를 입고 있다.
조건 3: 단지는 광활하다.

어렴풋이 어떤 생각이 떠올랐다. 관식은 노인이 쟈니에게 밥을 주던 곳에 고양이 간식을 놓고 밤새도록 지켜보기로 했다. 밑져야 본전. 쟈니가 오지 않으면 다시 찾아 나서면 된다. 낚시 의자를 놓고 유튜브로 자막 처리된 미드를 세 편째 보기 시작할 때쯤, 저 멀리서 꼬리를 끌고 천천히 다가오는 쟈니가 관식의 눈에 들어왔다. 관식은 간식을 먹는 쟈니 사진을 노인에게 곧바로 전송했다. 주변 지리에 익숙한 노묘가 자신을 노리는 적들을 피해서 주변을 계속 이동했을까. 상대적으로 안전한 아침녘에 자신에게 간식을 주던 노인을 찾아왔다가 번번이 발걸음을 돌려야 했을까. 알 수 없다.

노인은 쟈니를 입양했고, 녀석은 생의 마지막 시간을 편안히 보낼 수 있었다.

"걱정이… 크겠네요."

'그 젊은 부인이 우리 쟈니 주라고 간식도 얼마나 줬는지 몰라요. 그러니 호두 아버님이 좀 도와주세요. 부탁해요.'

생명을 아낄 줄 아는 사람들이 고통을 받아서는 안 된다. 관식은 자신도 모르게 알았다고 말했다.

"택배 기사가 왔다 간 시간은 2, 3분 정도라는 말씀이죠?"

남자는 굳은 표정으로 고개를 끄덕였다. 배우자로 보이는 젊은 여자는 손에 조그만 사료 봉지를 든 채, 짙은 갈색 소파 끄트머리에 앉아서 앞을 응시하고 있었다. 커다란 프랑스식 창문 옆에는 천장까지 닿을 듯한 캣타워가 있었고, 창문에는 하얀색 방범창이 촘촘하게 설치되어 있었다.

"그 짧은 시간에⋯."

남자의 입술이 일그러지며 바닥에 주저앉을 것 같은 표정을 지었다. 관식은 차분한 표정으로 고개를 끄덕였다.

"고양이는 사람이 상상도 못하는 속도로 이동할 수 있습니다. 집사분의 잘못이 아니에요."

물론 커다란 상자 여러 개를 집 안으로 들여놓아준 친절한 택배 기사의 잘못도 아니다. 그 기회를 놓치지 않고 사라져버린 고양이의 잘못은 더더욱 아니다. 관식은 수첩을 든 채 말을 이었다.

"고양이는 강아지와 달라서 집을 나가더라도 멀리 가지 않습니다. 아직 두 시간이 채 지나지 않았으니 너무 걱정하지 마시고⋯."

"지금 비가 오잖아요. 아파트 단지에 차들도 다니는데⋯ 1분, 아니 1초도 위험하다고요."

관식은 이해한다는 표정을 지었다.

"본격적으로 수색하기 전에 해야 할 일이 있습니다."

남자는 미심쩍은 표정을 지었다. 인터넷에 계정이 공개된 고양

"그래요, 그럼."

여자가 일어서며 말했다.

"집 안은 탐정 아저씨가 살펴보는 게 나을 거 같아. 난 복도를 살펴볼게. 놓친 부분이 있을 수도 있으니까. 당신은 경비 아저씨하고 차 밑 같은 데 살펴보고 있어."

남자는 사료가 든 비닐봉지를 손에 들고는 굳은 얼굴로 문을 열고 나갔다. 여자가 관식에게 말했다.

"집 안에 없으면 어떤 순서로 찾게 되나요?"

방 한가운데 놓여 있는 금속제 사료통이 관식의 눈에 들어왔다. 통에는 고기 사료가 가득 들어 있었다. 고양이 유인책으로 가득 담아놓았을 것이다. 집 안 어딘가에 숨어 있으면 이걸 보고 나올 거라고 생각하면서. 여자 집사는 고양이가 밖으로 나갔다고 확실히 믿고 있었다.

"우선 방범 카메라를 확보해서 고양이가 사라진 방향을 알아낸 다음, 해당 방향에서 사라진 지점을 중심으로 작게 반경을 그려서 수색하는 거죠. 발견하지 못하면 반경을 조금씩 넓히는 겁니다. 너무 걱정하지 마세요. 고양이는 멀리 가지 않아요."

여자는 알겠다는 표정을 짓고는 문을 열고 나갔다. 두 집사의 관계 파탄을 막기 위해서라도 녀석을 꼭 찾아야겠다는 생각이 들었다. 관식은 정수기에서 냉수를 한 잔 따라 마신 후, 집 안을 죽 둘러보았다.

정확히 15분 후 관식은 휴대폰을 열어 발신 번호를 눌렀다. 문이 시끄럽게 열리더니 두 사람이 동시에 뛰어 들어왔다.

"어디 있어요?"

　관식은 말없이 손가락으로 작은 방 벽에 붙어 있는 커다란 목재 책장을 가리켰다. 여자는 눈물범벅이 된 얼굴로 고개를 갸우뚱했다. 두 사람이 고양이 이름을 부르면서 수없이 그 책장 앞을 왔다 갔다 했을 것이다. 시리즈 만화책 20~30권이 두 무더기로 쌓인 채 책장 맨 아래쪽 앞에 놓여 있었다. 관식의 손가락은 아래쪽의 만화책 더미를 가리키고 있었다. 뭔가를 깨달은 남자 집사가 허리를 숙인 채, 만화책 더미 앞으로 다가갔다. 어디선가 부스럭거리는 소리가 들렸다.

　"세상에…."

　책장에 책을 꽂을 공간이 없어 책장 맨 아래쪽 앞에 쌓아놓은 만화책 더미와 책장 사이 몇 센티미터도 안 되는 좁은 공간에 노란색 고양이가 숨어 있었다. 고양이의 존재를 확인하고서야 두 사람의 입가에 웃음이 살아났다.

　"그렇게 찾아도 보이지 않았는데… 저기 있을 거라고는 정말 상상도 못했어요. 어떻게 저기를 찾아볼 생각을 하셨어요?"

　여자가 김이 올라오는 향긋한 머그잔을 관식 앞에 놓으며 말했다. 분위기가 화기애애해지자 고양이는 언제 그랬냐는 듯 좁은 공간을 비집고 나와서 고기가 가득 들어 있는 금속제 사료통에 머리를 들이밀었다.

　"고양이는 머리가 들어갈 정도만 되면 어디든 비집고 들어가 몸 전체를 구겨 넣을 수 있는 동물입니다. 다른 곳은 두 분이 충분히 찾아보셨을 테니까 의외의 장소가 될 만한 곳 중 이 집에만 있는 특이점을 찾아보았죠. 조금 지나니까 만화책 더미가 눈에 들어오더라고요. 위에서 내려다보니 꼬리를 말고 책 사이에 딱 붙어 있는 녀석이 보이길래 바로 연락을 드린 겁니다."

"역시 전문가라 다르네요. 하하, 이것 참."

키 182센티미터라는 조건은 뭔가를 찾는 데 분명 유리한 점이
다. 이참에 휴직 기간이 끝나면 부업으로 고양이 탐정을 해볼까
하는 생각이 들었다가 이내 꺼졌다. 운 좋게 한두 번 성공한 것을
가지고 어설프게 나섰다가 큰 실패를 맛볼 수도 있다.

남자가 말을 이었다.

"그나저나 자두가 왜 거기 숨었을까요? 겁이 많은 아이라 낯선
택배 기사가 들어와서 숨은 건 그렇다 치고 우리가 그렇게 부르는
데도 왜 안 나왔을까요? 다른 사람 목소리도 아닌데 말이죠."

"고양이는 소리에 민감합니다. 아마도 집사님 목소리가 평상시
와 많이 달랐을 거예요."

두 사람은 고개를 끄덕였다.

"외부인이 드나들더라도 중문과 현관문 중 하나는 반드시 닫아
야 하는데 방심한 게…."

여자의 표정으로 봐서 남편의 자진 신고를 기꺼이 받아들이는
것 같았다. 어쨌든 이웃이었던 노인에게 연락해서 관식을 집으로
부른 건 남편이니까.

사람이 동물을 기르고 돌보는 것은 어김없는 사실이지만 동물
이 사람에게 주는 정서적 안정감은 생각보다 깊고도 넓다. 고로
실종된 반려동물은 반드시 찾아야 한다. 사례는 따뜻한 커피 한
잔으로 충분하다. 관식은 두 집사가 다시 찾은 고양이에게 정신이
팔린 틈을 타서 조용히 집을 빠져나왔다.

학창 시절에 집에서 강아지를 기른 적이 있었다. 외국에 살던 숙모가 관식의 여동생에게 선물한 제비라는 이름의 작고 하얀 강아지였다. 그런데 기르기 시작한 지 1년이 채 안 된 어느 날, 제비가 집에서 사라졌다. 녀석이 텃밭을 자꾸 파헤치는 바람에 골머리를 앓았던 어머니가 관식이 친구를 만나러 나간 사이, 마침 집 앞을 지나가던 개장수에게 충동적으로 팔아버린 것이었다. 운이 좋지 않았다고 할까? 어머니에게 그 이야기를 들은 고교생 관식은 어깨를 한 번 으쓱한 후, 냉장고를 열어 사이다를 꺼내 마시고는 방으로 들어갔다. 어머니는 후회가 되었는지, 다음 날까지 말이 없었다. 여동생은 며칠 동안 훌쩍거렸다. 관식은 곧바로 밖으로 나가 개장수를 찾지 않은 자신을 원망했다. 하얀 강아지는 그렇게 관식의 마음속 깊은 어딘가에 존재의 증거를 남기고 증발했다.

수년이 흘러 겨울방학 때 집에 내려온 대학생 관식에게 어머니가 지역 벼룩신문을 보여주며 말했다.

"요크셔테리어 한 마리 사자. 집에 있으면 좋을 것 같구나."

인터넷도 휴대폰도 없던 시절, 관식은 어머니와 함께 이북 피난민 출신들이 모여 사는 낯선 산동네를 헤맸다. 녀석은 그렇게 산동네 꼭대기 마을의 조그만 방에서 관식의 자주색 파카 안으로 숨어들었다. 집에 도착한 강아지는 온 가족에게 환영을 받았다. 몇 년 전에 내다버린 제비의 환생. 어머니는 눈물이 그렁그렁했다. 엄마와 오빠의 예상치 못한 생일 선물에 여동생은 벌린 입을 다물지 못했다.

짱아는 우리 가족의 전폭적인 지지 속에서 정확히 15년을 살고 자신이 온 별로 돌아갔다. 몸이 아픈 여동생을 대신해 관식이 어머니와 함께 짱아를 뒷산에 묻었다. 몇 년 후 여동생도 세상을 떠났다.

  동네 길고양이들을 돌보고 있었으나 집 안에 들이기는 부담스러웠던 관식이 고양이를 기르게 된 건 계획에 없던 일이었다. 아파트 입구 풀숲에서 초라하게 떨고 있는 새끼 고양이를 차마 외면할 수 없었던 건, 그 옛날 사지로 팔려가는 강아지를 구하지 못했다는 죄책감과 후회가 마음속 깊은 곳에서 관식에게 신호를 보냈기 때문일 것이다. 좋아하는 것과 함께하는 것은 차원이 달랐다. 관념이 떨어져 나간 자리에 사랑이라는 새살이 천천히 돋아났다. 호두를 기른 지 몇 달이 되지 않아 관식은 한국 대통령에게 개 식용 반대를 요청하는 공개편지를 보낸 프랑스 여배우의 용기에 머리를 숙이게 되었고, 그 옛날 맹자가 말한 측은지심을 논리를 넘어선, 존재의 뿌리 그 자체로 이해하게 되었다.

  '개 식용 금지 법안 이름을 놓고 여야 신경전.'

  어떤 사람은 소, 돼지, 닭은 먹으면서 개고기를 먹지 말자고 하는 건 위선이며 일관성이 없다고 말한다. 창백한 주장이다. 모든 동물이 인간에게 똑같은 무게의 의미를 지니지 않는 건, 자기 자식과 남의 자식을 똑같이 대할 수 없는 것과 마찬가지다. 인간의 생명이 특별하다는 사실을 받아들인다면 인간과 가장 가까운 동물의 생명권을 더 중시하는 게 전혀 모순되지 않는다. 만일 개 식용 금지 법안이 당파적인 이유로 통과되지 못한다면 관식은 국회 앞에서 1인 시위를 벌일 생각이다. 동참할 사람이 적어도 한 명은 더 있겠지 싶었다.

멀리서 파란불이 깜박인다. 아직 늦지 않았으니 달려오라는 듯이. 어림없다. 그래봐야 기다리는 시간은 2~3분 남짓일 뿐. 건너가면 바로 아파트 입구인데 힘들게 오르막길을 뛰어 올라갈 이유가 없다. 관식은 흐르는 구름처럼 천천히 신호등 앞에 도착했다. 그늘 한 점 없는 뙤약볕이다. 버스가 지나가고 신호등이 바뀔 찰나, 방음벽에 붙인 전단지가 관식의 눈에 들어왔다.

우리 삼식이를 찾아주세요.
고양이(수컷 성묘)/ 연한 갈색, 흰색
실종일: 2023년 9월 ×일, ××동 ○○○아파트 부근
목줄 없음. 꼬리를 바짝 내리고 다님.
혹시라도 보시면 꼭 연락해주세요(늦은 밤과 새벽에도 괜찮아요).
후사하겠습니다. ㅜㅜㅜ
연락처: 010-××××-××××

신호등이 파란불에서 빨간불로, 다시 파란불로 바뀌었으나 관식의 눈은 전단지 속 고양이 사진을 그대로 응시하고 있었다. 고양이는 강아지와 달리 산책을 하지 않는 동물이다. 집 안에서 생활하는 고양이를 데리고 나온 게 아니라면… 문단속 실수일 가능

성이 크다. 바보 같은…. 관식은 한숨을 내쉬며 휴대폰을 꺼냈다.

엘리베이터를 타고 내려가면서 2년 전 가을을 떠올렸다. 호두가 사라졌다는 아내의 전화를 받고 출근하던 발걸음을 돌려 집으로 돌아왔던 그날. 온몸의 피가 조금씩 증발하는 것을 느끼며 아내와 고양이를 찾아 헤매던 기억. 어둠 속에서 반짝이던 투명한 두 눈을 보았을 때의 흥분. 친구여, 인생의 카타르시스를 느끼려면 고양이 잃어버리기-찾기 놀이를 해보라. 단 한 번의 경험으로 충분하다. 물론 위험하니 적극적으로 권하진 않는다. 지하 주차장을 벗어나는 관식의 머릿속에 잿빛 고양이가 떠올랐다. 편의점 주변에서 가끔 보이는 녀석인데 건식 사료를 놓고 가면 곧잘 먹어서 집 근처를 산책할 때는 사료와 빈 햇반 그릇을 꼭 챙기게 되었다. 그런데 녀석이 보름 이상 보이지 않고 있다. 길고양이는 수명이 3년을 넘기기 어렵다. 각종 질병과 위험에 노출되어 있기 때문이다. 자기들끼리 싸우다가 다쳐서 죽기도 한다. 사람으로 치면 20대를 넘기지 못하고 생을 마감하는 셈이다. 처음 관식을 만난 날, 잿빛 고양이는 밥을 달라는 뜻인지 관식을 향해 토끼처럼 통통 튀어왔다. 관식은 한없이 밝은 이 녀석에게 통통이라는 이름을 붙여주었다. 세상에서 관식만 부르는 이름. 녀석은 '통통아' 하고 부르면 알아들은 체를 했다. 관식은 편의점 주변을 유심히 살피며 버스정류장 쪽으로 걸어갔다. 통통이는 보이지 않았다.

진급 시험 실패 이후, 부쩍 올라간 혈압은 관식의 삶의 일부가 되었다. 매일 마시는 한 잔의 커피, 매일 삼키는 한 알의 혈압 약. 장시간의 관찰에 따르면 남쪽 계단에서 아래쪽을 향해 흡연하는 주민이 확실히 없는 시간은 자정 이후다. 관식은 아내와 호두가 잠든 것을 확인하고는 까치발로 방을 나와 하늘색 운동화를 신었다. 밤 산책이 없다면 나는 과연 어떤 삶을 살고 있을까?

200미터 가까이 뻗은 아파트 내 공용도로를 연노란색 라이트가 양쪽에서 환하게 비추고 있었다. 관식은 춤을 추듯 어깨를 들썩이며 도로의 중앙을 천천히 걸었다. 무선 이어폰에서는 비틀스의 '렛잇비Let it be'가 흘러나오고 있었다. 비틀스 노래를 트로트 버전으로 곧잘 불렀던 입사 동기의 얼굴이 떠올랐다. 왕복 달리기를 마친 관식은 아파트 입구 쪽에 선 채로 호흡을 가다듬었다. 새벽 1시. 지금 들어가면 아내가 깨려나. 목이 말랐다. 이 시간에 커피를 마시면 수면에 방해가 되겠지만 휴직 중인데 뭐 어떤가. 새벽 시간에도 절찬 운영 중인 소박한 야외 카페를 알고 있다. 관식은 아파트 단지를 벗어나 골목길을 천천히 내려갔다.

사물의 가치는 그것이 놓인 맥락에 의해 결정된다. 그런 의미에서 지금 관식에게 놀이터 구석에서 10년 가까이 버티고 있는 낡은 자판기에서 뽑아낸 커피보다 소중한 음식은 없다.

"음, 맛있다."

관식은 종이컵을 품위 있게 핥으며 침묵 속의 거리를 즐겼다.

목소리가 조금씩 커지고 있었다. 필로티 구조의 빌라 건물 안쪽이었다. 누군가를 찾는 목소리. 떨리는 목소리. 관식은 건물 입구에 멈춰 섰다.

"삼식아, 삼식이 여기 있니?"

관식은 휴대폰 사진첩을 열었다. 삼식이. 낮에 전단지에서 본 녀석. 빌라와 상가 건물 사이의 공간에서 누군가가 나오고 있었다.

"안녕하세요."

새벽 시간에 길에서 이런 식으로 자기소개를 하는 건 예의가 아니지만 그걸 따질 겨를이 없었다. 여인은 뒷걸음질했다. 등에는 배낭형 소형 케이지를 메고 있었다.

"삼식이 집사님이시죠? 낮에 전단지 봤습니다. ○○아파트 주민이거든요."

관식은 과장된 손짓으로 아파트 위쪽을 가리켰다.

"…예…."

"아직도 찾고 계신가 봐요."

여인의 경계심이 살짝 누그러졌다. 아주 젊지는 않지만 그렇다고 장년층도 아닌 애매한 나이. 위험을 감수하고 반려묘를 찾아나선 여인 집사를 돕지 않는다면 남은 인생을 두고두고 후회할 것이다. 자판기 커피가 유난히 고팠던 이유가 이것이었나. 두 사람은 한 시간 동안 골목을 누볐다.

"탐정님이 분명히 근처에 있을 거라고 예상 동선을 말씀해주셔서 매일 밤 11시, 새벽 2시, 4시에 나오고 있어요. 주로 사람이 다니지 않는 시간에 이동한다고 하더라고요."

실종된 반려묘를 찾기 전에는 어차피 잠을 못 이룰 테니 몸을 움직이는 게 백 번 나을지 모른다. 두 사람은 ○○아파트 입구 계단을 오르기 시작했다. 새벽 2시가 넘은 시각이라 공공 보행로 계단에서 담배 연기를 내뿜는 놈은 보이지 않았다.

"오늘 감사했어요."

여인은 마지막 계단을 밟고는 108동 방향으로 돌아섰다. 누군가 말했다. 인격은 뒷모습에 서려 있다고. 슬프면서도 슬픔에 매몰되지 않은 뒷모습. 집에서 잠시 쉬며 눈물을 떨구고는 마음을 다잡으며 야식을 입에 욱여넣은 후 파이팅을 외치며 케이지를 들고 다시 집을 나설 것이다. 희망과 절망의 상호 밀어내기. 고양이를 잃어버렸다가 52일 만에 집 근처에서 다시 찾았다는 기사를 본 적이 있다. 52일을 생지옥에서 살았다는 이야기다. 이름 모를 고양이 탐정이 포기한 삼식이를 관식이 찾을 수 있을까?

"집사님?"

여인이 고개를 돌렸다.

"소개가 늦었습니다만 저도 고양이 찾는 일을 하고 있습니다. 보다시피 이런 복장이라 명함은 드릴 수 없지만요."

애초에 명함은 가지고 있지도 않았다. 여인은 놀란 표정을 지었다.

"괜찮으시다면 제게… 정식으로 의뢰하시겠습니까?"

"저는…."

"105동 10층에 살고 있습니다. 같은 아파트 주민이니 부담 갖지 마시고요."

관식은 실밥이 떨어져 나가기 시작한 조그만 머니클립에서 동과 호수가 선명히 찍혀 있는 주홍색의 입주자 출입 카드키를 꺼내서 여인의 눈앞에 내보였다. 관식의 신분 보증서를 확인한 여인은 입술을 깨물었다. 카드키에 사진이 박혀 있지 않아서일까. 관식은 단호하면서 신중하기까지 한 눈앞의 여인이 어쩌다가 반려묘를 잃어버렸는지 무척이나 궁금해졌다.

"꼭 지금이 아니라도 좋으니까…."

"부탁드려요."

여인은 숨을 길게 한 번 삼키고는 일그러뜨린 입술을 원래 모습으로 되돌렸다.

"우리 삼식이… 꼭 찾아주세요."

삼식이는 여인의 직장인 도서관 근처에서 살던 길고양이였다. 하루 세 끼를 꼬박 챙겨 먹는다고 해서 직원들이 삼식이라는 이름을 붙여주었다. 사람들은 녀석이 언제 나타났는지, 몇 살인지, 심지어 수컷인지 암컷인지도 몰랐다. 도서관 안으로 들어와서는 시원한 바닥에 껌처럼 붙어 낮잠을 즐기기도 했고, 직원에게 애교를 부려 간식을 얻어먹기도 했다. 고양이를 보러 도서관에 오는 초등학생들도 꽤 있었다. 사람을 잘 따르는 고양이였다. 도서관의 어엿한 명예 직원이 겨울을 잘 보낼 수 있게 여인을 포함한 직원 몇명이 도서관 입구 근처에 고양이 집을 마련해주었다.

그런데 1년이 지난 어느 날 삼식이가 사라졌다. 하루에도 몇 번씩 출근부에 도장을 찍던 녀석이 3일 넘게 나타나지 않자 직원들이 조를 짜서 주변을 살피기 시작했다. 근처 아파트 단지의 풀숲에서 녀석을 발견한 건 여인이었다.

"신장에 문제가 있었어요. 의사는 선천적인 장애라고 하더라고요. 더 이상 길에서 생활해서는 안 되는 상황이었죠. 제가 삼식이를 입양하기로 하고 직원들에게 동의를 얻었어요."

삼식이가 직원들에게 얻어먹은 염분 높은 간식이 독이 되었을 것이다. 관식이 말했다.

"삼식이가 사라졌을 때의 상황을 말씀해주세요."

"도서관 확장 공사 때문에 야근이 잦았어요. 그날도 3일 연속 야근하고 퇴근했는데… 다음 날 평소보다 일찍 출근해야 해서 마음이 무거웠죠. 밤에 음식물 쓰레기를 버리려고 문을 열었는데 배출 카드를 책상 위에 놓고 온 걸 알았죠. 엘리베이터가 올라오는 중이었고요. 한쪽 슬리퍼만 벗은 채 방에 들어가서 카드를 가지고 다시 나올 때까지 10초가 채 안 걸렸을 거예요."

"…."

"쓰레기를 버리고 집에 들어오자마자 그대로 침대에 쓰러져 잠이 들었어요. 삼식이가 사라진 건 다음 날 아침에… 알았습니다."

여인의 눈 아래가 빨개졌다.

"두 시간 동안 집과 건물 내부를 찾아보다가 도서관에 결근 신청을 하고 고양이 탐정에게 연락했어요. 동물보호정보시스템과 포인핸즈에 등록하고, 당근마켓에 올리고 전단지도 붙였어요. 그런데… 5일째 아무 연락이 없네요."

지은 지 겨우 2년이 지난 신축 아파트와 미로 같은 빌라촌 골목은 길 잃은 고양이가 생존하기 좋은 환경이 아니다.

"집을 나온 삼식이를 본 사람이 있었나요?"

"밤에 운동하려고 계단을 걸어 내려오던 주민 한 사람이 봤다고 연락이 왔어요. 건물 입구 우편함 옆 게시판에 전단지를 붙였거든요. 2층과 1층 사이 계단 구석에 갈색과 하얀색이 섞인 조그만 고양이가 앉아 있는 걸 봤다고 했어요. 근처 길고양이가 아파트에 들어온 줄 알고 별생각 없이 지나쳤다고 해요."

여인의 목소리가 떨렸다. 삼식이는 6층에서 계단을 통해 내려왔다. 관식은 잠시 뜸을 들이고는 말을 이었다.

"시간은요?"

"밤 11시 조금 전이었어요. 제가 쓰레기를 비우고 집에 들어온

97

직후예요."

"건물 밖에서 삼식이가 방범 카메라에 잡혔나요?"

여인은 고개를 저었다.

"관리소장님이 도와주셔서 탐정님과 카메라를 모두 확인했는데 1층의 지상 출입구에서는 삼식이가 보이지 않았어요. 어쩔 수 없이 지하 출입구 카메라도 열어야 했어요."

세 개 층의 지하 출입구는 넓은 주차장으로 연결되어 있다. 관식은 종이컵을 놓고 자리에서 일어섰다.

"직접 확인하는 게 좋겠습니다."

지하 출입구로 내려가는 동안 여인의 눈동자는 쉴 틈 없이 움직였다. 엘리베이터가 열리고 두 사람은 커다란 유리문 앞으로 다가갔다. 유리문 옆에 계단이 보였다. 여인이 천장에 달린 출입구 카메라를 가리키며 말했다.

"보시는 것처럼 카메라가 비추는 각도가 지상보다 조금 위쪽이에요. 사람은 잘 비추지만 문 아래쪽에서 드나드는 작은 고양이나 강아지가 문을 통과해서 방향을 꺾으면 보이지 않을 수도 있겠다고 탐정님이 말하더라고요."

유리문 앞에 다가서자 문이 소리 없이 열렸다. 관식이 혼잣말을 했다.

"그날 밤 11시 이후 지하 출입문으로 드나든 사람이 있었다면…."

문밖으로 나가는 삼식이를 본 사람이 있을까? 여인이 관식의 독백을 받았다.

"방범 카메라를 확인했더니, 그날 밤 11시 23분과 자정 넘어

12시 12분에 각각 지하 2층과 1층 입구가 열렸어요. 두 사람 모두 카드키를 통해 들어왔습니다. 108동 주민이었죠."

얼굴을 확인해도 어디 사는 누군지를 알려면 가가호호 방문해야 한다. 한 층에 네 가구, 총 15층이니까 60가구. 아니 59가구. 관식이 얼굴을 찌푸리고 있을 때, 여인이 휴대폰을 열었다.

"입주민 단톡방이 있어요."

여인은 톡방에 자신이 올린 글과 사진을 보여주었다. 그러고는 공감과 위로의 글들 사이에 있는 두 건의 짧은 글에 손가락을 올렸다. 방범 카메라에 잡힌 두 사람이 올린 것으로 보였다. 삼식이는 그날 밤 지하 1층과 2층 출입구로 나가지 않았다. 그렇다면⋯.

두 사람은 계단을 통해 가장 아래층까지 내려왔다. 지하 3층의 출입문이 활짝 열려 있었다.

"⋯낭패군."

"삼식이 집을 나가기 전날, 센서에 문제가 생겨 열어놓았다고 하더라고요. 지금까지 이런 상태예요."

유리문 바깥으로 넓게 펼쳐진 지하 주차장이 관식의 눈에 들어왔다. 한낮이지만 한밤중으로 느껴지는 공간. 차는 고사하고 운전면허증도 없는 관식이 평소에 드나들 일이 없는 공간이다. 탐정과 여인은 저 어두운 공간 구석구석을 샅샅이 뒤졌을 것이다. 여인은 등에 멘 소형 케이지의 끈을 조이고 있었다. 관식은 몸을 돌려 입구를 바라보았다. 삼식이가 정말 저 문으로 나갔을까? 관식은 자신의 어리석음에 혀를 찼다.

"계단으로 돌아가서 확인할 게 있습니다."

여인은 휴대폰을 다시 열어 관식에게 사진을 내밀었다. 얼핏 아무엇도 없는 땅바닥인 듯했으나 자세히 보니 이등변삼각형 모양의 하얀 털 조각이 눈에 들어왔다.

"탐정님이 그날 낮에 지하 2층과 3층 사이 계단에서 발견한 거예요. 삼식이 털이 맞아요."

역시 탐정은 탐정이다. 관식은 입술을 깨물며 고개를 끄덕였다. 그날 지하 3층 유리문이 열려 있지 않았다면… 고양이의 가출은 아마 실패로 끝났을 것이다.

여인은 길게 한숨을 쉬고는 말을 이었다.

"주차장 안에서 무슨 일을 당하지는 않은 것 같아요. 탐정님과 제가 구석구석 살폈거든요."

주차장 입구 쪽에서 오토바이 한 대가 들어오더니 두 사람을 지나쳐 107동 쪽으로 사라졌다. 길 잃은 고양이에게 어두운 지하 주차장은 흉기가 날아다니는 암실과 다름없는 곳이다.

"지하 3층은 107동과 108동 두 동하고만 연결되어 있죠?"

여인은 질문의 의미를 바로 이해했다.

"예. 107동 지하 출입구 방범 카메라도 확인해봤는데 그날 밤 11시 이후부터 제가 내려왔던 다음 날 아침 7시까지 지하 3층으로 드나든 사람은 오토바이를 타고 온 배달원 한 명이 유일했어요. 탐정님이 전화로 확인했는데 고양이를 본 적은 없다고 했고요."

어려운 수학 문제를 풀 때 기본 원칙이 있다. 먼저 경우를 나누고 접근 가능한 것부터 시작하는 것이다. 삼식이 실종의 경우, 가능한 경우는 세 가지인데, 첫 번째가 삼식이가 지하 주차장 출구로 나가서 빌라촌 어딘가에 있다는 가설이다. 여인이 휴대폰을 뒷주머니에 넣으며 말했다.

"오늘 감사했습니다. 전 이제 출근해야 해요."

"그럼…."

"혹시 좋은 소식 있으면 연락 주세요."

말을 마친 여인은 출구 쪽으로 걸어갔다. 명함도 없는 아마추어 탐정, 아니 탐정 지망생은 입맛을 다시며 여인이 사라진 방향을 바라보다가 주차장 입구 쪽으로 천천히 발걸음을 옮겼다. 이제 두 번째 가능성을 확인해봐야 한다.

입구 오른편에 경비실이 보였다. 자동차가 자주 들어오는 곳이라 고양이가 다니기에 위험하다. 만약 삼식이가 지하 주차장 출구가 아닌 입구를 통해 밖으로 나왔다면…. 관식은 입구 근처의 방범 카메라 위치를 하나하나 확인했다. 탐정과 여인도 이미 아파트 내의 모든 방범 카메라를 확인했을 것이다. 어두운 길을 터벅터벅 걸어가던 고양이는 무슨 생각을 했을까. 관식의 눈에 뭔가가 들어왔다. 108동 건물과 주차장 입구 사이의 조그만 공간이었다. 입구로 올라와서 왼쪽으로 틀면 곧바로 만나는 곳. 안쪽을 보니 잔디밭이 길게 이어져 있고 관목들도 있었다. 만약 삼식이가 저리로 들어갔다면… 방범 카메라에 찍히지 않았을 것이다. 관식의 호흡이 빨라졌다.

"저기요. 선생님."

관식은 몸을 돌렸다. 경비실 직원이 다가오고 있었다.

"실례지만 아파트 주민이세요?"

직원은 하얀 이를 드러내며 말을 이었다.

"그 안쪽은 출입 금지 구역입니다."

관식은 입주민 출입 카드를 보여주었다.

"105동 주민입니다. 저 안쪽 잔디밭도 아파트 공간인데 왜 출입 금지인지…."

젊은 직원은 더없이 친절한 미소를 유지하며 말했다.

"경사면에 지은 아파트라 건물 안정성 때문에 여유분으로 남겨 둔 공간이거든요. 저희도 잔디 관리할 때만 한 달에 한 번 정도 들어가는 게 다예요. 잔디하고 관목 대여섯 그루 말고는 아무것도 없습니다."

관식은 고개를 끄덕였다.

"고양이가 사라져서 찾고 있는 중입니다."

직원이 눈을 껌뻑이며 말했다.

"거참. 이틀쯤 전에도 108동 주민분이 같은 말을 했는데…."

관식은 입맛을 다셨다. 그러면 그렇지.

"어떤 남자분하고 같이 찾고 있더라고요. 제가 마침 저 안에서 작업을 하고 나오던 중이었거든요. 셋이 꽤 찾아다녔습니다. 남자분이 여자분에게 아무래도 고양이가 빌라 쪽으로 간 것 같다고 이야기하더군요. 혹시라도 아파트 단지 내에서 하얀색과 갈색이 섞인 고양이를 발견하면 알려주기로 했습니다."

직원이 작업한 이후에 삼식이가 출입 금지 구역에 들어갔을 가능성도 눈곱만큼은 남아 있다. 관식은 손가락으로 잔디 쪽을 가리키며 말했다.

"혹시 모르니까 한 번 들어가봐도 될까요? 10분 안에 나오겠습니다."

직원은 어깨를 으쓱하고는 경비실 쪽으로 발걸음을 돌렸다.

공간은 오른쪽으로 휘어져 길게 이어져 있었다. 안쪽은 생각보다 넓었다. 관식은 잔디의 푹신한 감촉을 느끼며 발아래를 살폈다. 고양이 발자국은 없었다. 전체를 살피는 데 오래 걸리지는 않았다. 잔디밭은 2미터 정도 되는 콘크리트 벽으로 막혀 있었다. 오케이. 발걸음을 돌리려는 관식의 눈에 뭔가가 들어왔다. 땅이 살짝 솟아올라 있었다. 거의 눈에 띄지 않을 만큼의 높이였다. 가까이 가서 내려다보니 잔디를 다시 심은 흔적이 보였다.

몇 년 전 인터넷에서 본 기사가 떠오르면서 관식의 심장이 쿵쾅거리기 시작했다. 청소하느라 잠깐 열어놓은 문으로 고양이가 나갔는데 아파트 건물 밖으로 나온 고양이를 관리인이 돌을 던져서 죽이고 근처에 묻었다가 적발된 사건이었다. 관식은 경비실 직원이 조금 전에 한 말을 상기했다.

'마침 저 안에서 작업하고 나오던 중이었어요.'

아니야. 아닐 거야. 그렇다면 내게 들어가도 좋다고 했을 리가 없잖아. 어쨌든 확인할 필요는 있다. 불룩한 땅이 솟아오르며 고양이가 펄쩍 튀어 올라올 것 같았다. 관식은 손으로 천천히 흙을 팠다. 비닐로 잘 포장된 우유팩이 흙 속에서 모습을 드러냈다. 우유팩 안에는 거즈로 감싼 개구리 사체와 조그맣게 접힌 쪽지 석장이 들어 있었다. 쪽지에 깨알같이 적힌 글씨는 불쌍하게 희생된 개구리의 명복을 비는 내용이었다. 눈물로 써내려간 편지. 사체를 싼 하얀 거즈에서 따뜻함이 느껴지면서 냇가에서 잡은 개구리를 땅바닥에 패대기치며 놀던 어린 시절이 불현듯 떠올랐다. 세 명의 어린 학생들은 분명, 그 시절 관식보다 성숙한 존재들이다. 아이들은 아무도 들어가지 않을 장소라 여겨 학교 수업 시간에 해부 실험으로 희생당한 개구리를 그곳에 묻었으리라.

"관리소장님이 협조적이라서 그나마 다행이야. 방범 카메라 확인해보고 애매한 곳은 직접 가서 봤는데, 결론은 아파트 단지 내에서는 삼식이의 흔적을 볼 수 없었다는 거야. 삼식이 집사가 빌라 골목에 주목하는 이유지."

관식은 와인을 마시는 아내를 물끄러미 바라보다가 말을 이었다. 야근한 날이면 꼭 자신에게 주는 선물이라며 한 잔을 마시고야 만다. 호두가 발아래에서 장난감을 따라 바삐 움직이고 있었다.

"당신은 삼식이가 어디 있는 거 같아?"

아내가 와인 잔을 내려놓으며 말했다.

"사람을 잘 따르는 아이였다며."

역시, 아내도 관식과 같은 생각을 하고 있다. 세 번째 가능성.

"나도 삼식이가 108동 건물 안에 있을 가능성도 높다고 생각해."

아내는 고개를 끄덕였다.

"삼식이 집사도 같은 생각을 하고 있을 거야. 다만 방법이 없어서 실행 못하고 있겠지. 남의 집에 들어가 수색할 수는 없으니까."

관식의 얼굴이 굳어졌다. 아내가 말했다.

"입주할 때, 관리 사무소에 입주민 서류 낸 거 기억나?"

"응. 그게 왜?"

아내는 난센스 퀴즈라도 내는 가벼운 말투로 말을 이었다.

"서류 작성하면서 당신이 신기하다고 말한 항목이 있는데… 여기 참 좋은 아파트라고 말하면서 말이야."

고개를 갸우뚱하던 관식의 머릿속에서 약한 불이 살짝 들어왔다. 관식은 시간을 확인했다.

"슬슬 나가봐야 할 거 같네. 늦을 테니까 먼저 자."

아내는 어깨를 으쓱했다.

"잘해봐."

가족으로 보이는 갈색 고양이 두 마리가 건식 사료를 담은 커다란 플라스틱 그릇에 머리를 박고 있었다. 관식은 한숨을 쉬었다.

"빌라촌에 길고양이가 이렇게 많은 줄 몰랐네요."

수많은 길고양이가 삼식이 덕분에 야간 간식의 혜택을 보고 있었다.

"요즘은 동네 고양이라고 많이 불러요."

도둑고양이에서 길고양이로, 다시 동네 고양이로. 다음에는 뭐로 불릴까. 아니 부를 수 있을까. 관식은 차라리 해당 언어가 사라졌으면 좋겠다고 생각했다. 좋은 의미에서 말이다. 내심 찾고 있는 잿빛 고양이 통통이를 만날 수 있지 않을까 기대했지만 녀석은 보이지 않았다.

한 시간 뒤 두 사람은 아파트로 걸어 들어왔다. 여인은 새벽에 다시 나갈 것이다.

"잠깐 시간 좀 내주세요. 삼식이 관련해서 드릴 말씀이 있습니다."

"예."

두 사람은 108동과 107동 사이에 있는 원형 나무 벤치에 적당히 거리를 두고 앉았다. 자정이 다가오는 시각이었지만 통행로를 비추는 불빛이 은은했다. 다음에 나올 때는 머그잔에 커피를 담고 와야겠다는 생각이 들었다. 관식은 여인에게 낮에 있었던 수색담을 상세히 말했다. 아파트 내에서 그날 삼식이를 본 사람도 카메라도 없다. 관식은 개구리 무덤 이야기를 건너뛰고는 자연스럽게 말을 이었다.

"그렇다면… 108동에 거주하는 누군가가 삼식이를 '보호'하고 있지 않을까 해서요."

"…"

"빌라촌 수색과 건물 내 수색을 동시에 진행하는 건 어떻습니까? 역할을 분담해서 말입니다."

여인이 말했다.

"지하 3층까지 내려온 삼식이가 나가지 않고 다시 계단으로 올라갔을까요? 전 그 부분이 의심스러워요."

"그날 밤에 지하 3층으로 배달원이 왔다고 했잖아요. 유리문 가까이에 오토바이를 세워놓고 배달 음식을 들고 들어갔고요. 어두운 공간에서 들리는 시끄러운 오토바이 소리를 듣고 삼식이가 도로 계단으로 올라갔을 수도 있어요."

여인은 한숨을 쉬었다.

"59가구를 모두 뒤질 수는 없잖아요."

관식은 고개를 끄덕였다.

"맞아요. 가능한 한 줄여봐야죠."

관식은 오른손을 들어 눈앞의 건물을 가리켰다.

"그날 밤 11시에 음식물 쓰레기 버리러 가느라 문을 열었다고 했잖아요. 그 시간에 삼식이가 집을 나왔을 테니 밤 11시 이후에 108동 거주자 중 누군가가 삼식이를 납치해갔을 가능성도 있습니다."

여인의 표정으로 보아 여기까지는 이미 생각하고 있었던 듯했다.

"두 번째로… 음, 이게 중요한데 만약 계단이나 복도에서 돌아다니고 있는 삼식이를 누가 납치했다면 집에 고양이를 기르지 않던 사람일 가능성이 큽니다. 뭐 어디까지나 가능성입니다. 지금으로선 확실한 게 없으니까요."

"…."

지금부터가 중요하다.

"이 아파트는 지은 지 2년 된 신축입니다. 입주할 때 등록 서류를 관리실에 제출하죠. 거기에…."

여인의 눈이 반짝했다.

"기억나요. 반려동물 체크란이 있었어요. 강아지와 고양이, 그리고 기타 동물의 세 항목이었어요."

관리소장은 이 일에 협조적이다. 사정을 말하고 입주민 등록 서류의 해당 항목을 확인해달라고 하면 협조할 가능성이 있다. 관식이 협조를 요청해야 할 사람이 한 명 더 있다.

"한 가지가 더 있습니다. 물론 앞의 두 가지 추리가 맞다는 전제가 있지만요."

"뭔가요?"

여인의 목소리가 울렸다. 관식은 주변을 둘러보며 속삭이듯 말했다.

"만약 삼식이를 납치한 자가 고양이를 기르던 사람이 아니라면 삼식이 사료를 새로 사야 할 겁니다. 인터넷으로 주문하면 문 앞에 배송된 상자를 누가 볼 수도 있습니다. 상자에 물품 표기가 되어 있으니까요. 즉 사료를 직접 샀을 가능성이 큽니다. 정리하면 다음과 같습니다."

1. 삼식이 실종된 날 밤 11시 전후로 집에서 나온 사람
2. 입주민 등록 서류에 고양이 체크란이 비어 있는 사람
3. 최근 며칠 사이에 고양이 사료를 산 사람

이 세 가지에 모두 해당하는 사람의 집이 일차 수색 대상이다. 물론 이 추리에는 빈틈이 많다. 우선 그날 밤 11시 전후로 집에서 나온 사람을 확인하기 어렵다. 하지만 그 시간에 1층 출입구로 나오거나 들어간 사람을 확인할 수는 있다. 범인이 집 문을 열고 복도 또는 계단에서 삼식이를 납치한 후 집 밖으로 나오지 않았다면 1번은 무용지물이다. 2번도 문제다. 1년 전 서류를 작성할 때는 고양이를 기르지 않았지만, 그 후에 고양이를 들였을 수도 있기 때문이다. 입주 이후 반려동물을 새로 들인 경우에는 따로 관리실에 신고하지 않기 때문에 여기에도 빈틈이 있다. 3번도 마찬가지다. 사료를 구입한 가게를 어떻게 찾을 것인가.

관식의 말을 듣고 한참 동안 생각하던 여인이 천천히 입을 열었다.

"말씀하신 대로 하나하나 모두 빈틈이 있어요. 그래서 고양이

탐정님도 딱히 이야기하지 않았던 것일 테고요. 그런데 이야기를 듣고 다시 생각해보니… 세 가지가 모두 '겹치는' 입주민이 있다면 한 번 확인해볼 필요는 있을 것 같아요. 모두 겹치는 것도 어색하기는 하니까요."

빙고, 바로 그거다. 하나하나의 확률은 의미가 없을지 몰라도 세 가지가 모두 겹치면 이야기가 달라진다. 불가능을 가능으로 전환하는 곱하기의 힘. 수학 교과서에 '확률곱셈정리'라는 재미없는 이름으로 나오는 무서운 개념. 삼식이를 찾기 위해서 지금 할 수 있는 일을 다 하지 않는다면 후회와 눈물의 바다에 잠긴 채, 신선한 공기와 차단되어 평생을 살아갈 수도 있다. 두 사람은 아침 7시에 관리실 입구에서 만나기로 하고 헤어졌다.

먼저 방범 카메라를 통해 삼식이 실종 추정 시각인 밤 11시경에 108동 건물을 드나든 사람들을 확인했다. 모두 열 명이었다. 다음으로 해당 시간의 엘리베이터 내 카메라와 연동해 그중 아홉 명이 엘리베이터를 타고 내린 층수를 확인하고, 엘리베이터 안팎으로 드나드는 각도를 분석해 몇 호에 사는 사람인지 추측했다. 한 층에 네 가구가 있는데 두 가구씩 반대 방향에 위치하기 때문에 엘리베이터를 타거나 나가는 방향을 보면 어느 집에 사는지 50퍼센트의 확률로 알아맞힐 수 있었다. 한 명은 계단을 걸어 올라갔는지 엘리베이터를 타지 않았다. 소장은 본인이 입주 서류를 확인해서 가부만 알려주는 조건으로 두 사람의 부탁을 수용했다.

집이 확인된 아홉 명 중 입주 시 고양이를 기르지 않는 사람은 일곱 명이었다. 압축률 77.8퍼센트. 그리 훌륭한 성적은 아니다. 두 사람은 관리실을 나왔다.

관리실에서 나오는 여인의 표정이 어딘가 불편해 보였다. 관식은 여인의 얼굴에서 뭔가를 느꼈으나 굳이 묻지 않았다. 여인은 108동 건물을 한 번 올려다보고는 조심스럽게 말했다.

"저… 자리를 옮기는 건 어떠세요?"

애매한 시간대라 카페 안은 한산했다. 수예 동아리 회원들로 보이는 네 명의 여인이 큰 탁자에 앉아서 커피를 마시며 평화롭게 갖가지 색상의 수예를 하고 있었고, 창문 쪽 끄트머리에는 직장인으로 보이는 남성이 이어폰을 귀에 꽂은 채, 심각한 표정으로 노트북 화면을 들여다보고 있었는데 눈과 입의 각도로 보아 걸그룹 동영상이 분명했다.

"아까 확인하지 못한 사람이 한 명 있었죠?"

자리에 앉자마자 여인이 입을 열었다.

"예. 엘리베이터를 타지 않고 계단으로 올라간 사람이 한 명 있었습니다."

"누군지 알 거 같아요."

관식은 커피를 한 모금 마시며 여인이 한 말의 의미를 생각했다. 혹시 지인? 아니다. 어느 누구도 지인을 알 거 '같다'고 표현하지 않는다. 같은 동 주민이니 오가다 우연히 한두 번 대화를 나눈 사이? 그것도 어색하다. 알 거 같다는 것은 사람이 아니라 상황에 대한 표현이다. 그렇다면…!

"실종 다음 날, 삼식이를 봤다고 전화한 사람이 있다고 하셨죠? 계단에서 봤다고 한 거 같은데…."

여인은 대답 대신 한숨을 쉬었다.

"통화할 때는 몰랐는데 지금 생각해보니까 확실히 자연스럽지 않아요. 그 여자분이 고양이를 봤다고 하면서 이상한 말을 했거든요."

관식은 참고인 진술을 듣는 형사의 표정으로 깍지 낀 손을 앞에 놓고 여인의 말을 경청했다. 여인은 냉수를 한 모금 마시고 말을 이었다.

"기른 지 얼마나 되는 고양이냐고 물어보더라고요."

"…."

"길에서 데려온 아이라고 말해줬어요. 그래서 나갔을 수 있다고. 신장이 아픈 아이인데 걱정이라고도 말했고요."

여인은 남은 냉수를 한 번에 들이켜고는 탁자에 조용히 내려놓았다. 화가 나면 물결처럼 차분해지는 동료의 얼굴이 떠올랐다.

그녀는 매일 밤 10시에 건물을 나와서 커뮤니티 센터 헬스장에서 한 시간을 보낸 후, 집에 들어가는 생활을 해오고 있었다. 아침에 출근할 때는 엘리베이터를 이용했기 때문에 그녀가 504호 입주민임을 아는 데 큰 어려움은 없었다. 관리소장에게 확인한 바에 따르면 504호의 입주 서류 반려동물 체크란은 비어 있었다. 관식은 그날 저녁부터 근처 동물병원들을 방문해 습식 사료 캔을 사면서 최근에 고양이 신장 치료용 사료를 구입한 사람이 있는지 슬쩍 물어보았다. 그러던 중 지하철역 근처의 24시간 병원에서 한 직원이 사흘 전에 KD 습식 사료 63개(병원 재고 전체 물량)를 모두 사간 사람이 있다는 사실을 확인해주었다.

"한 번에 모두 다요?"

치아 교정기를 낀 간호사가 기억난 듯 말했다.

"몇 달 만에 사료가 들어온 날이거든요. KD 사료는 공급이 원활하지 않은데, 운이 좋은 분이었죠. 백팩에 상자 두 개를 넣고 양손에 한 상자씩 들고 갔어요. 배달해드린다고 했는데⋯."

관식은 과장된 표정을 지었다.

"병원에서 배달도 해주나요?"

오늘 아침에 고등학교를 졸업한 것 같은 간호사는 생글거리며 관식의 말을 받았다.

"근처 사는 주민한테는 퀵으로 배송해드리고 있어요. 일정 금액 이상이고 오후 5시 이전에만 가능해요. 거의 마감 시간이라 말씀드린 건데 거절하시더라고요."

관식은 동물병원을 나오며 고양이 탐정 명함을 꼭 만들어야겠다고 다짐했다.

그로부터 약 30분 후 관식은 백팩을 메고 양손에 커다란 비닐을 든 지친 표정의 용의자가 지하 3층 엘리베이터 입구로 들어서는 모습을 확인했다.

여인은 504호 벨을 지그시 눌렀다. 야외용 모자에 마스크를 쓰고 플라스틱 대롱이 연결된 노란색 병을 든 채였다. 문이 열렸다.

"안녕하세요. 아파트 소독 건으로 관리실에서 나왔습니다."

용의자는 고개를 갸우뚱했다.

"안내방송이 없었는데…."

"소독은 상시로 하는 업무라서요. 화장실 두 군데에 해드릴 거고요. 추가로 원하시는 곳 있으면 해드리고 있습니다. 2~3분이면 됩니다."

용의자는 알겠다는 표정으로 문을 열었다. 한 층 위에 있는 여인의 집과 같은 구조의 문이었다. 그래. 그날도 이렇게 문이 열렸을 것이다.

일은 금방 끝났다. 여인은 대롱을 병에 고정하며 말했다.

"집 안에 반려동물 키우시죠?"

용의자가 어색한 웃음을 짓자 여인은 진지한 표정으로 말을 이었다.

"화장실 배수구에 약을 뿌렸거든요. 고양이가 거길 핥을 수 있으니까 조심해야 합니다. 앞으로 세 시간 정도는 화장실 문을 닫아놓으세요."

용의자는 대답하지 않았다. 여인은 거실을 둘러보았다. 다른 두 개의 방과 달리 안방 옆의 작은 방이 닫혀 있었다.

"저도 고양이 좋아하는데 혹시 좀 볼 수 있을까요?"

"고양이… 안 길러요."

"그럼 이건 뭐죠?"

여인은 용의자의 실내복 바지를 가리키며 말했다. 청색 바지 아래쪽에 하얀 털이 덕지덕지 붙어 있었다. 용의자가 당황한 표정으로 바지의 털을 털어내는 동안 여인이 휴대폰을 열어 번호를 터치했다. 몇 초 지나지 않아 전화벨 소리가 울렸다.

"역시, 당신이었군요. 그날 우리 삼식이를 목격했다고 나한테 전화한 사람, 맞죠?"

용의자는 그제야 자신 앞에 서 있는 사람이 누군지 이해한 얼굴이었다. 주인의 얼굴이 작은 방으로 향하는 순간, 여인이 재빨리 달려가 문고리를 잡았다. 문은 잠겨 있지 않았다. 여인은 액체가 든 병을 한 손에 든 채, 대롱을 용의자 쪽으로 향하며 말했다.

"더 다가오면 얼굴에 쏠 수도 있어요."

용의자는 포기한 듯, 거실 바닥에 천천히 주저앉았다.

"그 안에… 있어요."

여인은 고개를 끄덕이고는 한 손을 용의자 방향으로 향한 채, 나머지 손으로 조용히 그리고 천천히 문을 열었다.

삼식이가 쿠션 위에 있었다. 여인은 곤히 잠들어 있는 녀석에게 다가갔다. 창문 옆 나무 선반 안에 습식 사료 캔 수십 개가 쌓여 있었다. 여인이 바닥에 앉자 삼식이가 야옹 소리를 내며 일어나서 여인 쪽으로 달려왔다. 여인의 손이 얼굴에 닿기 직전, 삼식이의 귀가 아래로 누웠다. 여인의 눈에서 눈물이 솟구쳤다.

그날 운동을 마치고 계단을 걸어 올라오는데 1층과 2층 사이 공간에 고양이가 웅크리고 있었어요. 길고양이가 아파트 안으로 들어온 줄 알았죠. 아파트 주민이 잃어버린 거라는 생각은 못했어요. 쓰다듬는 저를 피하지 않는 걸 보고 길고양이가 아닐 수도 있겠다는 생각이 살짝 들기는 했지만…. 집에 도착해 문을 열었는데 언제 따라왔는지 고양이가 저보다 먼저 집 안으로 쌩 들어왔어요. 밝은 곳에서 보니까 너무나 귀여운 고양이였죠. 그때 제가 마음을 정한 거 같아요.

이 아파트로 이사 오기 전에 어머니와 함께 살았거든요. 입주를 석 달 남기고 암으로 돌아가셨어요. 당첨되었다고 앞으로 좋은 일만 생길 거라고 그렇게 좋아하셨는데….

범인의 목소리가 잦아들었다. 혼자 사는 텅 빈 집에 선물처럼 나타난 새 가족.

"삼식이 주인이 아파트 입주민이라는 건 전단지를 보고 알게 된 건가요?"

관식의 물음에 범인은 고개를 끄덕였다.

"정말 어이없을 정도로 황당하고 나쁜 생각이란 걸 알아요. 앙금이, 아니 삼식이는 며칠 만이라도 함께 있고 싶을 만큼 사랑스러운 아이였죠. 그래서…."

"목격자인 척하면서 떠본 거군요. 만약 삼식이가 주인 없는 길고양이라면 죄책감이 덜할 테니까. 덤으로 삼식이에 관한 정보도 얻고 말이죠."

범인은 말없이 고개를 끄덕였다. 탁자 옆 케이지 안에서 삼식이가 신기한 듯 세 사람을 쳐다보고 있었다.

"믿지 않겠지만 몇 번이고 휴대폰을 열었다가 닫았어요. 내일은 데려다주자. 내일은 꼭. 그런데 퇴근하고 집에 와서 아이의 얼굴을 보면…."

전혀 이해가 안 되는 건 아니지만 그래도 이건 명백히 절도인 거 아시죠, 라는 말이 관식의 목구멍까지 올라왔다.

"정말 죄송해요. 절 신고하셔도 달게 받겠…."

"그 병원에 KD 사료가 있다는 건 어떻게 아셨어요?"

"…."

"구하기 어려운 사료예요. 저도 못 구해서 CD 사료를 대신 주고 있었는데 그 병원에 사료가 있다는 사실을 어떻게 알았는지 궁금해요."

범인이 대답했다.

"고양이 신장 치료에 그 사료가 좋다는 건 여러 자료를 통해 알았어요. 온라인 마켓에서는 도무지 찾을 수 없어서 근처에 있는 동물병원을 전부 돌기로 했죠. 역 근처에서 시작했는데 여섯 번째였나, 그 병원에 재고가 있었어요. 구하기 어려운 사료라서 최대한 많이 샀고요."

여인은 또렷한 목소리로 말했다.

"아까 삼식이를 다른 이름으로 부르셨죠? 돌려줄 생각이었다면서 굳이 이름까지 새로 지은 걸 제가 어떻게 이해해야 할까요?"

범인은 평온한 표정으로 대답했다.

"어머니가 팥을 좋아하셨어요. 정확히는 팥앙금이요. 그래서 며칠 동안 앙금이라고 불렀어요. 다른 뜻은 없지만 좋지 않게 생각하셔도 할 말이 없습니다. 정말 죄송합니다."

"용서해주기로 했다고? 삼식이 집사가 마음이 넓은 분이네."

아내가 주스 잔을 집어들며 말했다.

"용서 정도가 아니라 원하면 언제든지 집사 집으로 와서 삼식이를 볼 수 있게 해줬어. 역시 우리나라 사람들은 감수성이 풍부한 거 같아. 뭐 어머니 이야기를 듣는데 나도 조금 짠하더라고."

아내는 고개를 저었다.

"관계가 아예 없다고는 못하겠지만 절도 행위를 용서한 이유는 아마 그게 아닐 거야."

관식은 아내가 사과주스를 다 마실 때까지 기다렸다가 말했다.

"…신장 치료 사료?"

아내는 고개를 끄덕였다. 관식이 곧바로 반론을 폈다.

"하지만 난 오히려 그 부분이 이해가 안 됐거든. 캔을 모두 쓸어 담아왔다는 사실이 말이야."

아내는 재미있다는 표정을 지었다. 범인이 캔 63개를 싹쓸이했다는 사실과 삼식이를 돌려주려고 했다는 주장이 서로 배치된다는 것은 관식이 여인에게 차마 말하지 못한 부분이었다. 그런데 아내는 지금 상황을 관식과 정반대로 이해하고 있었다.

"캔을 몇 개 샀는지는 그리 중요하지 않아. 그 많은 동물병원을 찾아다녔다는 게 중요하지. 삼식이 집사가 그 대목에서 뭔가를 생각하지 않았을까?"

관식의 입에서 한숨이 나왔다. 스스로를 논리적이라고 생각하지만 항상 결정적인 대목에서 어긋난다. 그래, 그렇다. 집사에게도 범인에게도 가장 중요한 건 삼식이의 건강과 행복이어야 하니까. 자신에게 한 수 가르쳐준 범인에게 여인이 보답하지 못할 이유는 없다. 관식은 어깨를 으쓱하고는 랜턴과 사료를 챙겼다.

"이 밤에 또 어디 가? 삼식이 찾았잖아."

"그건 108동 주민 이야기고. 내가 찾는 녀석은 따로 있거든."

여인이 집에서 기르던 고양이가 삼식이라면, 통통이는 관식이 밖에서 기르는 고양이다. 탐스러운 잿빛 털에 호리호리한 몸매. 비바람이 우산을 뒤집던 날, 물이 뚝뚝 떨어지던 편의점 지붕 아래에서 커다란 눈망울로 관식을 쳐다보던 그 녀석이 눈물 나게 그리워졌다. 어디서 무엇을 하건 살아만 있어라. 아파트 단지를 벗어난 관식은 늠름한 표정으로 빌라촌 골목의 불빛을 향해 성큼성큼 걸어갔다. 신생 고양이 탐정 주관식의 분투는 이제부터 시작이다.

녀석은 어느 날 갑자기 나타났다. 늘 다니던 출근길 아침, 아파트 입구에서 도로로 이어지는 길 끄트머리 한 평 남짓 되는 풀숲에서 눈을 감은 채로 힘없이 누워 있었다. 퇴근길에도 녀석은 아침과 같은 모습이었다. 어미가 버리고 갔거나 어미를 찾다가 길을 잃었거나. 길을 오가던 사람들이 우유와 사료를 앞에 놓아두었으나 녀석은 입을 대지 않았다. 이제 곧 장마가 시작될 것이다. 안쓰러운 마음과 부담스러운 마음이 겹쳐서 출근길에 녀석 쪽으로 고개를 돌리지 않기로 했다. 며칠만 참으면 녀석이 보이지 않을 것이고, 다시 며칠이 지나면 나도 녀석의 존재를 털어버릴 것이다.

녀석을 구조한 젊은 부부는 이렇게 말했다. "그대로 두면 죽을 것 같아 구조하기로 했어요. 저희도 고양이 구조는 처음입니다." 부끄러운 마음과 다행이라는 마음이 겹쳤다. 아내와 나는 녀석을 입양하기로 했다. 4년 전 여름의 일이다. 집으로 들어온 녀석은 언제 그랬냐는 듯이 온 집 안을 돌아다니며 새 가족에게 자신이 살아 있음을 알렸다. 아내와 나는 집 현관 비밀번호를 녀석이 우리 가족이 된 날짜로 변경했다.

그대로 두면 죽을 것 같아서요. 그렇다. 분명 그랬을 것이다. 모두가 나처럼 다른 쪽을 쳐다보고 지나갔다면 작은 고양이는 며칠 지나지 않아 아파트 관리 사무소 직원의 쓰레기 수거함 안으로 들어갔을 것이다. 마음속 불편함과 맞선 한순간의 결심이 녀석에게 새 삶을 주었다.

언젠가부터 애완동물이 반려동물이라는 말로 바뀌었다. 동물은 도구가 아니며 삶을 함께하는 동반자라는 뜻이다. 가지고 놀다가 귀찮아지면 내다버리지 말라는 뜻이다. 동물을 넘어서 인간 가족까지 수단화하는 오늘날의 세태를 역설적으로 나타내는 단어다.

인간에게 관심을 가지는 것도 힘에 부치는 판에 동물에게 신경쓸 여력이 어디 있어. 그렇게 동물을 사랑하면 소고기나 돼지고기를 먹지 말아야지. 위선자들 같으니. 동물 관련 기사를 보면 흔히 달리는 댓글들이다. 나 역시 그렇게 생각한 적이 있음을 고백한다.

고양이를 돌보며 그로부터 생명의 소중함을 돌려받았다. 녀석이 날 힘들게 하는 순간조차도 마음의 밑바닥에서 걱정과 기쁨이 안정적으로 교차하는 기적을 경험하고 있다. 예수님이나 부처님 같은 성인은 이런 마음을 인간 일반에게까지 확장한 사람이 아닐까, 생각해본다.

이 작품은 반려묘와의 일상을 통해서 발견하게 된 생명의 소중함이라는 메시지를 소설로 구성해본 것이다. 소중한 그 무엇을 잃어버린 경험이 누구에게나 한 번쯤은 있을 거라는 생각에 실종을 모티프로 삼았다. 두 사람이 만들어가는 추리의 과정을 통해 논리 또한 감정의 특수한 형태라는 생각을 표현했다. 잿빛 고양이 통통이는 실재하는 대상이다. 난 오늘도 녀석을 찾고 있다.

환상통

박건우

박건우

단편소설 〈야경夜景〉으로 2022년 《계간 미스터리》 신인상을 수상했으며, 미니픽션 〈고자질하는 시계〉와 메디컬 호러물 〈환상통〉을 발표했다. 《네오픽션 단편 셀렉트》에 특수설정 미스터리를 다룬 〈어긋난 퍼즐〉을 공개했고, 본격 미스터리 앤솔로지인 《교수대 위의 까마귀》에 동명의 작품을 표제작으로 수록했다. 본격 및 특수설정 미스터리에 지대한 관심이 있으며, 틈날 때마다 메모해둔 아이디어 노트를 바탕으로 이전보다 더 나은 작품을 쓰기 위해 노력하고 있다.

301호 병실에서 괴성이 들려온 것은 자정을 넘긴 시각이었다. 그것은 단말마의 비명과도 같은 신음이었다.

간호사들이 달려갔을 때 그 남자는 더 이상 소리조차 내지 못한 채 끅끅대고 있었다. 얼굴은 검붉게 물들었고 몸은 괴로운 듯 발작하고 있었다. 마치 보이지 않는 누군가가 두 손으로 목을 조르고 있는 것만 같은 모습이었다.

즉시 간호사들이 달려들어 그를 진정시키려 했지만 허사였다. 들썩이는 상체에선 서서히 힘이 빠져나갔고 두 눈은 까뒤집혀 흰자위만을 내보이고 있었다. 입은 쩍 벌어져 있었지만 숨은 전혀 쉬지 못했다.

잠결에 삼킨 무언가가 목에 걸려 질식 상태에 빠진 것으로 판단한 간호사는 급히 응급처치를 실시했다. 환자의 상체를 일으켜 세

위 두 손으로 복부를 뒤에서 밀쳐 올리자, 그의 호흡이 점차 가빠지더니 이윽고 토악질하듯 깊은숨을 토했다. 벌겋게 상기된 얼굴로 거칠게 숨을 몰아쉬며 헐떡이던 그는 이내 침대 위로 실신하듯 쓰러졌다.

환자는 급히 검사실로 옮겨졌다. 검사 결과 목에는 아무런 이상이 없었다. 응급처치로 인한 내부 손상도 없었다.

호흡이 가라앉은 후에도 환자의 두 눈엔 알 수 없는 공포가 서려 있었다. 환자가 어느 정도 진정된 후에야 의사는 그에게서 갑작스러운 호흡곤란의 이유를 들을 수 있었다.

"…병실 불이 꺼진 후에도 한동안은 멍하니 누워만 있었습니다. 낮잠을 잔 탓에 바로 잠들진 못하다가 겨우 잠이 들락 말락 할 때였어요. 문득 제 두 팔이, 멋대로 움직이는 느낌이 들더니…."

직후 그는 무언가가 자기 목을 강하게 조르는 듯한 통증을 느꼈다고 한다. 그것은 다른 무엇도 아닌 자신의 두 손이었다.

"제 손이… 열 손가락 하나하나가 제 목을 꽉 졸랐어요. 아무리 몸부림쳐도, 떼어낼 수가 없었어요. 숨도 막히고, 목이 터져나갈 듯이 괴로워서…."

자기 손이 살갗을 깊숙이 파고드는 느낌이 드는가 싶은 찰나에 목구멍을 쥐어짜는 듯한 격렬한 통증이 엄습했다고 한다. 그 직후부터 숨을 전혀 쉴 수가 없었다고 한다. 무언가가 목구멍을 턱 가로막고 있는 듯, 숨을 들이쉬는 것도 내쉬는 것도 마음대로 되지 않았다. 마치 질긴 비닐로 얼굴 전체를 빈틈없이 틀어막고 있는 것만 같은 느낌이었다. 그렇게 환자가 괴로움에 몸부림치고 있을 때 간호사들이 달려왔다.

"간호사 한 분이 제 명치 부근을 압박할 때마다 목을 조르던 손의 힘이 점차 약해지더니…, 몇 번 더 누르자 팔의 힘이 완전히 사라졌습니다. 그와 동시에 막혔던 숨이 뻥 뚫렸어요. 숨을 몇 번 들이켜고 나니 갑자기 현기증이 일어서…."

그대로 침상에 쓰러진 그를 바로 검사실로 옮겼던 것이다.

"미, 믿기진 않겠지만… 저는 분명 그렇게 느꼈습니다. 말도 안 되는 소리 같지만 정말이에요. 부탁드립니다, 선생님. 제발 어떻게든 해주십시오."

그렇게 말하는 그의 목소리가 가늘게 떨렸다. 그러고선 문득 그때의 느낌이 되살아났는지 몸서리를 쳤다. 눈을 질끈 감았다가 머리를 세차게 흔들고는 등받이에 목을 힘없이 기대고 앉았다. 눈꺼풀이 파르르 떨리고 있었다.

얼굴 만면에 공포감이 서린 환자를 초로의 의사는 자못 심각한 표정으로 바라보았다. 굳게 다문 입가엔 알 수 없는 괴로움이 묻어나왔다.

잠든 사이 느닷없이 두 손이 자신의 의지와는 상관없이 자기 목을 졸랐다…. 믿기 힘든 이야기 같지만 사실 전혀 있을 수 없는 일도 아니었다. 드물지만 한쪽 손이 자신의 의지와 상관없이 마음대로 움직이는 특이한 신경 질환을 보이는 환자가 보고된 바 있다. 개중에는 한쪽 손이 자기 몸을 공격했다는 사례도 있으며, 경우에 따라선 치료도 가능하다.

그런데 이 환자에겐 그런 일이 불가능했다. 그의 두 팔은 이미 뿌리부터 잘려 나간 지 오래였기 때문이다.

의사는 팔짱을 끼고 두꺼운 안경 너머로 눈앞의 환자를 바라보았다. 그의 양쪽 어깻죽지 아래로는 뭉툭한 살덩이가 커다란 혹처럼 팔이 붙어 있던 자리를 대신하고 있었다. 수술 부위는 아직 붕대로 싸여 있었다.

건설 폐기물 처리장에서 일했다는 이 남자가 병원에 실려 온 것은 저녁 어스름이었다. 파쇄기에 낀 이물질을 빼려던 중 기계가 오작동을 일으켜 그의 양팔이 말려들어 가버렸다.

온통 피투성이가 된 두 팔은 손쓸 도리도 없이 너덜너덜해져 있었다. 부러진 뼛조각은 살갗을 뚫고 나왔고 팔꿈치는 정반대로 꺾였다. 말단 부위가 짓이겨져 봉합은 불가능했다. 머리가 희끗희끗한 중년의 남자는 그렇게 두 팔을 잃었다.

그런 그의 두 팔이, 있을 리가 없는 그의 양손이 스스로 목을 졸랐다는 이야기다.

의사는 여전히 떨고 있는 환자에게 진정제를 투여하고 잠든 환자의 침상을 병실로 돌려보냈다. 그러면서 야간 당직을 서는 전공의에게 증상이 재발할 수 있으니 환자의 상태를 수시로 확인하라고 지시했다.

의사는 책상 앞으로 의자를 돌려 앉아 환자의 진료기록을 살펴보았다. 수술은 분명 무사히 끝났다. 말단 부위는 깔끔하게 봉합되었고, 상처가 안쪽으로 곪는 일도 없었다. 정신질환을 앓았다는 기록도 없었다. 그렇지만 환자가 토로하는 증상이 어떤 것인지는 대충 짐작할 수 있었다.

환상통. 그것이 환자가 앓고 있는 질환임이 분명하다.

신체 일부가 절단된 환자에게 이따금 발생하는 이 증상은, 팔이나 다리 등 절단된 부위가 마치 여전히 존재하는 것처럼 느껴지는 감각을 말한다. 환상통을 앓는 사람은 의학적으로는 완치가 되었어도, 분명 존재하지 않는 부위가 제멋대로 움직이는 것 같고 온도나 촉각 등의 감각이 느껴진다고 한다. 심지어는 존재하지 않는 손이 자기 신체 부위를 건드리는 느낌을 받았다는 사례도 있다.

하지만 이번과 같은 증상은 들어본 적이 없었다. 이미 잘려서 없는 두 팔이 자기 목을 조르는 것처럼 느끼는 일은 있을 수 있다. 그러나 그건 어디까지나 뇌가 만들어내는 착각일 뿐이다. 있지도 않은 팔이 정말로 목을 졸라 호흡곤란을 일으킬 수는 없다.

환상통 자체는 신체가 절단된 환자들에게 의외로 드물지 않게 일어나는 증상이다. 그러나 아직까진 환상통에 대해 확정적으로 밝혀진 건 없었다. 발병 원인도 모르고 치료법도 거의 없어서 그마저도 증상에 따라 어떤 치료법이 적절한지 판별하기란 어려웠다. 이 환자처럼 보고된 사례가 없는 증상인 경우엔 더더욱 그랬다.

따라서 지금은 그저 경과를 지켜볼 수밖에 없었다.

환자가 다시금 발작을 일으킨 건 다음 날 저녁 무렵이었다. 헝클어진 이불 속에서 몸부림치고 있었다. 달려온 간호사들에게 붙들린 채 살덩이만 남은 두 팔뚝을 절박하게 휘젓는 모습은 마치 몸이 뒤집혀 허공에 필사적으로 다리를 버둥거리는 두툼한 애벌레를 연상케 했다.

목구멍이 짓눌린 듯 끅, 끅, 간헐적으로 터져 나오는 호흡과 불그스름하게 부풀어 오른 얼굴은 그가 숨을 쉬지 못하고 있음을 확연히 보여주었다. 전날과 마찬가지로 간호사가 복부를 몇 차례 압박한 뒤에야 겨우 호흡을 되찾을 수 있었다.

증상은 똑같았다. 한순간 두 팔이 멋대로 움직이는 느낌이 드는가 싶더니, 그대로 자기 목을 조르기 시작했다는 것이다. 팔의 움직임에 맞춰 관절이 돌아가는 것은 물론 열 손가락이 하나하나 목을 조여오는 느낌 또한 생생했다고 한다.

물론 실제론 손이 없으니 그런 느낌 자체는 그저 뇌가 만들어낸 착각에 불과하다. 문제는 이것이 단순한 착각으로만 그치지 않는다는 점이었다.

"오늘도 똑같습니다. 제 손이… 잘려 나간 제 손이 저를 목 졸라 죽이려 하고 있어요."

다음 날도, 그다음 날도 상황은 마찬가지였다. 있을 리 없는 두 손은 어김없이 그의 목을 졸랐고, 손가락이 조여든다는 느낌이 들었을 땐 이미 숨이 턱 막혀 있었다. 마치 목구멍을 틀어막은 것처럼 안간힘을 써보아도 숨을 들이쉬는 것은커녕 내쉬는 것조차 불가능했다.

매번 발작을 일으킬 때마다 병실이 소란스러워지는 탓에 사흘째부터는 다른 환자들에게 방해가 되지 않게 1인실로 옮기게 되었다. 그편이 환자를 다루기에도 편리했다.

매일 잘려 나간 두 팔, 이른바 유령 팔에 시달리던 남자는 갈수록 수척해졌다. 말초신경 약이나 진통제를 처방해보았으나 효과는 없었다. 정말로 눈에 보이지 않는 유령이 나타나 그의 목을 조르기라도 하는 것처럼 보였다. 대체 무엇이 그를 이토록 괴롭히는 것일까.

실마리가 보인 것은 닷새째가 되던 날 저녁 무렵이었다.

그날은 평소보다 대처가 늦어져 환자가 거의 실신하기 직전이었다. 복부를 압박하고 몇 차례 숨을 거칠게 헐떡이던 그는 이내 온몸이 축 처졌다. 빨갛게 부은 눈두덩을 따라 눈물을 쉴 새 없이 쏟아내고 있었다.

괴로운 듯 흐느끼던 그는 이내 떨리는 목소리로 누군가의 이름을 하염없이 부르기 시작했다. 여성의 이름이었다. 의사는 한순간 환자가 산소 부족으로 인한 착란 증세를 보이는 건 아닐까 우려했으나, 아무래도 그렇지는 않은 모양이었다.

"…미안하다. 정말, 정말 미안하다…."

그는 누군가를 향해 한탄스러운 목소리로 웅얼거리고 있었다. 딸아이의 이름이라도 부르는 것일까.

환자가 안정을 취하도록 한 후 의사는 그의 가족관계를 다시 한번 확인했다. 환자의 아내는 아이를 낳고 얼마 지나지 않아 사망했다. 병사였다. 하나뿐인 딸마저도 20여 년 전에 사망했다. 불과 일곱 살의 나이였다.

짐작대로 그가 부르던 건 딸아이의 이름이었다. 그렇다면, 그는 대체 무엇을 사과하는 것인가.

그가 처음 응급실로 실려 오던 때를 떠올려보았다. 피투성이가 된 채 팔이 너덜너덜한 상태로 구급차용 들것에 실려 온 환자. 그런 환자를 옆에서 안타깝게 바라보던 이가 있었다. 사고 직후 환자를 발견하고 119에 신고해 함께 구급차를 타고 온 동료였다.

발견 당시의 정황과 환자의 인적 사항을 의료진에게 설명해주던 남자. 환자를 바라보며 혼잣말처럼 중얼거리던 그의 목소리가 생생하게 떠올랐다.

"그 사고 이후로 미친 듯이 일만 하더니 결국…."

'그 사고'란 무엇을 말하는 것일까. 어쩌면 환자에게 나타나는 유령 팔의 환상통과 관계가 있는 건 아닐까.

다행히 응급실 전산 기록에 남자의 연락처가 기록되어 있었다. 조심스럽게 연락하자 상대는 흔쾌히 대화에 응했다. 통화만으로도 충분했을 테지만 본인이 직접 병원으로 찾아와서 설명해주겠다기에, 퇴근 시각인 저녁 시간대에 맞춰 외래 진료실로 방문 약속을 잡았다.

"그건 참으로 무시무시한 사고였죠."

그의 동료는 그렇게 서두를 꺼냈다. 직속 선배 격이라는 그는 환자보다 대여섯 살 정도 많아 보였다.

"뭐 저도 현장을 직접 본 것은 아닙니다만, 당시에 뉴스에도 나오고 난리였으니까요. TV 화면으로 보는데도 얼마나 소름 끼치던지, 참."

사고 장면이 생생하게 떠올랐는지 그는 팔뚝을 문지르며 작게 몸서리쳤다.

그가 말하는 사고에 대해선 의사도 익히 알고 있었다. 20여 년 전에 일어난 백화점 붕괴 사고. 지방 도시에서 부실 공사로 인해 발생한 사고였는데 워낙 대형 사고여서 전국적인 화제가 되었다.

"그곳에서 무슨 일이 있었던 건가요?"

조심스럽게 물으면서도 의사는 앞으로 이어질 내용을 예상할 수 있었다. 20여 년 전에 발생한 붕괴 사고. 그리고 같은 해에 사망한 딸. 연관이 없을 리가 없었다.

의사의 물음에 동료는 목소리를 한껏 낮추었다.

"그 친구는 하나뿐인 딸내미를 끔찍이도 아꼈습니다. 그도 그럴 게 그토록 금실 좋은 아내가 병으로 죽었으니, 유일하게 남은 자식에게 온전히 애정을 쏟을 수밖에 없었겠죠. 혼자 아이를 키우다 보니 밤낮으로 일에 매달리더군요. 옆에서 보기에도 너무 과하다 싶어 몸 걱정 좀 하라고 잔소리했었는데, 참."

옛 기억을 떠올리는 듯 그는 허공으로 시선을 돌렸다. 잠시 기다리자 퍼뜩 이야기를 원래대로 되돌렸다.

"딸내미가 일곱 살이 되던 해였을 겁니다. 그날은 무슨 바람이 불었는지 휴가까지 내더라고요. 게다가 딸내미를 데리고 백화점을 다 가고. 평소엔 돈에 쩔쩔매느라 쳐다보지도 못하던 곳인데, 하필이면 그날 거길 갔을 줄은…."

그가 한숨을 내쉬었다. 나중에 확인한 바로는 딸의 생일과 붕괴 사고가 발생한 날의 일자가 같았다. 아마도 환자는 그날, 딸의 생일을 축하해주러 백화점에 데려갔던 건 아니었을까.

"두 사람이 백화점에 간 건 저녁 무렵이었습니다. 식당가에 밥이라도 먹으러 갔던 게 아니었을까요. 사고가 일어난 것도 그 무렵이었습니다. 순식간에 건물이 와르르 무너져 내렸고, 미처 빠져나오지 못한 두 사람은 그만 잔해 속에 파묻혀버렸던 겁니다."

"아버지와 딸이 같이 말입니까?"

의사는 몸을 앞으로 기울이며 되물었다. 아이가 그 사고와 연관되었다는 것은 예상한 바였으나, 아버지도 함께였을 줄은 미처 생각지 못했다.

"저도 자세히 아는 건 아닙니다만, 듣기로는 붕괴가 시작되던 순간 그 친구는 기둥 근처에 있어서 큰 화는 면했다고 하더군요. 그런데, 아이는….”

그는 쉽사리 말을 잇지 못했다. 붕괴 당시 백화점 천장이 주저 앉는 것을 시작으로 각 층이 연쇄적으로 무너져 내렸다. 식당가도 완전히 잔해에 뒤덮였으리라. 가까스로 큰 피해를 면한 아버지와 달리 딸아이는 무너지는 잔해에 그대로 깔려버렸다. 두 사람의 거리는 단 한 발짝 차이였다.

“불행 중 다행이라고 할까요. 그때 무너져 내린 잔해의 양이 아이를 한순간에 압사시킬 정도는 아니었습니다. 다만, 무너진 벽면에 하반신이 완전히 짓눌려 움직일 수조차 없는 상황이었다고 합니다.”

“그래서, 어떻게 됐습니까?”

의사의 물음에 그는 한숨을 내쉬며 고개를 절레절레 저었다.

“그 친구는 다행히 붕괴 사고 며칠 뒤에 기적적으로 구출되었습니다. 하지만 딸내미는 결국 살아 돌아오지 못했습니다. 구조대가 도착했을 때 아이는 잔해에 깔린 채 시신으로 발견되었다고 하더군요. 출혈도 심했고, 무엇보다 구조가 늦어지는 바람에 시간이 지체된 탓이었겠죠. 그사이에 무슨 일이 있었는지는 차마 물어볼 수도 없었지만… 뭐가 됐든 참 끔찍한 일이었겠지요.”

그는 그렇게 이야기를 마무리 지었다.

“뭐, 그런 일이 있었습니다. 그 사건 이후로 그 친구는 정말 미친 듯이 일만 했어요. 그래야만 겨우 제정신을 붙들고 있을 수 있다는 듯이 말입니다. 마치 혼이 나가버린 것 같았습니다. 그럴 만도 하죠. 눈앞에서 딸내미를 잃었으니. 한동안은 정신과 치료도 받더니 그마저도 결국 그만뒀더군요. 아마도 돈 때문이었겠죠."

말을 마친 그는 어깨를 으쓱했다. 이후로 몇 가지 더 물어보았지만, 그도 더 이상은 아는 것이 없었다. 아쉽지만 대화는 이쯤에서 마무리했다.

그날 밤에도 어김없이 환자는 발작을 일으켰다. 자기 목을 조른 채 목석처럼 굳어버린, 눈에 보이지 않는 자신의 두 팔을 어떻게든 떼어내려고 안간힘을 쓰는 모습은, 이제는 기력이 소진되어 꿈틀거리는 번데기와도 같았다.

호흡곤란을 해결하는 유일한 방법은 여전히 환자의 복부에 충격을 가하는 것뿐이었다. 이에 대해 의사는 한 가지 가설을 세웠다.

사람의 호흡은 횡격막에 의해 조절된다. 공기를 들이마시거나 내쉬는 것 모두 횡격막의 움직임에 달려 있다. 만약 모종의 이유로 횡격막이 마비를 일으킨다면, 수축한 근육이 다시 정상으로 돌아오기 전까진 숨을 쉴 수가 없게 되는 것이다.

환상통에 의한 발작 직후 명치 부근에서 욱신거리는 쓰라림이 느껴진다는 환자의 말도 이러한 가설을 뒷받침했다. 유령 팔이 목을 조르기 시작하면 어떤 이유에선지 그에 맞춰 횡격막이 경련을 일으켰고, 그로 인해 마치 정말로 목이 조인 것처럼 숨을 쉬지 못하게 되는 것은 아닐까.

보통은 몇 초 내로 신경계가 재정비되고 횡격막이 이완되어 호흡이 다시 돌아오지만, 어째선지 이 환자의 경우엔 질식해서 기절하는 지경에 이를 때까지도 횡격막의 마비가 풀리질 않는 것이다. 이때 복부를 수차례 압박하면 명치 부근에 모여 있는 복강신경총이 자극을 받게 되고, 횡격막이 이완되어 그제야 겨우 호흡이 되돌아오는 것이다.

그렇다면 어째서 유령 팔이 목을 조르는 것과 동시에 짜맞춘 듯 횡격막이 마비를 일으키는 것일까. 의사는 환자의 정신적 트라우마가 원인이 아닐까 생각했다.

환상통의 악화엔 환자의 정신상태가 크게 작용한다. 20여 년 전에 사고로 딸을 잃은 경험과 자신을 죽음으로 내모는 환상통. 이 둘 사이에는 대체 어떤 관계가 있는 것일까.

다행히 환자 동료와의 대화를 통해 한 가지 사실을 알게 되었다. 사고 직후 환자가 한동안 정신과 치료를 받았다는 것. 당시 그를 진료했던 의사라면 무언가 알고 있지 않을까.

동료로부터 전해 들은 병원의 이름을 찾아보았다. 그러나 20년이란 세월이 흐른 탓인지 해당 병원은 진즉에 문을 닫았다고 한다. 수소문 끝에 당시 진료를 보았던 정신과 의사와 겨우 연락이 닿아 통화를 했다. 다행히 그녀는 환자를 기억하고 있었다.

"외상 후 스트레스 장애가 심한 환자였습니다. 대형 참사를 겪은 환자들이 으레 그러기는 하지만, 그 환자는 유독 불안 증세와 죄책감이 강했던 기억이 나네요. 아무래도 자식이 죽어가는 모습을 눈앞에서 목격한 탓이겠죠. 치료를 받으며 조금씩 차도를 보이는가 싶었는데, 어느 순간부턴 내원을 안 하셔서 저도 걱정을 많이 했었습니다."

담담한 목소리로 그렇게 전하는 정신과 의사. 그녀는 과연 환자로부터 사건에 대해 얼마나 들었을까.

"실은, 저도 당시 정확히 무슨 일이 있었는지는 몰라요."

수화기 너머에서 그녀는 유감을 표했다.

"환자분으로부터 이야기를 끌어내려고 했는데도, 따님의 죽음과 관련된 부분에선 굳게 입을 다물더군요. 그나마 한 가지 알게 된 사실은 붕괴 사고 며칠 뒤, 그러니까 환자분이 구조된 바로 그날 따님이 사망했다는 겁니다. 구조대가 조금만 더 일찍 도착했더라면 어쩌면 살릴 수 있었을지도 모르죠."

이건 환자의 동료도 몰랐던 사실이다. 의사는 정중하게 다음 말을 재촉했다.

"그래도 구조 전날까지의 일은 어렵사리 들을 수 있었어요. 며칠간 어떻게든 따님을 짓누르는 잔해를 치워보려 했지만 역부족이었다고 해요. 더군다나 시간이 지날수록 굶주리고 기력도 떨어지니…."

정신과 의사는 순간 말을 멈칫하더니, 문득 떠오른 듯 말했다.

"그러고 보니 진료를 본 지 한 달째였던가요. 어느 날 상담 도중에 환자분이 오열하며 눈물을 쏟은 적이 있었어요. 아직도 딸아이가 내지르던 비명이 자꾸만 들린다고 하더라고요. 너무 아프다고, 제발 살려달라는 딸아이의 목소리가."

무너져 내린 건물 잔해에 깔린 아이의 모습을 떠올렸다. 그것은 분명 어린아이가 감당하기에는 너무나도 버거운 고통일 것이다.

"겨우 진정을 시키고 나니 환자분이 그러셨어요. 딸아이가 죽어가고 있었다고. 정말 어쩔 수가 없었다고. 그러면서 이렇게 말하더군요. '딱 한 시간만 더 기다렸으면….' 아마도 구조대가 도착하기 한 시간 전에 따님의 숨이 끊어졌던 것 아닐까요?"

묘한 이야기였다. 물론 아버지가 딸의 죽음을 한탄스러워하며 할 법한 말이기는 했다. 그러나 '견뎠으면'이나 '버텼으면'이었다면 모를까, '기다렸으면'이라는 표현은 어딘가 어색했다. 환자가 횡설수설하며 내뱉은 말이기도 하고, 어쩌면 단순히 정신과 의사가 잘못 기억한 것일지도 모른다. 하지만 그 부분이 마음에 걸렸다.

전화를 끊기 전, 환자가 앓고 있다는 환상통에 대해 정신과 의사는 이렇게 말했다.

"환상통 환자들이 유령 팔을 통제하지 못하는 것은, 아무래도 그 움직임이 시각적으로 눈에 들어오지 않기 때문이겠죠. 만일 환자가 의식적으로 팔을 움직이려고 할 때 그에 맞는 시각 반응을 보여줄 수만 있다면, 환상통으로 인한 통증을 완화할 수 있지 않을까요?"

일리가 있었다. 매일 밤 환자의 목을 조르는 손을 어떻게든 목에서 떼어낼 수만 있다면 횡격막의 마비도 풀리지 않을까. 그렇다면 시도해볼 수 있는 치료법이 한 가지 있었다.

모든 준비를 마친 이른 저녁, 의사는 회진 시간에 환자를 찾아갔다.

"지금은 좀 어떠십니까? 팔에 감각이 느껴지나요?"

의사는 침대에 누운 채로 허공을 바라보고 있는 환자에게 평소처럼 증상에 대해 물었다. 이전보다 흰머리가 더욱 늘어난 듯 보였다.

"평소와 마찬가집니다. 멋대로 움직이지는 않지만…."

며칠 사이 초췌해진 그는 무의식적으로 턱을 당겨 시선을 아래로 내렸다. 당연하게도 그곳에 팔은 존재하지 않는다.

"움직이진 않아도 여전히 느껴집니다. 지금은 제 가슴 위에 손을 포갠 채로 얹혀 있어요."

"그 외에 별다른 통증은 없습니까?"

"네, 가끔 겹친 손바닥과 손등 부분이 간질거리긴 하지만 별다른 통증은⋯."

통증이 없다는 것은 그나마 다행이었다.

"팔이 움직이기 시작하는 건 여전히 잠이 들기 직전이거나 잠이 든 직후입니까?"

그렇다고 대답하는 환자를 초로의 의사는 굳은 얼굴로 내려다보았다.

여기까지는 평소와 다를 바 없는 일반적인 문진이었다. 이번에는 몇 가지 질문을 추가해보기로 했다. 오늘 밤 진행될 치료에 차질이 없도록 세세한 부분까지 확실히 확인해두려는 것이다.

"평소엔 항상 두 손이 서로 포개진 채로 가슴에 얹혀 있다는 말이지요?"

"적어도 이렇게 누워 있을 때는요."

환자는 다시금 턱을 아래로 당겨 무의식적으로 가슴 언저리를 바라보았다.

"그럼, 지금은 어느 쪽 손이 위에 있습니까? 왼쪽? 아니면 오른쪽?"

평소와는 다른 질문에 그는 일순 의아해했지만 이내 미간을 찌푸리며 허공을 바라보았다.

"왼⋯손이 아래에 깔려 있습니다. 그러니까, 음⋯ 오른손이 위에 올라가 있네요."

의사는 진지한 표정으로 환자의 말을 차트에 받아 적고는 다음 질문을 이어갔다.

　"이번에는 유령 팔이 목을 조를 때의 느낌을 떠올려보세요. 두 손이 목을 조를 때, 어느 쪽 손이 위에 있었습니까?"

　잠시 생각하던 그는 퍼뜩 생각난 듯 고개를 들었다.

　"그러고 보니 분명… 그때도 오른손이 위에 있었습니다. 지금이랑 똑같은 모양이네요."

　"확실합니까? 환상통이 느껴질 때마다 항상 똑같았나요?"

　"네, 틀림없습니다."

　"그럼, 혹시 이런 모습인가요?"

　의사는 차트를 옆구리에 끼고는 두 손으로 자기 목을 조르는 시늉을 했다. 엄지와 검지 사이에 목을 끼우고 조이는 두 손은 오른손이 왼쪽 손등 위에 올라가 있었다.

　"맞아요. 분명 그런 모양이었습니다."

　환자가 동의하자 의사는 손을 풀고 다음 질문으로 넘어갔다.

　"유령 팔이 목을 조를 때, 손바닥 온도는 어땠죠? 뜨거웠나요, 차가웠나요? 둘 다 아니라면 미지근했나요?"

　왜 그런 것까지 묻나 싶은 얼떨떨한 표정으로 의사를 올려다보던 환자는 잠시 생각하다가 입을 열었다.

　"차가웠던 것 같습니다. 그렇지만 확실하진 않아요. 미지근했던 것 같기도 하고…. 어쩌면 아무 느낌이 없었을지도 모릅니다."

　"그렇군요. 알겠습니다."

　의사는 그 외에도 몇 가지 자잘한 사항들을 꼼꼼히 확인했다.

　질문이 마무리되었을 즈음, 이만 물러나려는 의사를 환자가 힘없는 목소리로 불러 세웠다. 하루하루 시들어가는 생기 잃은 눈이 의사를 올려보았다.

"선생님, 저는 언제까지 이렇게 살아가야 하는 건가요? 오늘 밤에도 분명 잘려 나간 두 팔이 저를 찾아올 겁니다. 이대로 계속 목을 졸리다 보면, 언젠가는 정말로 숨이 막혀 죽어버리겠죠. 이건… 제 잘못에 대한 벌일까요? 제가 죽어야만, 이 고통에서 벗어날 수 있는 걸까요?"

한층 수척해진 모습으로 애원하는 그를 의사는 굳게 입을 다물고 묵묵히 바라보았다. 앞으로 있을 치료가 확실한 효과를 보려면 아직은 환자에게 말할 수 없었다. 그러나….

그와는 별개로 의사는 그에게 꼭 확인하고 싶은 것이 있었다. 그러기 위해서는 반드시 그 질문을 해야만 한다. 하지만 그랬다간 자칫 환자의 트라우마를 자극하는 결과를 초래할지도 모른다.

의사는 말을 꺼내려 입을 달싹거렸다. 그러나 끝내 입을 닫을 수밖에 없었다. 그는 환자에게 의례적인 말만 남기고 자리에서 물러났다. 병실 문을 닫으며 의사는 수심이 깊은 얼굴로 짙은 한숨을 내쉬었다. 무엇이 옳은 선택인지 알 수 없었다.

의사는 그에게 묻고 싶었다.

당신은 그날, 자신의 두 손으로 딸아이를 목 졸라 죽였는가, 라고.

며칠 사이 전해 들은 이야기를 토대로 의사는 한 가지 가능성을 떠올리고 있었다.

20여 년 전에 발생한 백화점 붕괴 사고. 건물 잔해에 매몰되어 버린 아버지와 딸. 아버지는 기적적으로 무사했으나 아이는 잔해에 짓눌려 꼼짝 못하는 상황. 구조는 점점 지체되어 생존 가능성이 희박해지고, 아이가 내지르는 비명은 갈수록 처절해진다.

그런 상황에서 아버지가 할 수 있는 일이 과연 무엇일까.

처음에는 어떻게든 아이를 꺼내려고 안간힘을 썼을 것이다. 그러나 무너진 건물의 잔해가 짓누르는 무게를 혼자서 들어올리기에는 한계가 있다. 게다가 문제는 그뿐만이 아니었다.

압좌 증후군. 장시간 무거운 물체에 깔려 있던 사람에게서 압박하는 물체를 갑자기 제거했을 때 발생하는 현상이다.

신체 일부가 짓눌리면 근육조직이 파괴되며 치명적인 독소가 생성된다. 혈액 순환이 중단된 상태라면 독소가 퍼지지 않고 그대로 고여 있겠지만, 만약 몸을 짓누르고 있던 물체를 갑작스럽게 제거한다면 어떻게 될까. 그 경우 정체되었던 혈액 순환이 다시 시작되고, 압궤 부위에 몰려 있던 독소가 혈류를 타고 전신으로 퍼지게 된다.

압좌 증후군이 나타나는 건 사고 발생 이후 몇 시간이 지나고부터다. 그전에 원인 물체를 제거한다면 위험하진 않다. 그러나….

그는 정신과 의사의 말을 다시금 떠올렸다. "며칠 동안 어떻게든 따님을 짓누르는 잔해를 치워보려 했지만 역부족이었다고 해요."

환자는 딸아이를 구하기 위해 계속해서 잔해를 들어올리려 했다. 그는 기력이 다하는 순간까지 며칠에 걸쳐 그러기를 반복했을 것이다. 잔해를 완전히 제거하진 못했겠지만, 그 과정에서 정체되었던 독소가 혈액을 타고 퍼져나가는 일이 과연 한순간도 없었을까.

　딸아이가 죽어가고 있었다던 환자의 말은 분명 그 때문이었을 것이다. 그래서 결국 아이의 목을 조르게 된 건 아니었을까. 외부와 단절되고 고립된 시간이 길어지면서 신체적으로나 정신적으로나 한계에 몰린 상황. 아버지로서 아무것도 해주지 못한 채 딸아이가 괴로움에 질러대는 비명을 그저 무력하게 듣고 있어야만 한다는 것은 분명 견디기 힘든 일이었을 것이다.

　심지어 아이는 출혈과 고통으로 점차 생기를 잃어가고, 압좌 증후군으로 피부까지 검푸르게 변해간다면, 그의 말마따나 그건 '딸아이가 죽어가고 있는' 것처럼 보였을 것이다. 그렇다면 아이가 마지막까지 괴로워하다 죽을 바에는 차라리 한순간에 고통 없이 보내주고 싶었던 건 아니었을까.

　앞으로 얼마나 더 기다려야 구조대에게 발견될지, 아니 과연 구조될지조차 알 수 없는 상황에서 그건, 그가 딸아이에게 해줄 수 있는 유일한 구원이었을 것이다. 그러나 그 결과는….

　"딱 한 시간만 더 기다렸으면…."

　그가 후회스럽게 중얼거렸던 말처럼, 결과적으로 그건 최악의 선택이 되어버렸다. 아이가 죽은 지 채 한 시간도 지나지 않아 구조대가 도착했으니. 그가 느꼈을 후회와 죄책감이 어느 정도였을지 의사는 감히 상상조차 할 수 없었다.

　그로부터 20여 년이 지난 지금, 우연한 사고로 두 팔을 잃어버리고 환상통이 나타나게 되었다. 딸의 목을 졸라 죽게 했던 그 손이, 이제는 자기 자신을 목 졸라 죽이려 하고 있는 것이다.

　그렇다면 환자의 증상은 죄책감의 발로일 것이다. 의사가 해줄 수 있는 것은 그저 그를 괴롭히는 죄책감의 무게에서 벗어나게 하는 것뿐이리라.

　그날 밤, 소등 후 칠흑 같은 적막이 깔린 1인실에서 환자는 가까
스로 잠이 들었다. 잠결에 몸을 뒤척이던 그의 배 위에 놓여 있던
두 손이 들리는가 싶더니, 순식간에 목을 거세게 그러쥐었다. 정
신이 든 그는 목구멍을 짓누르는 고통 속에서 숨도 쉬지 못한 채
발작적으로 몸부림쳤다.
　그 순간, 병실 등이 켜지고 사방이 환해졌다. 갑작스러운 빛에
눈이 부신 환자는 감았던 눈을 더욱 질끈 감았다. 옆에서 다급하
게 그를 부르는 간호사의 목소리가 들려왔다.
　"환자분! 힘드시겠지만 진정하시고 눈을 떠보세요!"
　그와 동시에 무언가가 불빛을 가려 얼굴에 그림자를 드리웠다.
덕분에 눈이 한결 편해진 그가 감았던 눈을 힘겹게 뜨자, 심각한
표정으로 내려다보는 간호사와 의사의 모습이 눈에 들어왔다. 이
어서 그의 발치에 세워진 커다란 무언가가 보였다.
　거울이었다. 세로로 길쭉한 전신 거울. 그의 모습이 비치도록 거
울을 기울여놓은 터라 전등 불빛을 가려 얼굴에 그림자를 드리운
것이다.
　거울은 그의 모습을 비추고 있었다. 잘린 유령 팔은 여전히 그의
목을 으스러뜨릴 듯 조여들었다. 그리고 거울 속에서도, 있을 리
없는 두 팔이 버젓이 목을 조르고 있었다.
　환자복 소매 안쪽에서 뻗어 나온 두 팔이 정말로 그의 목을 조
르고 있었다. 환상통의 감촉과 실제 팔의 감각이 겹쳐서 느껴졌

다. 다소 차가운 느낌이 드는 것 같기도 한 그 팔은, 매우 정교하게 제작된 모형 팔이었다.

비교적 최근에 인도의 한 뇌의학자가 환상통을 완화할 수 있는 획기적인 치료법을 개발했다. 절단되어 존재하지 않는 왼팔이 멋대로 움직인다며 환상통을 호소하는 환자에게 그가 사용한 것은 거울이었다.

방법은 간단했다. 환자 앞에 거울을 세워두고 멀쩡한 오른팔을 비추었던 것이다. 그러면 거울에 비친 상 때문에 마치 왼팔이 멀쩡히 존재하는 것처럼 보이게 된다. 이 상태에서 오른팔을 유령 팔의 움직임에 맞춰 이리저리 움직이면 자연스레 갑갑함이 해소되고, 통증 또한 사라지게 되는 것이다.

이 치료법이 효과를 볼 수 있었던 것은, 거울에 비친 오른팔의 상이 실제로 왼팔이 움직이는 것처럼 시각적인 착각을 불러일으켰기 때문이다. 유령 팔을 움직이려고 뇌에서 명령을 내리고, 명령대로 팔이 움직이는 시각 반응이 있으니, 감각과 인지 사이에 생겼던 부조화가 사라지게 되는 것이다.

오늘 밤 의사가 환자에게 시도하려는 것도 기본적으로는 이러한 치료법을 바탕으로 하고 있다. 다만 이 환자의 경우엔 양팔이 모두 없기 때문에 진짜 팔과 비슷한 질감의 모형으로 대체했다.

"힘드시겠지만 잠시만 참으면 됩니다. 우선은 제 말에 집중하시고 하라는 대로만 따라 하세요. 이해하셨나요?"

의사가 엄중한 목소리로 말하며 날카로운 눈으로 내려다보자, 그는 힘겹게 고개를 끄덕였다. 여전히 숨은 쉬어지지 않았고 심장은 터져나갈 듯이 쿵쾅거렸지만, 가까스로 정신을 붙잡을 수 있었다.

"자, 이제 팔을 움직일 겁니다. 거울을 계속 바라보면서, 손에 힘을 풀고 목에서부터 천천히 떼어낸다고 생각하세요."

의사의 말에 그는 마치 두 팔을 밀어낼 듯이 어깻죽지 아래로 서서히 힘을 주었다. 그의 움직임에 맞춰 의사는 모형 팔을 천천히 움직였다. 팔꿈치는 교묘하게 거울에 비치지 않게 미리 손을 써두었기 때문에 모형 팔의 팔꿈치를 손으로 잡고 감쪽같이 움직일 수 있었다. 고무 재질이라 관절의 움직임도 자연스러웠다.

모형 팔이 목에서부터 떨어져 나가는 순간, 그에게서 즉각적으로 반응이 나타났다. 벌겋게 부풀어 오른 얼굴로 안간힘을 쓰던 그가 별안간 헐떡이기 시작하더니 이윽고 토악질하듯 거친 숨을 토해냈다. 그야말로 순식간에 벌어진 일이었다.

거칠게 숨을 몰아쉬는 그의 두 눈에는 당혹감과 놀라움이 서려 있었다. 그는 입을 다물지 못한 채 얼떨떨한 표정으로 의사를 바라보았다.

모형 팔을 이용한 치료가 효과가 있다는 것을 확인한 의사는 계속 이어갔다.

"마지막이니 조금만 더 힘내봅시다. 이 팔을 바라보면서 천천히 손을 배 위로 옮긴다고 생각하세요."

모형 팔을 그대로 가슴 위에 올리는 데만도 한참 걸렸다. 환자복의 재질 탓에 모형 팔의 팔꿈치가 이따금 미끄러져 조작하는 데 다소 힘이 들었다. 잠깐이라도 인식의 끈이 끊어지지 않도록 마지막까지 신중해야 했다.

"자, 이제 천천히 몸에서 힘을 빼보세요. 어떠십니까? 팔에 감각이 느껴지나요?"

자기 가슴 위에 포개진 두 팔을 바라보며 눈을 끔뻑이던 그가 의사에게 천천히 시선을 돌렸다. 그의 턱과 뺨이 가늘게 떨렸다.

"…사라졌습니다. 완전히…, 팔의 감각이 완전히 사라졌어요."

그의 얼굴에 핏기가 돌기 시작했다.

그런 그를 의사는 말없이 바라보고만 있었다.

아직은 일시적으로 환상통이 사라졌을 뿐 완전히 나은 것은 아닐 터였다. 하지만 치료가 확실히 효과를 보였으니, 며칠 더 이 과정을 반복한다면 분명 완치도 가능할 것이다.

마지막으로 만약을 위해 몇 차례 더 모형 팔을 이리저리 움직여본 후 의사는 환자복 소매에 끼워두었던 두 팔을 빼냈다. 팔을 제거해도 환자에게 별다른 이상은 나타나지 않았다.

"밤이 늦었으니 오늘 밤은 안심하시고 푹 주무세요. 내일 다시 오겠습니다."

간호사가 흐트러진 침상을 정리하고 나갔다. 병실 불을 끄자 복도의 희미한 불빛이 열린 문으로 새어 들어왔다.

병실을 나서기 전, 정돈된 침상에서 그가 의사를 나직이 불렀다. 문틈으로 새어든 불빛이 그의 얼굴을 희미하게 비췄다.

감정이 북받치는지 잠시 무어라 웅얼거리던 그가 천천히 입을 열었다.

"감사합니다, 선생님. 정말…, 정말 고맙습니다…."

떨리는 목소리로 말하는 주름진 눈가가 어느새 촉촉하게 젖어 있었다.

다음 날 오후, 예상대로 목을 조르는 환상통이 다시 나타났지만 미리 대기하고 있던 의료진의 신속한 대처로 별 탈 없이 넘어갔다. 그날 밤도 마찬가지였다.

이후로도 치료는 한동안 계속되었다.

매일 모형 팔을 이용한 치료를 실시한 덕분일까. 유령 팔이 나타나는 빈도가 점차 줄어들더니, 며칠이 지나고부터는 환상통이 완전히 사라졌다. 얼마간 지켜봐도 목 근육을 쥐어짜는 통증이 나타나는 일도, 횡격막이 경련을 일으켜 호흡이 막히는 일도 없었다. 당연히 호흡곤란으로 인한 발작 증세도 더 이상 일어나지 않았다.

일련의 경과를 지켜본 의사는 마침내 환상통이 완전히 치료되었다고 결론 내렸다. 더 이상 유령 팔이 그를 괴롭히는 일은 없을 것이다.

환자에게 사실을 알렸을 때 그의 눈에는 다시금 눈물이 그렁그렁 맺혔다. 이제껏 그를 괴롭히던, 어쩌면 자신이 죽을지도 모른다는 처참하고도 강박적인 공포로부터 마침내 해방된 것이다.

"이건 이만 정리하겠습니다."

이제는 필요 없을 거라 판단해 침대 옆 선반에 놓아두었던 모형 팔을 치우려 할 때였다. 모형 팔을 집어든 의사를 그가 만류했다.

"왜 그러십니까?"

"그게…."

환자는 잠시 머뭇거리더니 이내 조심스럽게 말했다.

"팔은 그대로 두고 가시면 안 되겠습니까?"

모형 팔을 이전처럼 소매에 끼워둔 채로 두어달라는 것이 그의 요구사항이었다. 마음만이라도 팔이 아직 붙어 있는 것처럼 보이고 싶다고 했다.

의사는 그렇게 하기로 했다. 그편이 환자의 심리적 안정에 도움이 되리라고 생각했기 때문이다. 하는 김에 거울도 그대로 두어달라는 환자의 요청에 따라 거울을 침대에 고정해 그의 모습이 잘 보이도록 했다. 환자는 그것으로 만족하지 않았다.

"죄송하지만… 혹시 팔을 제 가슴 위에 포개어 올려주실 수 있나요?"

환자는 간절한 눈빛으로 의사를 바라보았다. 그것은 유령 팔이 발작을 일으키기 전의 평온한 모습이기도 했지만, 침상에 누운 자세에서도 팔이 보이는 가장 좋은 위치였다.

의사는 그의 요구대로 모형 팔의 두 손을 가슴 위에 포개어 올렸다. 그 모습이 어쩐지 관 속에 단정하게 누운, 두 손을 가지런히 모은 시신의 모습을 연상케 했다. 의사는 그 생각을 애써 머릿속에서 떨쳐냈다.

환자는 만족스러운 듯 거울 속 자신의 두 팔을 바라보고 있었다. 의사에게 몇 번이나 고맙다고 말한 뒤 두 눈을 감고 베개에 머리를 대고 누웠다.

그의 입가엔 희미한 미소가 맴돌았다. 실로 오랜만에 짓는 평온한 미소였다.

이후로도 그에게선 별다른 문제가 나타나지 않았다. 다만 잠결에 이리저리 뒤척이면 한쪽 팔이 바닥에 떨어지거나 팔이 흘러내려 시야에서 벗어나는 경우가 간혹 있었다. 그럴 때면 병실에 들른 의사나 간호사가 다시 팔의 위치를 바로잡아주곤 했다.

환자의 건강은 날이 갈수록 호전되었다. 팔을 절단한 이후로 이따금 나타나던 극심한 우울 증세도 사라졌다. 수술 부위에 염증이 생기는 등의 문제도 없었다.

이대로라면 조만간 1인실에서 일반 병실로 옮겨도 큰 문제는 없어 보였다. 이후엔 경과를 더 지켜보다가 퇴원할 일만 남았다. 모든 일이 마무리되는 듯 보였다.

그러나 그 남자의 마지막은 느닷없이 찾아들었다. 퇴원을 앞둔 한밤중, 환자는 결국 처참한 몰골로 숨을 거두고 말았다.

간호사의 다급한 호출을 받고 달려갔을 때 의사의 눈에 들어온 것은, 마구잡이로 흐트러진 침상에서 두 손으로 자기 목을 조른 채 뒤틀린 자세로 고꾸라져 있는 기괴한 환자의 모습이었다. 떡 벌어진 입과 흰자위가 드러나도록 치켜뜬 눈은 숨이 끊어지던 순간의 참혹한 참상을 고스란히 보여주고 있었다.

환자의 목을 금방이라도 쥐어 터트릴 듯이 움켜쥔 새하얀 두 손. 아마도 잠결에 그가 몸을 뒤척이는 바람에 가슴에 포개어 얹어두었던 모형 팔의 손이 조금씩 목 쪽으로 미끄러져 내려왔을 것이다. 두 손이 서로 포개진 상태였던 탓에, 손이 목 언저리에 다다랐을 땐 펼쳐진 두 손바닥이 목을 감싼 형상이 되어 마치 두 손으로 목을 조르는 듯 보이게 된 것이다.

모형 팔은 그의 목을 조를 수 없다. 그런데 그는 어째서 숨을 쉬지 못했던 것일까. 답은 간단하다. 분명 완치된 줄로만 알았던 환상통이 재발해 다시금 그의 목을 졸랐던 것이다.

목에 닿은 차가운 손가락의 감촉에 눈을 떴을 때, 그의 눈앞엔 거울에 비친 자기 모습이 보였을 것이다. 칠흑같이 어두운 방 안. 커튼 사이로 새어드는 희미한 달빛만이 병실 안을 비추고 있는 그곳에서 그가 본 것은 자신의 목을 조르고 있는 새하얀 두 손이었다. 그 순간 뇌리에 박혀 있던 끔찍했던 기억과 감각이, 그리고 자기 딸의 목을 조르던 기억이 처절하게 되살아나 사라졌던 유령 팔이 다시 나타나게 된 것이다.

이 모든 과정을 침대 발치에 세워진 커다란 거울이 내려다보고 있었다. 숨이 완전히 끊어지기 전 거울 속에서 그가 마지막으로 본 것은, 자기 목을 조르며 고통스럽게 죽어가는 자신의 처참한 최후였을 것이다.

다급한 발소리가 텅 빈 복도에 울렸다. 의사와 간호사가 부산스럽게 움직이는 중에 침대 다리가 이 발 저 발에 부딪히며 침상이 이따금 덜컹거렸다.

그때까지도 환자의 목을 조르고 있던 모형 팔은, 마치 제 할 일을 다했다는 듯 힘없이 툭, 바닥으로 떨어졌다.

〈환상통〉은 메디컬 호러입니다. 《계간 미스터리》에는 신인상 이후 처음 올라간 단편이었는데, 이렇게 황금펜상 우수작으로 선정되어 정말 감개무량합니다.

이 소설의 원형은 대략 4년 전인 2021년, 《계간 미스터리》 봄호 신인상에 응모했던 단편으로, 당시 본심 심사평에서 지적받았던 '추리적 요소가 부족하다'는 점을 보완하여 대폭 수정했습니다. 당시 즐겨 쓰던 문체가 현재 스타일과 많이 달라서 완전히 뜯어고칠까도 생각해봤지만, 그래도 처음 집필할 때의 문장과 전개를 최대한 살려두고 싶어 중요한 고증 오류나 어색한 어휘 정도만 손봤습니다.

또 한 가지, 지금과는 다른 제 과거 문체의 특징 중 하나는 '등장인물의 이름을 일절 언급하지 않는 것'이었습니다. 그러는 편이 보편성을 확보하기에 좋다고 생각했습니다. 실제로 작중 주요 등장인물인 환자와 의사를 포함한 모든 인물은 단 한 번도 이름으로 불린 적이 없으며, 이는 제 등단작이자 신인상 수상작인 〈야경夜景〉에서도 마찬가지였습니다. 그렇지만 현재는 캐릭터 확립의 중요성을 뼈저리게 느끼고 있기에 등장인물에게 이름을 부여하는 것은 물론, 개개인의 성격이 두드러질 수 있도록 고심하며 소설을 써나가고 있습니다.

2022년 《계간 미스터리》 여름호를 통해 처음 등단한 이후로 길다면 길고 짧다면 짧은 시간이 흘렀습니다. 그사이 예전이라면 상상도 못했을 다양한 활동을 해보았습니다. 날붙이에 찔리면 신체가 40조각으로 토막 나고 이를 다시 이어 붙이면 부활한다는 다소 과격한 이야기를 다룬 특수설정 미스터리인 〈어긋난 퍼즐〉을 온라인 플랫폼에 공개해보기도 하고, 한국 본격 미스터리 작가 클럽에서 합심하여 출간한 첫 앤솔로지인 《교수대 위의 까마귀》에 표제작으로 선정되기도 했습니다. 그리고 《한국추리문학상 황금펜상 수상작품집: 2024 제18회》에 실리기까지 하니 정말이지 몸둘 바를 모르겠습니다.

등단 이후로 지금까지 사용하고 있는 제 작가 프로필에는 반드시 빠지지 않는 문구가 있습니다. '틈날 때마다 메모해둔 아이디어 노트를 바탕으로 이전보다 더 나은 작품을 쓰기 위해 노력하고 있다'가 바로 그것입니다. 이 말대로 지금에 안주하지 않고 앞으로 더 많은 책을 읽고 더 열심히 고민하여 더욱 완성도 높은 작품을 써나가도록 하겠습니다. 감사합니다.

원해

정해연

정해연

소심한 O형. 덩치 큰 겁쟁이. 호기심은 많지만, 식는 것도 빠르다. 사람의 저열한 속내나 진심을 가장한 말 뒤에 도사리고 있는 악의에 대해 상상하는 것을 좋아한다.

2012년 대한민국스토리공모대전에서 《백일청춘》으로 우수상을 받았으며, 2016년 예스24 e-연재 공모전 '사건과 진실'에서 《봉명아파트 꽃미남 수사일지》로 대상을 수상. 2018년 CJ E&M과 카카오페이지가 공동으로 주최한 추미스 공모전에서 《내가 죽였다》로 금상을 수상했다.

장편소설 《더블》, 《봉명아파트 꽃미남 수사일지》, 《유괴의 날》, 《구원의 날》, 《내가 죽였다》, 《홍학의 자리》 등을 출간했고, 《더블》, 《유괴의 날》, 《홍학의 자리》는 세계 각국에 번역 출간되었다. 《봉명아파트 꽃미남 수사일지》, 《선택의 날》, 《홍학의 자리》는 드라마로, 《구원의 날》은 영화로 제작될 예정이다. 2023년 《유괴의 날》이 ENA에서 드라마로 방영됐다.

1

또 실수하고 말았다.

책상에 앉아 업무를 보던 가은은 창밖으로 보이는 사람의 얼굴을 보고 어깨를 흠칫 떨었다. 요즘 들어 실수가 잦았는데 또 자신이 한 건 했다는 걸 그 얼굴만 보고도 알았다. 50대 중반 정도로 보이는 여자는 잔뜩 인상을 찡그리고는 물류 분류소를 가로질러 사무실 쪽으로 왔다. 그녀가 무슨 일 때문에 왔는지 가은은 금방 알았다.

"언니…."

가은은 자기도 모르게 SOS를 치는 심정으로 옆에 앉은 수옥을 불렀다. 사무실 장부를 정리하고 있던 수옥이 왜 그러냐는 듯 미소 띤 얼굴로 가은을 보았다. 맨 끝에 앉아 있던 예련도 무슨 일인지 궁금해 고개를 들었다. 그녀가 뭐라고 말하기도 전에 문이 활짝 열어젖혀졌다. 창밖의 여자가 쿵쿵거리는 걸음으로 사무실 문턱을 넘었다. 온 마음이 쪼그라들어서 차마 슬리퍼를 갈아 신고 들어오라는 말도 하지 못했다. 가은이 벌떡 일어섰고 수옥도 의아한 얼굴로 이쪽을 향해 돌아앉았다. 예련이 호기심 가득한 얼굴로 눈을 빛냈다.

"어서 오세요."

기어들어가는 목소리로 가은이 인사했다. 여자의 인상이 한껏 구겨졌다.

"어서 오세요? 지금 사람 오가게 해놓고 그런 인사가 나와요?"

"무슨 일이야?"

수옥이 두 사람 사이에 끼어들며 가은에게 물었다. 예련도 어느새 일어나 옆에 다가와 있었다.

"이분⋯, 지난번에 꿀 파손건 손님이세요."

"기억은 하나 보네요? 그런데 전화 한 통 안 주고 지금 뭐 하는 거예요?"

가은이 일하고 있는 이곳은 택배 회사였다. 약 2주 전, 택배 운송 과정에서 이 손님의 꿀 병이 파손되었다. 꿀 병은 깨진 채로 가은이 일하고 있는 영인지점으로 내려왔다. 사고건의 경우 보고서와 청구서를 올려 진행하는 것은 발송 지점의 몫이었다. 깨진 꿀 병의 박스가 되돌아왔을 때 지점장은 이런 물건을 누가 받았느냐고 신경질을 냈다. 파손 우려가 있는 물건을 집화 받을 때는 포장 상태를 확인해야 하는데 이 물건은 그 상태가 영 불량했다. 가은은 어쩔 줄 몰랐다. 자신이 직접 접수받은 물건이었기 때문이다.

"안에 뽁뽁이 잘 채워 넣었고 신문지로 잘 고정했으니까 절대 안 깨져요."

손님의 말을 그대로 믿은 것이 잘못이었다. 손님이 채워 넣었다는 뽁뽁이는 유리병을 한 번 정도만 휘감고 있었고 신문지도 구겨서 바닥에 조금 넣은 것뿐이었다. 사고 보고서를 본사에 올려도 100퍼센트 보상이 안 될 것임이 분명했다. 손님의 책임도 일부 있다는 것이다.

그런 말을 전하자 여자는 당장 대거리를 해왔다. 제대로 확인하지 않은 저 여직원의 잘못이라고 했다. 자신을 가리키는 여자의 손가락 끝을 보며 가은은 한마디도 하지 못했다. 그 말이 틀리지 않다고 생각했기 때문이다. 자신이 박스를 열어 확인했다면 이런 일은 없었을 것이다. 결국 사장과 면담하여 본사에서 보상해주는 금액의 차액을 사무실에서 물어주기로 했다. 그런데 문제는 아직도 본사 측의 보상 처리가 되지 않았다는 거였다. 보상이 늦어지면 담당자인 가은이 본사에 전화를 걸어 확인하고 그 결과를 고객에게 알려야 했는데 가은은 창문 너머로 여자가 씩씩거리며 걸어들어올 때까지 그 일을 까맣게 잊고 있었다.

"아직 처리 안 됐어?"

수옥이 물어왔다. 가은은 자기도 모르게 손끝을 떨면서 대답했다.

"지금 확인해볼게요."

가은은 의자에 앉지도 못한 채 컴퓨터 앞에서 허리를 숙여 마우스를 잡았다. 떨리는 손으로 프로그램의 사고 조회 카테고리로 들어갔다. 날짜를 입력하고 조회를 눌렀을 때 그녀의 눈이 휘둥그레졌다. 커진 눈을 깜박이며 마우스를 몇 번 눌러보았지만 접수된 내역이 아무것도 뜨지 않았다.

"뭐야? 접수를 안 한 거야?"

가까이 다가온 예련이 새된 목소리로 물었다. 가은은 아랫입술을 깨물었다. 조용히 물어봐도 될 것을 예련은 꼭 손님이 듣게 말한다. 하지만 지금 그런 원망이 중요한 게 아니었다. 가은은 머릿속이 순식간에 뒤엉켰다.

"보고서 썼는데…. 아닌데, 올렸는데…."

그 목소리에는 명백히 힘이 없었다. 보고서를 쓴 것도 기억이 나고 스캔을 한 것까지도 기억이 나지만 프로그램에 업로드한 기억이 확실하지 않았기 때문이다. 눈앞이 깜깜해졌다. 전액 보상이 안 된다는 말에도 그렇게 대거리를 했던 사람인데 아직 보고서도 올리지 않았다는 걸 알면 어떻게 나올지 분명했다. 하지만 아무 말도 안 하고 서 있을 수는 없었다.

"저 사모님, 그게…."

그때 수옥이 가은의 팔목을 꽉 쥐었다. 수옥이 앞으로 나섰다.

"오늘 처리해드릴게요."

가은이 놀라 수옥을 보았다.

"어떻게 하게요?"

예련이 물었지만 수옥은 예련을 쳐다보지 않았다.

사고건을 선처리하는 것은 어렵다. 본사에서 보고를 받은 뒤 얼마를 배상해줄지 정해지지 않았을 때는 더하다. 본사에서 정해지는 보상액은 곧장 고객의 계좌로 지급된다. 그래야 본사에서 비용처리를 할 수 있기 때문이다. 그 금액이 정해져야 차액도 알 수 있다. 수옥이 어떻게 할 생각인지 가온 역시 알 수 없었다.

"아니, 대체 여태껏 뭘 하다가 찾아오니까 이제 해준대요?"

수옥이 살갑게 말했다.

"조금 더 일찍 전화드렸어야 하는데 죄송해요. 요즘 김장철이잖아요. 김치통 터져 다른 데 물들고 아유, 사고건이 좀 많아야죠. 일이 밀리다 보니 연락이 늦어졌어요. 정말 죄송해요. 바로 입금해 드릴게요. 조금만 이해 해주세요."

"아니, 내가 이해를 못한다는 게 아니라···."

"어우, 이렇게 힘들게 오셨는데 음료수도 한잔 못 드렸네요. 앉으세요. 저희 이번에 손님한테 한라봉 주스 받은 게 있거든요? 제주도에서 직접 짜서 보내주신 거예요. 100퍼센트로."

워낙에 싹싹하게 응대하자 여자는 화를 낼 타이밍을 놓쳐버린 듯했다. 여자가 100퍼센트 한라봉 주스를 마시고 사무실을 나갈 때까지 수옥은 바로 옆에서 잠시도 쉬지 않고 말을 걸었다. 여자가 나간 뒤 가온이 수옥에게 얼른 다가섰다.

"언니! 정말 죄송해요!"

"괜찮아. 실수할 수도 있지."

미소 띤 수옥의 얼굴이 조금 피곤해 보였다.

"그런데 언니, 어떻게 선처리를 해주시려고요?"

예련이 물었다.

"지점 돈으로 미리 처리해줘야지. 본사 직원은 내가 구워삶으면 돼."

이곳에서 일한 지 12년차인 수옥은 본사 직원들과 친분이 꽤 있었다. 본사 직원들조차 그녀보다 경력이 짧은 사람들이 대부분이었다.

"정말 죄송해요."

"정말 언니 아니었으면 가은 씨 큰일 날 뻔한 거 알지? 요즘 대체 왜 그래?"

예련의 말에 가은은 아랫입술을 꾹 깨물었다. 이번 달에도 죄송하다는 말을 몇 번이나 했는지 모른다. 며칠 전에는 정산내역을 잘못 뽑아 영업소장들에게 정산을 잘못해준 일도 있었다. 그때도, 지금도 수옥이 아니었다면 수습하기 힘들었을 것이다.

"괜찮다니까."

수옥이 잔뜩 오그라든 가은의 어깨를 부드럽게 두드려주었다.

"너 요새 정신없는 거 그놈 때문이지?"

그 말을 듣자 가은의 머리에 그놈의 얼굴이 떠올랐다. 그래, 이건 다 그놈 때문이다.

2

김민석과 사귄 것은 3개월 남짓이었다. 친구들과 호기심에 갔던 헌팅 포차에서 만나 호감이 생겨 사귀게 되었다. 처음에는 친구들에게 자랑할 정도로 김민석은 가은에게 지극정성이었다. 특별한 날이 아니어도 꽃 배달을 보내기도 했고, 가은의 회사로 매일 차를 끌고 왔다. 뭔가 이상하다고 생각하기 시작한 것은 사귄 지 겨우 한 달이 넘었을 때였다. 우연히 같은 부서 대리와 커피를 사러 같이 가는 장면을 때마침 가은을 기다리던 민석이 보게 됐다. 같은 부서 직원이고 커피를 같이 사러 간 것뿐이라고 설명했을 때는 민석이 충분히 납득한 줄 알았다. 그러나 그 이후부터 민석의 행동이 달라졌다. 시도 때도 없이 전화를 했으며 누구와 같이 있는지를 계속 물었다. 영상 통화도 자주 걸어왔다. 회식이 있는 날이면 회식 장소를 물어 근처를 어슬렁거렸다. 가은의 휴대폰을 몰래 보려다 걸린 적도 있었다. 결정적으로 가은이 민석과 헤어지자고 다짐했던 것은 민석이 가은에게 처음 손찌검을한 날이었다. 야근 하느라 늦게 귀가한 날 민석은 집 앞에서 기다리고 있었다. 가은이 내린 택시를 굳이 다시 세워 동승했던 사람이 없는지를 확인하는 모습을 보고 기가 막혔다.

"너 의처증 있는 사람 같아!"

그렇게 소리쳤을 때 민석은 손을 들어 가은의 뺨을 내리쳤다. 가은은 민석과 더는 사귀지 못할 거라는 것을 그 순간 깨달았다. 그동안 지친 탓도 있었지만 이렇게 쉽게 손찌검을 하는 남자와 더는 만날 수 없었다.

헤어지자고 통보한 날부터 민석의 집착은 더욱 심해졌다. 수없이 전화를 걸어오는 것은 물론이고 회사 안까지 찾아오기 시작했다. 다른 사람들이 보는 앞에서 무릎을 꿇고 눈물을 흘린 적도 있었다. 그럴 때마다 가은은 질렸다. 회사 사람들 앞에서 고개를 들 수가 없었다.

민석은 매일같이 집으로 찾아왔다. 밤에 느닷없이 문을 두드리기도 했고, 술에 취해 찾아와 집 앞에서 고래고래 소리를 지른 적도 있었다. 주로 가은에게 다른 남자가 생겨 자신을 버렸다는 내용이었다.

같은 빌라 사람들이 시끄럽다며 가은에게 자주 항의를 했다. 회사에서도 직원들에게 은근히 눈총을 받았다. 물론 가은 스스로도 너무 힘들었다. 집에 갈 때는 오늘도 민석이 있을까 봐 가슴이 두근거렸고 밤이면 잠이 오지 않았다.

그러던 어느 날이었다. 밤이 되자 또 초인종이 울렸다. 민석이 찾아온 게 분명했다. 빌라 사람들에게 더는 민폐를 끼칠 수 없어 현관문 앞으로 나갔다. 현관문 걸쇠를 건 다음 문을 빼꼼히 열었다. 궁금해할 것도 없이 민석이었다. 민석은 한 손을 등 뒤로 하고 문을 열어달라고 말했다. 문을 열어주지 않자 다른 한 손을 안으로 집어넣어 어떻게든 걸쇠를 열려고 했다. 가은은 문을 닫으려 했고 민석은 힘으로 문을 열려고 했다. 그러던 와중에 뒤로 돌렸던 민석의 손에 들린 공구가 보였다. 걸쇠를 자르려는 생각이었다.

곧장 경찰에 신고했다. 민석은 경찰에 연행되었다.

그래도 안심할 수 없었다. 다음 날 경찰에 전화를 걸었다. 그리고 기가 막힌 이야기를 들었다. 민석이 풀려났다는 것이었다. 경찰은 민석을 불구속 입건했다고 했다. 결국 그가 받은 처벌은 벌금형이었고, 민석은 다시 가은을 찾아오기 시작했다.

가은은 거의 도망치다시피 이사를 했다. 본가와도 거리가 먼 영인시를 택했다. 가은과 전혀 연고가 없는 지방 도시였기에 민석도 찾아올 수 없을 거라 여겼다. 실제로 이곳으로 이사 온 1년 동안은 전에 없이 편한 생활을 하고 있었다.

그런데 근래 들어 불안감이 다시 그녀를 엄습해오고 있었다.

어느 날 출근하던 아침이었다. 가은은 집을 나서다 복도 쪽 현관문 손잡이를 잡았던 손을 인상을 쓰며 내려다보았다. 뭔가 진득한 것이 불쾌하게 손에 묻어났다. 붉은 기가 도는 그것은 홍시였다.

'너 홍시 좋아하잖아.'

언젠가 민석이 했던 말이 머릿속을 강하게 때렸다. 아니라고, 고개를 저었다. 민석이 여기까지 찾아올 리 없었다. 이곳 주소를 부모님 말고는 아무에게도 알리지 않았다. 그냥 아파트 아이들의 고약한 장난일 거라고, 두근거리는 심장을 가라앉혔다.

그런데 며칠 후 사무실로 꽃 배달이 왔다. 보내는 사람의 이름은 없었지만 꽃을 보자마자 가은은 민석을 떠올렸다. 민석이 자주 보내왔던 리시안서스였기 때문이다.

그 뒤로 가은은 일상생활을 제대로 할 수 없었다. 수시로 주변을 두리번거렸고, 밤길을 걸을 때는 누가 따라오지 않나 뒤를 돌아보곤 했다. 업무에 집중하지 못해 자주 실수를 저질렀던 것도 다 그 때문이었다.

"넌 예쁘니까 매달리는 남자라도 있지. 나는 누가 건드리지도 않아."

예련의 말에 가은은 벌컥 화가 치밀어 올랐다. 그걸 지금 위로라고 하고 있느냐는 소리가 목구멍까지 올라왔다. 하지만 그러지 못했다. 예련과 싸움을 벌이고 싶지 않았다. 지금은 그런 것에 신경쓸 여유가 없었다. 가은은 그저 대답 없이 묵묵히 앉아 있었다.

"안 가?"

갑자기 책상 앞 창문이 열리면서 한 남자가 얼굴을 불쑥 들이밀었다. 가은은 반사적으로 몸을 움츠리며 의자를 뒤로 물렸다.

"놀랐어? 미안."

어색하게 웃으며 뒷머리를 긁적이는 사람은 은파동을 담당하는 영업소장이었다. 택배 회사는 지역별로 지점이 있고 그 아래에 동별로 영업소를 두고 있다. 영업소장들은 다들 개인 사업자였고 물량이 많은 지역의 영업소장은 그 아래에 기사를 두고 일했다. 가은은 시계를 올려다보았다. 퇴근 시간인 6시가 조금 지나 있었다. 은파 영업소장인 김 소장은 오늘 일을 일찍 마친 모양이었다.

"아니에요. 잠깐 딴 생각 좀 하느라."

김 소장이 활짝 웃었다.

"우리 지점 새 에이스가 딴 생각을 할 때가 다 있어? 그런 건 집에 가서 해. 늦게까지 일한다고 누가 상 안 줘. 데려다줄 테니까 같이 나가자."

택배 회사의 지점은 넓은 부지의 물류센터가 필요하기 때문에 대부분 외곽에 위치해 있었다. 그래서 퇴근 시간이 맞으면 기사나 영업소장이 여직원들을 버스정류장까지 데려다주었다.

"저도요, 저도 같이 갑시다!"

예련이 장난스럽게 말하며 일어섰다. 김 소장이 너스레를 떨었다.

"아유, 오늘은 예쁜 아가씨랑 둘이 가보려고 했는데 떨거지가 또 따라붙네."

가은은 자기도 모르게 미간을 좁혔다. 그의 말이 귀에 거슬렸다. 그러나 정색하고 따질 수도 없었다. 예련이 까르르 웃었기 때문이다.

"누구 좋으라고. 자, 갑시다."

가은은 자신이 너무 예민한 건지도 모르겠다고 생각했다.

예련은 아직 앉아 있는 수옥을 억지로 일으켰다. 수옥은 버스를

타고 가겠다고 했지만 예련이 억지로 김 소장의 승용차 뒷좌석에
앉혔다.

"우리 여왕님이야 내가 모셔다드려야지."

김 소장이 웃으며 말했다. 이곳에서 오래 일한 수옥과 예련은 소
장들과 사이가 좋았다. 그것이 일에 도움이 되기도 했다. 물건을
받는 고객의 불만이 접수될 때마다 소장들과 사이가 좋은 수옥이
중간역할을 잘했기 때문이다. 그걸 알기에 가은은 목구멍까지 올
라왔던 말을 꾹꾹 내리눌렀다. 그러면서 자신이 너무 예민한 거라
고 생각했다.

그날 김 소장은 세 사람을 버스정류장까지 데려다주었다. 집까
지 태워다 준다는 것을 가은이 정중히 거절했다. 어디 사는지 알
리는 것도, 차를 얻어타는 것도 부담스러웠다.

잠시 뒤 버스정류장에서 내렸을 때, 가은은 김 소장의 말을 들을
걸, 하고 후회했다. 걸어가는 가은의 뒤를 누군가 따라오고 있었다.

3

발걸음을 재촉했다. 뒤에서 들려오는 발소리도 빨라졌다. 가은
은 갑자기 우뚝 멈춰 섰다. 발자국 소리가 사라졌다. 심장이 조여
왔다. 혈류가 빠르게 돌았다. 숨이 가빠졌다. 불쾌할 정도로 공포
스러운 기분이 가은을 휘감았다. 주변을 돌아보았다. 늦은 시간대
라 주택가에는 인적이 없었다. 두려움이 왈칵 몰려왔다. 가은은
빠른 걸음으로 거의 달리다시피 해서 골목길을 돌았다. 발자국의

주인 역시 그녀를 따라 골목길을 돌았다. 그런데 그곳엔 아무도 없었다. 분명 이쪽으로 돌았는데, 하는 얼굴로 돌아섰을 때 정면에 그가 서 있었다.

"김민석."

가은이 이를 갈듯 그의 이름을 말했다. 두 번 다시 보고 싶지 않은 얼굴이었다. 두 번 다시 입 밖으로 이 인간의 이름을 뱉는 일이 없길 바랐다. 그가 자신의 인생에서 완전히 사라져주기를 바랐다. 자신이 꿈을 키워오던 서울을 떠나 영인까지 내려온 것은 모두 이 자식 때문이었다. 도망치듯 내려오면서도 두 번 다시 만나지 않을 수 있다면 무슨 일이든 할 수 있을 거라고 생각했었다.

가은은 한 손에 휴대폰을 들고 있었다. 이미 112를 찍어놓은 상태였다. 자신을 끌고 가려 하거나 여차하면 통화 버튼을 바로 누를 심산이었다. 민석은 흘끗 가은의 손을 보고는 여유 있게 웃었다.

"맞네. 정가은."

"뭐?"

가은은 눈을 부릅떴다. 민석은 여유 있는 웃음을 잃지 않았다.

"혹시 내가 잘못 봤나 했어. 오랜만이다, 정가은."

가은은 아랫입술을 꾹 깨물었다.

"내가 여기 있는 거 어떻게 알았어?"

민석은 여유 있게 휘파람을 불었다.

"너 이 동네 살아?"

무슨 속셈인지 알 수 없었다. 날 세운 눈을 민석에게서 떼지 않았다.

"난 누구 좀 만나러 여기 왔어. 근데 네가 지나가잖아. 네가 맞는지 궁금해서 따라와 봤어."

"개수작 부리지 마."

이곳에 아는 사람 따위 있을 인간이 아니었다. 김민석은 주변에 친구도 거의 없었다. 조금만 자신을 무시하는 듯한 말만 해도 벌컥 화를 내거나 폭력을 썼다. 집요하기까지 해서 말꼬리를 잡기 일쑤였다. 옆에 사람이 붙어 있을 수가 없는 인간이었다.

"그게 아니면 내가 어떻게 알고 여기에 왔겠어. 이렇게 만나니까 반갑다."

"꺼져."

가은은 그를 지나쳐 가려 했다. 순간 민석이 가은의 손목을 잡았다. 온몸이 뻣뻣해지면서 소름이 돋았다. 그녀는 힘껏 민석의 손을 뿌리쳤다.

"이거 놔! 한 번만 더 건드리면 경찰에 신고할 거야!"

"신고? 뭘로? 내가 너한테 뭘 했다고? 접근 금지 명령은 이제 만료되고도 한참 지나지 않았나?"

민석이 빙글거렸다.

"스토킹으로 신고할 거야."

"우연이라고 말했잖아. 우. 연."

속에서 뜨거운 것이 치받쳤다. 민석은 지금 이 자리에서 가은이 신고한대도 자신에게 아무런 위협이 되지 않는다는 것을 잘 알고 있는 듯했다. 민석이 '우연'을 주장한다면 그게 아니라는 근거를 가은은 댈 수 없었다.

"우연히 만난 거면 그냥 사라져. 반갑게 인사할 사이 아니니까."

가은이 걸어가기 시작했다. 여기서 더 잡으면 정말로 신고할 생각이었다. 그가 스토킹으로 처벌을 받든 안 받든 간에 어떻게든 그와 떨어지고 싶을 뿐이었다. 경찰이 출동하면 어쨌든 당장 그와 분리 조치될 터였다.

그걸 아는지 민석은 더 따라오지 않았다. 대신 목소리를 높여 말했다.

"아까 그놈 누구야?"

순간 가은은 걸음을 멈출 뻔했다. 누굴 말하는지 얼른 떠오르지 않았다. 곧 머릿속으로 김 소장의 얼굴이 스쳤다. 김 소장이 버스 정류장까지 데려다주는 것을 민석이 본 모양이었다. 대체 어디서부터 따라온 걸까? 설마 회사에서부터? 가은은 눈앞이 깜깜해지는 것 같았다. 그래도 계속 걸었다. 아무 사이 아니라는 변명을 할 가치도 없었다. 자신이 그래야 할 이유를 느끼지 못했다.

"벌써 다른 놈 생겼냐, 이 화냥년아!"

얼굴에 열이 확 올랐다. 하지만 더 말꼬리를 잡고 싸우기 싫었다. 상대해봐야 자신만 손해였다. 더 자극해봐야 좋지 않다는 생각도 있었다. 걸음을 멈추지 않고 그 자리를 벗어났다. 얼마나 걸었을까? 뒤를 돌아보았지만 민석의 모습은 보이지 않았다. 가은은 안도의 한숨을 내쉬었다. 뜨거운 것이 목구멍을 막고 있는 것 같았다. 눈물이 차오르면서 눈가가 후끈해졌다. 조금 전의 공포가 사라진 자리에 서러움이 남았다. 가은은 자신의 손을 내려다보았다. 휴대폰을 얼마나 꽉 쥐고 있었는지 땀이 흥건했다.

그대로 옆 동네까지 걸었다. 처음 보는 아파트 단지로 들어가 한 바퀴 돌아보기도 했다. 중앙 현관문이 없는 아파트여서 안까지 들어갔다. 누가 따라오는 기색은 없었다. 혹시 민석이 뒤를 따라와 집까지 찾아올까 봐 겁이 났다.

민석을 피해 이사를 결심했을 때 가은은 스스로를 지킬 수 있는 건 자신뿐이라는 것을 알았다. 아무리 접근 금지 명령을 신청하고 신고해도 민석은 다시 그녀 앞에 나타났다. 그녀는 매일같이 악몽을 꾸었다. 민석이 자신을 해치는 꿈이었다. 그녀는 민석이 자신을 죽일 것 같아 두려웠다. 경찰은 민석을 완전히 분리시켜주지 못했다. 그가 어느 선을 넘지 않고 있기 때문이었다.

"이 정도로는 스토킹으로 구금하기 힘들어요. 정 그러면 일단 고소를 해보세요."

고소 같은 게 쉬울 리 없었다. 증거를 모아야 했고, 다시 재판정에서 민석을 만나야 했다. 재판 과정이 얼마나 길어질지 알 수 없었고, 그 재판 결과가 자신에게 이익이 될 거라는 확신도 없었다. 그런 식으로 민석을 자극해봐야 좋을 게 없었다.

밖을 내다보았지만 민석은 없었다. 집을 알아내기 위해 자신을 따라오지는 않은 것 같았다. 가은은 안도의 한숨을 내쉬었다. 도로로 나가 택시를 잡아탔다. 정신없이 얼마나 걸어온 건지 택시 요금이 기본 요금보다 훨씬 넘게 나왔다.

가은은 택시 기사에게 빌라 정문 앞에서 차를 세워달라고 부탁했다. 요금을 계산하고는 곧장 빌라 안으로 들어갔다. 3층인 자신의 집까지 뛰어 올라갔다. 온몸으로 가리고 비밀번호를 눌렀다. 문이 열리는 소리와 함께 복도에 아무도 없는 것을 확인하고 안으로 들어갔다. 문이 잠기는 것을 확인하고도 손잡이의 열쇠 부분을 잠그고 걸쇠까지 걸었다. 그녀는 불을 켜지도 않은 채 거실을 가로질러 커튼이 가려진 창 쪽으로 재빨리 걸어갔다. 커튼을 살짝 걷고

거리를 내려다보았다. 아무도 보이지 않았다.

갑자기 온몸에 힘이 빠져 그 자리에 주저앉았다. 양손에 얼굴을 묻었다. 눈물이 왈칵 쏟아졌다. 언제까지 이런 두려움을 안고 살아가야 할지 알 수 없었다.

그 이후로 일에 집중하지 못했다. 가은은 오늘도 김민석이 있지는 않나 주변을 두리번거리며 두려움 속에 집으로 들어갔다. 다행히 김민석은 없었다. 이대로 포기해준 거라면 고마워서 절이라도 할 것 같았다. 하지만 그건 섣부른 기대였는지도 모른다.

그날 밤, 가은의 집 초인종이 울렸다.

4

처음엔 잠결에 잘못 들은 걸로 생각했다. 초인종이 다시 울렸을 때 가은은 완전히 잠에서 깨어났다. 반사적으로 휴대폰을 집어들고 시간을 확인했다. 새벽 1시가 조금 지나 있었다.

원룸이라 침대에서 바로 현관문이 보였다. 고개를 들고 현관문 쪽을 보았다. 이 시간에 찾아올 사람은 없었다. 혹시 술 취한 누군가가 집을 잘못 찾아온 건 아닐까? 그런 생각을 하는 사이 세 번째로 초인종이 울렸다. 곧장 철컥거리는 소리가 이어졌다. 전신에 소름이 끼쳤다. 두려운 생각이 울컥 솟구쳤다.

그렇다고 그대로 있을 수만도 없다. 가은은 침대에서 몸을 일으켜 천천히 현관문 쪽으로 다가갔다. 그 사이에도 현관문 손잡이는 자꾸 움직이며 철컥거리는 소리를 냈다.

"누구세요?"

현관문 앞에 선 가은은 두려움에 사로잡혀 긴장한 채였다. 신발
장 옆에 세워두었던 소화기를 자기도 모르게 집어들었다. 문은 제
대로 잠겨 있었지만 당장에라도 벌컥 열릴 것만 같았다.

"나야, 강군."

밖에서 들려오는 목소리는 낮고 은밀했다. 목소리를 낮추는 것
이 밤이라서만은 아닌 것 같았다. 가은은 처음 들어보는 목소리였
다. 강군이라는 이름이나 별칭 같은 걸 들어본 적도 없었다. 가은
은 안도의 한숨을 내쉬었다. 분명히 누군가 집을 잘못 찾아온 거
라는 확신이 들었다. 온몸을 조이던 긴장이 한순간에 풀어졌다.

"잘못 찾아오셨어요."

그렇게 말한 가은이 몸을 돌려 다시 거실로 들어섰을 때였다.

"나라고, 가은아."

목소리는 정확히 그녀의 이름을 말하고 있었다. 그 소리에 심장
이 쿵, 내려앉았다. 머릿속으로 민석의 얼굴이 지나갔다. 목소리를
낮춰 속삭이는 소리라서 민석인 줄 몰랐던 건 아닐까. 재빨리 현
관문 렌즈에 눈을 붙이고 바깥을 내다보았다. 낯선 남자의 모습이
어른거렸다. 키가 큰 남자인지 목 아래쪽 부근이 보였다. 그것만
봐도 민석이 아니란 걸 알 수 있었다. 민석도 키가 크지만 몸집이
완전히 달랐다.

그렇다고 문을 열 수는 없었다. 민석이 아니고, 자신의 이름을
알고 있는 남자라고 해서 안심할 수는 없었다.

"누구신데요?"

그녀의 목소리에는 잔뜩 겁이 실려 있었다. 또다시 현관문 손잡

이가 거칠게 돌아갔다.

"짜증 나게 왜 이래."

남자가 신경질적으로 나왔다.

"전 모르는 분이에요. 돌아가세요."

"가은이 아니에요?"

남자가 물어왔다. 인정할 수도, 그렇지 않다고 할 수도 없었다.

"잘못 찾아오신 것 같아요."

그 말과 동시에 쾅, 하고 엄청난 소리가 났다. 가은은 순간적으로 몸을 움츠렸다. 남자가 현관 문을 발로 걷어찬 것 같았다. 가은은 자기도 모르게 손잡이를 꽉 잡았다. 어쩌면 문을 부술지도 모른다는 생각에 반사적으로 한 행동이었다. 거친 발걸음 소리가 났다. 그 소리는 점점 멀어져갔다. 다리에 힘이 풀렸다. 손잡이를 잡은 채로 가은은 자리에 주저앉았다.

대체 자신에게 지금 무슨 일이 일어난 건지 알 수 없었다. 여러 가구가 사는 건물인 이상 사람이 잘못 찾아올 수는 있었다. 예전에 살던 곳에서도 술 취한 사람이 문을 열려고 했던 적이 있었다. 하지만 지금은 그렇게 생각하기엔 완전히 다른 상황이었다. 이번에는 상대가 자신의 이름을 정확히 알고 있었다. 절대 우연이라고 생각할 수 없었다.

온몸에 힘이 풀린 채로 거의 기다시피 하여 가은은 침대로 돌아왔다. 걸터앉은 채로 자신에게 벌어진 일을 생각했다. 그 사람은 어떻게 자신의 집과 이름을 알고 있었을까? 용기를 내어 남자를 만나봐야 했을까? 아니, 그건 너무 위험하다. 경찰에 전화를 걸었어야 했을까? 경찰에 신고하기에는 뭔가 일이 벌어진 것도 아니었다. 이런저런 생각을 하는 사이 잠은 완전히 달아나버렸다.

쿵쿵거리는 심장이 아무래도 진정이 되지 않았다. 차를 한잔 마셔야 할 것 같았다. 뜨거운 차를 마시면 조금 안정이 될 것 같았다. 싱크대 문을 열어 차 통을 꺼냈다. 물을 끓이고 찻망에 차를 넣어 우렸다. 숙성된 녹차의 묵직한 향기가 거실 안을 채웠다. 선 채로 찻잔을 들어 천천히 한 모금을 마셨다.

철컥철컥.

"꺅!"

가은은 비명을 질렀다. 찻잔을 떨어트리고 말았다. 뜨거운 물이 다리에 튀었다. 하지만 그런 것 따위는 가은에게 고통도 되지 못했다. 알 수 없는 공포가 다시 가은을 휘감았다. 가은은 온몸이 오그라드는 것 같았다.

누구냐고 묻는 것도 할 수 없었다. 주저앉은 채로 숨을 죽였다.

"가은아."

속삭이는 목소리. 그러나 아까와는 또 다른 목소리였다.

"나야. 레이브."

역시 처음 들어보는 이름이었다.

그때 갑자기 비슷한 뉴스를 본 것이 떠올랐다. 혼자 사는 여성의 집에 모르는 남자들이 새벽마다 찾아와 문을 두드린다는 거였다. 경찰에 신고하고 보니 누군가 장난으로 올린 성매매 글을 보고 남자들이 찾아왔던 것이었다.

그런 일일지도 모른다는 생각이 들었다. 그렇다면 이렇게 주저앉아 있을 수만은 없었다. 손끝이 차가워져 있었다. 꾹 주먹을 쥐었다. 아랫입술을 깨물었다. 두 다리에 힘을 주어 자리에서 일어났다. 얼른 침대 옆에 있는 휴대폰을 쥐었다. 112로 출동 요청 문자를 보내면서 문 앞으로 다가갔다.

[문 앞에 이상한 남자가 와 있어요. 빨리 출동해주세요. 은파동 선경빌라 203호]

"누구세요?"

"나라고. 레이브."

경찰이 출동할 때까지 남자를 잡아놓을 필요가 있었다.

"누구신지 모르겠는데요. 무슨 일이세요?"

"가은이 아니에요?"

"제가 가은이건 아니건 간에 이 주소를 어디서 보셨죠?"

문 너머가 잠시 조용해졌다.

"장난치지 마."

나직한 목소리가 경고하듯 들려왔다.

"정말 몰라서 그래요. 무슨 일인지 저한테 설명해주세요."

입안이 바짝 말랐다. 가은은 시간이 이렇게 안 간 적이 있었나 싶었다. 이 순간이 영원처럼 길게 느껴졌다.

자신을 레이브라고 말한 남자는 잠시 침묵을 지키고 서 있었다. 무슨 생각을 하는지 알 수 없었다. 가은은 바짝 타들어가는 입술을 혀로 핥았다.

발자국 소리가 들렸다. 아무래도 뭔가 이상하다고 생각한 남자가 돌아가는 것 같았다. 가은은 재빨리 거실을 가로질러 도로 쪽으로 나 있는 창문을 활짝 열었다. 상체를 내밀고 도로 반대편을 보았다. 경찰차가 경광등을 번쩍이며 다가오고 있었다. 상체를 아래쪽으로 내려 길 쪽을 보았다. 남자가 계단을 내려가 빌라 밖으로 나갔을 때 경찰들이 차에서 내리고 있었다.

"저 남자예요!"

온 힘을 다해 가은이 소리쳤다. 남자가 달리기 시작했다.

5

남자는 스물여섯 살로 군대를 다녀와서 복학을 준비 중이라고
했다. 키는 컸으나 몸은 눈에 띄게 마른 체형이었다. 그와 반대로
얼마나 펑퍼짐한 옷을 입고 있는지 허수아비처럼 보이기도 했다.
경찰과 대화를 나누며 그는 몇 번이나 한 손으로 얼굴을 쓸어내렸
다. 버릇일 수도 있었고, 맘대로 되지 않는 상황에 대한 짜증일 수
도 있었다.

그들에게서 몇 걸음 떨어진 곳에 몸을 조금 비틀고 선 가은은
입고 있던 점퍼를 한 번 더 여몄다. 조금 전까지 온몸을 사로잡았
던 공포가 한기로 남아 있는 것 같았다.

남자는 내내 억울하다고 했다.

"자기 집이라고 했어요. 인증사진까지 찍어서 보냈다고요."

남자가 내민 사진은 샤워가운을 입고 있는 여성의 사진이었다.
젖은 머리를 늘어뜨리고 선 사진 속 여자는 거울 앞에 서서 거울
에 비친 자신의 모습을 찍고 있었다. 사진을 찍느라 카메라를 대
고 있어서 얼굴 사진은 나오지 않았다. 가은이 아니었다. 가은은
그런 샤워가운을 가지고 있지도 않았다. 경찰이 사진을 보여주어
서 자신이 아니라고 말했다. 실내 모습도 자신의 집이 아니었다.

"주민등록번호와 이름 대세요."

"전 진짜 억울하다니까요."

"그러니까 말씀해보시라고요."

잠깐의 실랑이 끝에 신원조회를 했다. 신원에는 이상이 없는 것 같았다.

"정말이에요. 채팅앱으로 대화를 했고, 주소도 여기 찍어줬어 요."

"그거 보여줄 수 있어요?"

"앱은 보여줄 수 있죠."

남자는 휴대폰을 열어 앱을 실행시켜 보여줬지만 여자와 대화를 했다는 채팅은 찾아볼 수 없었다. 채팅방을 나오면 대화 내용이 모두 삭제되는 것 같았다. 경찰은 남자와 몇 마디를 더 나누었다. 잠시 후 남자가 고개를 숙여 보이더니 가은을 힐끔 보고는 주뼛거리며 반대 방향으로 걸어갔다. 건널목을 건넌 그는 마침 달려오는 택시를 잡고 가버렸다.

"그냥 보내는 거예요?"

가은이 물었다. 경찰은 어쩔 수 없다는 듯한 표정을 지었다.

"신원도 확실하고, 채팅을 했다는 것도 맞는 것 같아요. 상대가 불러준 주소를 저장하려고 캡처한 채팅 화면 사진까지 보여줬어요. 성매매를 시도한 것도 아니고 저 사람도 속은 거니까 더 이상 붙잡아둘 수는 없어요."

가은은 남자가 사라져간 길 건너를 보았다. 그도 속아서 온 거라는 경찰의 말을 못 믿는 건 아니었지만 불안감은 사라지지 않았다. 저 남자 역시 이제는 자신의 집과 얼굴을 알고 있다. 그 점이 불안을 키웠다. 저 남자를 보낸 의문의 사람도 아직 정체를 모른다.

"짚이는 사람이 있어요."

가은이 말했다. 경찰이 가까이 다가왔다.

"누구죠?"

"김민석이라고, 예전에 사귀었던 남자친구예요."

가은은 이를 갈며 화냥년이라고 욕을 하던 민석을 떠올렸다. 분명 복수임에 틀림이 없었다. 그렇지 않다면 민석이 나타난 타이밍에 이런 일이 생길 수는 없었다.

가은은 그의 이름과 휴대폰 번호를 불렀다. 예전 주소를 알고 있었지만 아직도 살고 있는지 모르겠다고 말했다. 그를 스토킹으로 신고하고 도망치듯 이사를 왔으며 얼마 전에 다시 만난 사정을 전부 이야기했다.

"저희가 확인해보겠습니다. 일단 들어가세요."

가은은 다시 집으로 들어갈 용기가 나지 않았다. 그걸 눈치챘는지 경찰이 말했다.

"집 근처 순찰을 좀 더 강화하겠습니다. 불안하시면 스마트 위치를 신청하실 수도 있어요."

"저한테 연락해주시는 거죠?"

이런 짓을 벌인 게 김민석인지 아닌지를 빨리 확인하고 싶었다. 그러지 않으면 절대 안심할 수 없을 것 같았다. 스마트 위치를 신청하는 방법은 알고 있었다. 하지만 절차가 필요하다는 것 또한 이전의 경험으로 알고 있었다. 김민석이 벌인 일이라는 게 드러난다고 해도 바로 구속되지 않는다는 것도 알고 있었다. 그는 다시 일상 속으로 스며들 것이었다. 그게 어쩔 수 없는 현실이다. 그렇지 않았다면 이렇게 이사 올 일도 없었을 것이다.

가은은 불안했다. 범인이 민석이라는 걸 확인하면 또다시 이사해야 할지도 몰랐다. 이별 통보를 받고 살인까지 저지른 범죄들을 떠올렸다. 뉴스에서 본 그 장면들이 어쩔 수 없이 머릿속을 맴돌았다. 범인이 민석이 아니라는 걸 확인한다고 해도 불안은 가시지 않을 것 같았다. 자신에게 악의를 가진 누군가가 있다는 건 그 정체가 밝혀지기 전까지는 계속 그녀를 불안하게 할 것이었다.

"너무 걱정 말고 들어가세요. 문단속 잘하시고 무슨 일 있으면 바로 경찰에 연락하시고요."

"김민석인지 아닌지는 언제 확인되죠?"

"확인되는 대로 연락드릴게요."

확답은 피한 채 경찰이 집 쪽을 향해 팔을 살짝 올렸다 내렸다. 집에 가서 기다리라는 뜻이었다. 가은은 발걸음이 잘 떨어지지 않았다. 그 어디보다 더 편해야 할 집이 불안의 장소가 되었다. 그게 공포스러워 도망 왔는데 또 시작됐다. 그런 사실이 절망스러웠다.

그래도 여기 선 채로 밤을 보낼 수도 없었다. 경찰도 이제 돌아가야 한다는 듯 순찰차 쪽을 흘끗거렸다. 고개를 숙여 인사를 하고 집으로 돌아올 수밖에 없었다. 몇 번이나 문이 잠긴 것을 확인하고 걸쇠까지 걸었다. 더 안전한 방법이 있다면 뭐라도 하고 싶었다. 시계를 보았다. 새벽 2시가 넘어가고 있었다. 목이 타 물을 한잔 마셨다. 도저히 잠을 잘 수 없을 것 같았다.

침대에 기대어 바닥에 앉았다. 세운 무릎을 두 팔로 끌어안았다. 휴대폰을 앞에 두고 계속 내려다보았다. 입술을 잘근잘근 깨물었다. 시간이 영겁처럼 느껴졌다.

휴대폰은 아침이 올 때까지도 울리지 않았다. 결국 가은이 먼저 전화를 걸었다. 출동했던 경찰에게 받은 명함에 전화번호가 있었다.

"은파 2지구대입니다."

"오늘 새벽에 신고했던 사람인데요. 모르는 사람이 집으로 찾아왔던 일이요."

상대방은 잠깐 조용했다가 네, 하고 대답했다. 누군지 확인이 된 모양이었다.

"제가 의심되는 사람 말씀드렸는데 확인됐나요?"

"아뇨. 아직 그분과 연락이 안 되어서요."

"집으로는 안 찾아가 보셨어요?"

"그분이 확실하지도 않은데 밤에 찾아갈 수는 없잖아요. 연락되는 대로 조사할 예정입니다. 기다리세요."

기다리세요. 그 말을 예전에도 수십 번이나 들었다.

경찰을 이해 못하는 건 아니었다. 그들에게도 그들만의 규칙이 있을 것이다. 하지만 가은은 그들을 원망할 수밖에 없었다. 그러면서도 심장이 까맣게 타들어가서 그들이 아니면 기댈 곳이 없었다.

"빨리 좀 확인해주세요."

가은은 헐떡이며 말했다. 숨이 잘 쉬어지지 않는 기분이었다.

경찰에게서 연락을 받은 건 두 시간 뒤였다. 그런 장난을 친 건 민석이 아니라고 했다. 민석은 밤새 집에서 잤다고 했다. 채팅을 했다는 증거 같은 건 없다고 했다. 그건 반대로 말하면 채팅을 하지 않았다는 증거가 없다는 뜻이기도 했다. 그런 말을 하자 경찰은 가은을 달래듯 말했다.

"문단속 잘하시고요. 무슨 일 있으면 경찰에 연락해주세요. 밤에 자택 주변 순찰을 더 강화해드릴게요."

6

"죄송합니다!"

가은은 택시에서 내리자마자 뛰듯이 사무실 안으로 들어갔다. 가은이 외치는 소리에 접대용 테이블에 앉아 신문을 읽고 있던 사장이 고개를 들었다. 오늘 늦게 출근하겠다는 말은 이미 전화로 해놓은 상태였으나 자세한 사정을 알 리 없는 사장에게 눈치가 보였다. 사장은 신문을 내려놓고 가은을 보았다.

"급한 일이 있다고 해서 그러라고 하긴 했지만 앞으로는 좀 조심해줘. 아침에 얼마나 바쁜지 잘 알잖아."

말에 가시가 박혀 있었다. 가은은 알겠다고 대답하며 미안한 표정을 지었다. 사장의 말대로 택배 회사는 아침에 무척 바쁘다. 각 센터에서 도착한 화물들이 내려오는 게 오전이기 때문에 고객들의 문의 사항도 오전에 가장 많다. 주로 언제 배송이 오냐는 전화다. 그때까지는 영업소장들이 배송 출고 스캔을 찍기 전이라 배송 기사의 전화번호를 인터넷으로 확인할 수 없기 때문에 사무실로 모든 전화가 밀려든다. 평소에는 하차 현장으로 나가 점검하는 사장이 바쁜 수옥의 옆에서 전화 받는 일을 거들어주고 있었던 모양이다.

"죄송합니다."

예련이 새침한 얼굴로 쳐다보다가 대답 없이 컴퓨터 쪽으로 고개를 돌렸다.

"일은 잘 봤고?"

책상에 앉아 일을 하고 있던 수옥이 얼른 끼어들었다. 분위기를 전환하려는 것을 가은은 알 수 있었다. 고맙고 미안한 마음에 가은은 눈썹을 팔자로 만들며 대답했다.

"네, 언니. 죄송해요."

"무슨 말을. 서로 일 있을 때 봐주고 그래야지. 그래야 가족 같은 직원이지."

수옥이 일부러 그런 말을 한다는 걸 가은은 금방 눈치챌 수 있었다. 사장에게 들으라고 하는 말이었다. 사장은 직원들을 가족 같은 사이라고 말하곤 했다. 진짜 가족보다 더 오랜 시간을 보내는 사이이니 가족이 아니냐고 자주 말했다. 주로 회식 자리에서였다.

가은은 얼른 자리로 가서 앉은 다음 컴퓨터를 켰다. 사장이 사무실 밖으로 나갔다. 가은은 낮은 안도의 한숨을 내쉬었다.

"차 한잔 할까?"

"제가 타올게요."

가은이 얼른 일어나 사무실 밖으로 나갔다. 탕비실로 들어서자 수옥이 따라 들어왔다.

"무슨 일 있었어? 얼굴빛이 안 좋아."

수옥이 걱정스러운 얼굴로 물었다. 가은이 미리 휴가를 내는 경우는 있었지만 아침에 갑자기 전화해 일이 있어 늦게 출근한다고 한 적은 없었기 때문이다. 전화를 하는 가은의 말투가 심상치 않았는지도 모른다. 예련을 피해 일부러 차를 마시자고 한 것 같았다. 그런 마음 씀씀이가 고마웠다.

"사실은…."

가은은 어젯밤에 있었던 일을 이야기했다. 수옥은 크게 놀란 표정을 지었다. 그녀는 가은이 민석에게서 벗어나기 위해 이사까지 온 사정을 알고 있었다. 그런데 모르는 남자들이 초인종을 누른 이야기를 듣고 경악을 금치 못했다.

"경찰에 신고는 했어?"

가은은 어깨를 늘어뜨렸다.

"했죠. 근데 그게 김민석이 한 짓이라고 단정하기는 어려운가 봐요."

"아니, 채팅으로 했다며? 아이디 추적 같은 거 안 된대?"

"그렇잖아도 아침에 전화받는데 채팅 사이트가 외국 회사에서 운영하는 거래요. 그래서 추적도 힘들고 채팅 창을 끄면 대화 내용이 삭제되기 때문에 더 알아내기 힘들다고 하네요. 김민석은 어제 채팅 같은 건 하지도 않았다고 주장하는 상황이라 증거를 잡기 어려운가 봐요."

수옥은 답답한 표정을 지었다.

"그건 그렇다 쳐도 김민석은 대체 어떻게 나타난 거래? 또 스토킹한 거잖아? 그건 경찰이 어떻게 못해준대?"

가은은 어두운 얼굴로 고개를 저었다.

"우연히 만난 거라고 하면 답이 없어요. 또 나타나면 그걸로 다시 접근 금지 명령 신청을 하든가 해야죠."

그렇게 말하는 가은의 가슴에는 검은 연기가 답답하게 끼어 있는 것만 같았다. 말로는 접근 금지 명령을 신청한다고 하지만 과연 그걸로 안전할지 확신이 들지 않았다. 다시 이사를 가야 하는 건 아닌지 고려해봐야 할지도 모른다.

그런 대화를 나누고 있을 때 누군가 사무실 쪽 문을 벌컥 열었다. 어찌나 힘을 주어 열었는지 컨테이너로 만들어진 벽이 우두둑 떨렸다. 수옥과 가은은 동그란 눈으로 서로를 보다가 함께 탕비실을 나왔다. 사무실 문을 열고 서 있는 사람은 물류 분류 현장에 나가 있던 사장이었다.

"어제 사무실에서 조개 집화 받은 거 누구야?"

가은이 사장에게로 가까이 다가갔다. 어제 사무실로 가지고 온 손님을 응대한 기억이 명확히 났다.

가은을 보자 사장의 인상이 일그러졌다.

"집화 받은 거 레일 위에 올려놔야 배송에서 누락이 안 된다고 했지!"

"어… 레일 위에 있었을 텐데."

"무슨 레일 위에 있어? 물류장 구석 바닥에 내려져 있었어! 생물인데 발송 못해서 어떻게 할 거야! 내일은 주말이라 보내지도 못하고, 어쩔 거야!"

가은은 뭐라 대답하지 못하고 우왕좌왕했다.

"아니, 분명히…."

"사장님. 제가 발송자한테 전화해볼게요."

예련이 얼른 자리에서 일어났다. 가은은 하얗게 질려 있었다. 사장이 가은을 흘겨보며 짜증스럽게 말을 뱉었다.

"이제야 일 좀 하는 사람 들어왔나 했더니만…. 정신을 어디다 팔아먹은 거야, 대체!"

사장이 문을 쾅 닫고 나갔다.

가은은 이마에 손을 짚었다. 분명 레일 위에 올려놓은 생각이 났
다. 그런데 왜 그 물건이 바닥에 내려가 있는지 알 수 없었다. 레일
로 물건을 싣다가 떨어진 건 아닐까? 다른 사람이 집화를 받느라
잠깐 내려놓은 건 아닐까? 온갖 생각이 들었지만 입 밖으로 꺼낼
수는 없었다. 남 탓을 하는 것이나 다름없기 때문이다.

"발송자가 난리난리를 치는데요."

예련이 수화기를 막고 미간을 찌푸린 채로 말했다. 그 사이 발송
자와 연락이 닿은 모양이었다.

가은이 얼른 앞으로 나섰다.

"제가 통화할게요."

예련은 맘에 안 든다는 얼굴로 전화기를 가은에게 넘겼다.

그날 가은은 이곳에 입사한 이래로 가장 힘든 하루를 보냈다. 조
개를 보낸 사람은 예련이 사과를 하자마자 목소리를 높였다. 당장
책임지라고 소리를 질러댔다. 죄송하다고 몇 번이나 정중하게 사
과를 했지만 듣는 것 같지 않았다. 책임지라는 말을 계속 반복하
기에 조개 값을 물어준다고 말했지만 그래도 성이 차지 않는 것
같았다. 중요한 사람에게 보내는 선물이라고 했다. 책임을 지라더
니 이번엔 돈이면 다냐고 가은을 몰아세웠다. 그녀는 결국 사무실
까지 쫓아와 가은에게 삿대질을 하고 나서야 조개 박스를 들고 돌
아갔다.

가은은 눈물이 나려는 것을 꾹 참고 자리에 앉았다.

"우는 거야?"

약간은 차가운 목소리로 예련이 물었다. 가은은 숨을 삼키며 고

개를 저었다.

"울어서 해결이 되면 백 번은 울겠네."

예련의 말에 가은은 더욱 입을 앙다물었다. 울지 말라는 위로의 말이겠지만 지금은 속이 상해 그런지 마음에 불편하게 닿았다. 자신도 예련이나 수옥처럼 실수 없이 일을 척척 해내는 사람이라면 그렇게 쉽게 얘기할 수 있을 것 같았다. 이런 마음도 자격지심이라는 것을 알고 있다. 가은의 어깨는 더욱 축 처졌다. 그 어깨 위에 수옥이 손을 얹었다.

"너무 속상해하지 마."

가은은 고개를 끄덕이며 두 손으로 얼굴을 쓸어내렸다. 하루가 너무 길었다.

그 하루가 그렇게 끝났다면 차라리 다행이었을지 모른다. 그날 저녁 가은은 권고사직 통보를 받았다.

7

퇴근 시간이 가까워지자 회사 프로그램에 공지 하나가 떴다. 업데이트 작업으로 프로그램 사용이 저녁 10시까지 중단된다는 내용이었다.

"사장님! 프로그램 업데이트한다고 본사에서 막았어요. 그런 김에 그냥 일찍 퇴근시켜주시면 안 돼요?"

사무실 문을 열고 사장이 들어오자 예련이 애교 가득한 목소리로 말했다. 수옥은 기대도 안 한다는 듯이 웃었다. 그 웃음의 의미를 가은은 알 것 같았다. 아직 퇴근 시간 전이라 고객의 문의 전화가 온다. 아무리 프로그램이 중단된다고 해도 전화를 받아야 택배 업무가 원활할 것이다. 그런데 사장이 뜻밖의 말을 했다.

"그래, 다들 일찍 들어가."

수옥이 눈을 동그랗게 떴다. 가은이 그런 수옥과 눈을 마주치며 고개를 저었다. 사장의 분위기가 평소와는 달리 무거웠기 때문이다. 영문을 모르는 건 수옥도 마찬가지인지 어깨를 으쓱했다.

"다른 사람들은 퇴근하고, 가은 씨는 나 좀 잠깐 보고 가지."

"네?"

가은은 당황했다. 수옥과 예련이 가은을 쳐다 보았지만 그녀 역시 사장이 무슨 일로 자신을 보자는 건지 알 수 없었다. 짚이는 게 있다면 오늘 늦게 출근한 데다 요즘 부쩍 실수가 잦았다는 것뿐이다.

"언니들 먼저 가요."

가은이 말하자 예련과 수옥이 눈치를 보며 가방을 챙겨 들고 나갔다. 그사이 사장은 응접 테이블 소파에 앉았다. 양손을 앞으로 모으고 뭔가 생각에 빠져 있었다. 두 사람이 완전히 사무실을 나가자 가은은 어색한 기분을 억누르며 사장 앞에 앉았다.

"사장님, 무슨 일 있으세요?"

사장이 고개를 들었다. 그러고는 가은의 얼굴을 가만히 보았다.

"이번 달 말까지만 근무하고 퇴사했으면 해."

예상치 못한 말에 가은은 당황했다.

"그게 무슨 말씀…."

"내 말대로 해줬으면 좋겠어. 다른 사람들한테는 가은 씨 개인

사정으로 퇴사한다고 말하는 게 좋을 것 같아."

"사장님. 알아듣게 설명해주세요."

가은은 침착하려 애썼다. 자신이 요즘 들어 실수가 잦았지만 이렇게 일방적으로 퇴사 통보를 받을 정도는 아니라고 생각했다.

"제가 요즘 실수가 잦았던 것, 알아요. 회사에 손해를 끼친 부분은 제가 메울게요."

"그런 말이 아니야."

사장은 잠시 고개를 들고 바닥의 한 지점을 응시했다. 거기에 뭐가 있어서라기보다는 잠깐 생각할 시간이 필요한 것 같았다. 이내 고개를 돌린 사장은 어쩔 수 없다는 표정으로 재킷 안주머니에 손을 넣었다. 그가 주머니에서 뭔가를 꺼내더니 테이블 위에 던지듯 내려놓았다. 사진이었다. 뭐가 뭔지 모르겠다는 얼굴로 가은이 사장을 보았다. 사장은 이제 감출 것도 없다는 듯 불쾌한 표정을 역력히 내비치고 있었다. 가은은 손을 뻗어 사장이 내던진 사진을 집어들었다. 사진을 보자마자 가은은 짤막한 숨을 토해냈다. 기가 막혔다.

사진 속에는 김 소장과 자신이 있었다. 김 소장의 차에서 내리는 모습, 둘이 함께 편의점에 들어가는 모습이었다. 김 소장이 편의점 문을 열어주고 가은이 그 안으로 들어서고 있었다. 웃는 얼굴이라 이상하게 보일 법도 했다. 하지만 이건 정말 아니었다.

가은은 항의하듯 말했다.

"사장님도 아시잖아요. 가끔 김 소장님이 저희들 전부 태워다주신다는 거."

"알지, 버스정류장까지. 근데 여긴 버스정류장이 아니잖아."

가은은 가슴이 답답했다. 하지만 흥분하지 않고 설명해야 할 상황이라는 것을 알고 있었다.

"이날은 시내까지 데려다주신 날이에요. 언니들이 저보다 먼저 내려서….'

자신은 집까지는 안 갔지만 동네 입구까지는 타고 갔다. 김 소장이 하도 붙들어서 그랬다. 김 소장에게 집 근처를 알리는 것은 맘에 걸렸지만 그러지 않으면 기분을 상하게 할 것 같아서 조금 더 타고 갔을 뿐이다.

"근데 김 소장님이 편의점에서 살 게 있다고 하셨고, 저도 마침 살 게 있어서."

평소 장난기가 많은 김 소장이 문을 열어주며 "공주님 먼저"라고 했다. 그 말에 웃었던 것 같기도 하다. 그때 사진이 찍힌 듯했다.

"나도 알지."

사장이 인상을 찡그렸다.

"김 소장도, 가은 씨도 그런 사람 아니라는 거."

"아시면서 왜 그런 말씀을 하세요."

"이런 걸 보낸 사람이 있다는 거잖아."

가은은 멈칫했다. 사장이 가은을 보며 설득하듯 말했다.

"이런 걸 몰래 찍어서 이상한 소문을 만들려는 사람이 있다는 거잖아, 가은 씨 주변에."

"사장님."

"가은 씨 일 잘하고 손님들한테도 싹싹해서 마음에 들었어. 하지만 이건 아니야. 이상한 사람이 주변에 있다는 게…. 난 이 지점 전체를 책임지는 사람이야. 그런 소문 도는 건 한 번으로도 족해."

사장이 무슨 말을 하는지 가은은 알고 있었다. 가은이 입사하기
전 전임자가 배송 기사와 내연관계였다고 했다. 아니, 그런 말을
듣고 배송 기사의 아내가 회사로 쫓아와서 난동을 부렸다고 했다.
전임자가 유부녀여서 그쪽 남편까지 찾아오고 난리도 아니었다
고 했다. 결국 배송 기사와 직원 둘 다 그만두게 되었다. 그 바람에
배송에 차질이 생겨 한동안 지점은 몸살을 앓았다고 들었다. 둘은
끝까지 아니라고 했다지만, 아무래도 수상한 낌새가 있었다고 예
련이 가은에게 말해준 적이 있었다.

"사장님, 전 절대 아니에요. 제가 실수가 많아 해고당하는 거라
면 인정하겠어요. 그런데 이런 이유라면 납득할 수 없어요. 누가
이런 짓을 했는지 알아요. 경찰에…."

"아니!"

사장이 그녀의 말을 잘랐다.

"가은 씨 말대로 요즘 실수도 너무 많았어. 회사 일에도 집중하
지 못하는 것 같았고. 회사에 입힌 손해는 내가 알아서 할 테니까
이번 달 말까지 정리해줘."

더 얘기할 필요가 없다는 듯 사장이 일어나서 나갔다.

가은은 혼자 남은 사무실에서 한참이나 일어나지 못했다. 그러
다 천천히 일어섰다. 컴퓨터를 끄고 가방을 챙겼다.

듣기만 해도 오물이 묻은 것 같은 기분인 소문은 인정할 수 없
었다. 하지만 진실을 따지기 위해 싸워가며 더 근무하고 싶지 않
았다. 자신을 믿어주지 않는 사장이 미워서는 아니었다. 어차피
김민석이 나타난 이상 여기서 더 일할 수 없었다. 접근 금지 명령
따위가 큰 힘이 없다는 것 정도는 이미 경험으로 알고 있었다. 가

은은 스토킹 끝에 목숨을 잃은 사람들의 이야기를 알고 있었다. 그 이야기 속의 주인공이 될 수는 없었다. 또다시 김민석을 피해 도망가야 했다. 그녀는 자신의 무력함을 인정해야 했다.

다음 날 출근하자마자 가은은 사장에게 사직서를 제출했다. 그러고는 곧장 인수인계 자료를 만들었다. 예련과 수옥에게는 아직 이야기하지 못했다. 무슨 일로 그만둔다고 말할지 마음을 정하지 못했기 때문이다.

가은은 사고건 접수 담당이었기에 가장 먼저 회사 프로그램에 접속했다. 아직 처리 안 된 건들을 정리해둬야 했다. 어제 업데이트가 있었다더니 프로그램이 약간 변경되어 있었다. 프로그램에 등록하는 집배송건은 물론이고 여러 문서의 접수 시간이 전부 표시되어 있었다. 문서 접수와 처리를 하는 시간을 줄이겠다고 했던 연초의 시무식 내용이 떠올랐다. 처리 시간이 바로바로 나오면 담당자들이 압박을 느껴 더 잘 처리할 것 같기는 했다.

사고건을 조회하던 가은은 마우스를 움직이던 손을 멈췄다. 그녀는 눈을 크게 떴다.

화면에는 가은이 올렸던 사고건들의 처리 내역이 올라와 있었다. 거기에는 꿀 파손건도 등록되어 있었다.

[제목 : 꿀 파손에 의한 사고건]
[접수 : 2023년 11월 1일 13시 18분]

그리고 그 옆에 표시된 항목에서 가은은 눈을 떼지 못했다.
[상태 : 접수 삭제 2023년 11월 1일 17시 23분]

분명 가은은 사고건 접수를 한 게 맞았다. 그리고 누군가 삭제를 해도 표시되지 않는 프로그램을 이용해 삭제를 했다.

그제야 가은은 모든 의문의 퍼즐이 맞춰지는 것 같았다.

8

마지막으로 근무하는 날, 가은은 박스에 개인 짐을 모두 챙겼다. 오래 근무하지 않았지만 자잘한 짐이 꽤 되었다. 짐을 싸는 가은의 옆에 선 수옥이 안타깝다는 듯 말했다.

"이렇게 그만두는 건 진짜 아닌 것 같아. 내가 사장님한테 잘 얘기해볼게. 가은 씨 그런 거 아니잖아."

'그런 거'라는 건 김 소장과의 불륜 루머를 말하는 것이었다. 사장님은 비밀을 지켜준다고 했지만 어쩐 일인지 알게 모르게 소문이 퍼진 듯했다. 다른 소장들과 기사들의 시선이 좋지 않았다. 김 소장도 은근히 가은을 피하는 눈치였다.

가은은 차라리 속이 시원하다는 듯 웃으며 말했다.

"아니에요. 이미 다른 회사 이직도 결정이 났고."

"벌써?"

"네. 전에 근무하던 S기업에 다시 들어가게 됐어요. 사실 대기업에 근무하다가 작은 회사 다니려니까 급여가 좀 맞지 않은 부분도 있었는데 잘됐죠, 뭐."

"서울로 다시 가게?"

"네."

가은은 그렇게 말하며 예련을 보았다. 예련은 가은이 짐을 싸는 동안 시선도 주지 않고 일을 하고 있었다. 가은은 예련에게 다가 갔다.

"그동안 여러모로 사고 많이 쳐서 죄송했어요."

예련은 왠지 속을 들킨 듯 샐쭉한 표정을 지었다.

"괜히 분위기만 흐리고 나가는 거 이제 아주 지겨워. 빨리 가."

그 말은 가은의 가슴에 작은 생채기를 남겼다. 이곳에 입사해서 나름 열심히 일했다. 대기업에서 일하다가 세 명이서 근무하는 작은 사무실에 오게 됐지만 자신의 일이라고 생각하고 최선을 다했다. 근래 들어 개인적인 문제 때문에 실수를 자주 했지만 분위기만 흐리고 나간다는 말을 들을 줄은 몰랐다. 그렇다고 말싸움을 할 생각은 없었다.

"회식도 안 하고… 이렇게 가서 어떻게 해."

수옥이 바깥까지 따라 나왔다. 이미 해는 기울어 있었다. 물류 분류소에서 김 소장이 일하고 있었다. 바깥으로 나온 가은을 슬쩍 보았다가 시선을 피했다.

"괜찮아요. 아까도 말했지만 저는 차라리 좋아요."

수옥이 목소리를 낮추며 한 발짝 다가섰다.

"그놈은… 괜찮겠어?"

민석을 말하는 것이리라.

"네, 괜찮아요. 차라리 다행이라고 아까 말했는데 그 자식 문제에서도 마찬가지인 거 같아요. 제가 다시 서울로 갔을 거라고는 상상도 못 할 거예요. 한동안 조용히 지낼 수 있을 것 같아요. 여러모로 잘됐어요. 마음이 후련해요."

"그러면 다행이고."

수옥이 가은의 어깨를 두드렸다. 가은은 박스를 한 번 들썩 고쳐 잡았다. 그러고는 김 소장을 향해 저벅저벅 걸어갔다. 집화를 받아왔던 물건을 레일 위에 올리던 김 소장이 어리둥절한 얼굴로 가은을 보았다.

"소장님! 저 좀 오늘 태워다주세요."

김 소장은 입을 살짝 벌리고 멍한 표정으로 가은을 쳐다보았다. 사실은 분하다. 김 소장과의 소문도 터무니없지만 어쨌거나 소문이 난 것은 둘 모두이다. 그런데 자신만 회사를 그만두게 됐다. 불합리한 일이지만 이 역시 따질 생각은 없다. 자신이 아무리 목청껏 소리쳐봐야 바뀌지 않으리라는 걸 잘 알기 때문이다.

"아, 그게…."

"마지막인데 좀 태워주세요. 짐도 있고요. 네?"

허, 기가 막힌다는 듯한 소리에 뒤를 돌아보니 예련이 날카로운 눈으로 이쪽을 보다가 화장실 쪽으로 휙 몸을 돌렸다. 그 눈길에 명백한 비난이 담겨 있었다.

가은은 들고 있던 짐을 김 소장의 차 뒷좌석에 던져 넣었다. 김 소장이 곤란한 표정을 지었다.

"좀 데려다주세요."

수옥이 말하자 어쩔 수 없다는 듯 김 소장이 운전석에 앉았다. 차가 움직이기 시작했다. 그렇게 가은은 겨우 몇 달 다닌 택배 회사를 떠나게 되었다. 아쉬움은 없었다.

가은의 집 앞에 김 소장이 차를 세웠다. 처음으로 김 소장에게 집을 알려준 셈이었다. 가은은 조수석에서 내려 뒷좌석 문을 열었

다. 던져두었던 박스를 꺼내 바닥에 내려놓았다. 김 소장은 미적
거리다가 차에서 내렸다.

"조심히 올라가."

"태워다주셔서 감사해요."

"좋은 곳에서 좋은 일만 있기를 바랄게."

가은은 김 소장의 얼굴을 빤히 보며 씨익 웃었다. 매력적인 웃음
에 김 소장이 당황했는지 헛기침을 했다.

"얼른 올라가."

"잠시만요."

가은이 김 소장의 어깨로 팔을 뻗었다. 그의 재킷에 붙은 먼지를
떼어주고는 활짝 웃었다.

"뭐가 묻어서요."

"고마워. 그럼."

김 소장은 도망치듯 차에 올라탔다. 그러고는 빠르게 골목을 벗
어났다. 가은은 차가 완전히 사라질 때까지 길 끝을 응시했다. 김
소장의 차가 완전히 시야에서 사라지자 허리를 숙여 바닥에 놓인
박스를 잡았다. 그때 고개 숙인 그녀의 뒤로 누군가 바짝 다가온
것을 느꼈다. 몸을 세워 뒤를 돌아볼 새도 없이 뒤에서 나타난 사
람은 그녀의 입을 막았다. 가은은 곧장 자신의 손목에 달린 스마
트 워치의 호출 벨을 눌렀다.

그날 저녁, 형사를 대동한 가은은 한 아파트로 향했다. 준공한
지 30년도 더 된 이 아파트는 중앙 현관에 잠금장치가 되어 있지
않았다. 곧장 엘리베이터를 타고 13층으로 향했다. 주소는 이미
확인한 상태였다.

　가은은 냉정해져 있었다. 들끓다 못한 분노가 심장을 얼려버린 것 같았다. 그녀는 냉정한 얼굴로 엘리베이터 LED 판의 숫자가 변하는 것을 지켜보았다. 드디어 13층에 다다라 문이 열리자 엘리베이터에서 내린 두 사람은 1308호 앞에 섰다. 형사가 초인종을 눌렀다. 안에서 여자의 목소리가 들렸다.

　"영인경찰서에서 나왔습니다. 문 열어주시죠."

　"경찰서에서 무슨 일…."

　문을 열고 나온 것은 그녀의 예상대로 수옥이었다.

　9

　뒤에서 나타난 민석이 가은의 입을 막았을 때 공포로 온몸이 굳었다는 것을 가은은 부정할 수 없다. 그러나 어떻게든 정신을 차려야 했다. 그런 생각을 할 수 있었던 것은 이미 예상한 상황이었기 때문일 것이다. 가은은 온 힘을 다해 스마트 워치의 호출 버튼을 눌렀고, 잠시 뒤 민석이 가은을 빌라 뒷골목으로 끌고 갔을 때 경찰들이 현장에 들이닥쳤다. 경찰이 오지 않았다면, 스마트 워치가 없었다면 무슨 일이 벌어졌을지 모른다.

　"이야기만 하려고 했다고요!"

　민석이 소리쳤을 때 가은은 골목길 찬 바닥에 주저앉아 있었다. 경찰들이 나타나자 온몸에 힘이 빠졌다. 한 경찰관이 다가와 괜찮으냐며 가은을 부축했다. 그녀는 떨고 있는 가은의 양손을 꾹 쥐었다.

"이제 괜찮아요."

그 와중에도 민석의 외침은 계속되었다.

"저년이 딴 남자만 안 만났어도! 저년이 화냥년이라고!"

그 말 한마디에 피가 식는 것이 느껴졌다. 가은은 아랫입술을 꾹 깨물고 일어섰다. 그러고는 민석에게 갔다. 민석은 두 명의 경찰관에게 붙들려 있었다. 민석의 얼굴을 이렇게 보는 것도 오랜만인 것 같았다. 두렵지 않은 것은 아니지만 도망치지 않아야 한다는 것을 가은은 알고 있었다. 민석을 끌어내기 위해 일부러 김소장에게 친근하게 굴었다.

"무슨 남자?"

민석이 눈을 부릅떴다. 가은은 더욱 힘을 주어 말했다.

"내가 무슨 남자를 만났다는 거냐고!"

"아까 남자 새끼 차에서 내렸잖아!"

침이라도 뱉고 싶은 얼굴로 민석이 외쳤다. 가은은 숨을 몰아쉬고, 정신을 차리고, 눈을 똑바로 뜨고 말했다.

"내가 남자 차를 타고 오는 거 어떻게 알았어?"

민석을 붙들고 있는 경찰들이 어리둥절해했다. 하지만 설명할 시간은 없다.

가은은 민석을 노려보았다. 제대로 대답하지 않으면 자신도 조용히 물러나지 않을 거라는 경고였다.

가은은 알고 있었다. 김 소장의 차를 타고 올 때마다 민석이 나타났다. 그리고 그 이전에 민석은 자신의 집을 알고 찾아왔다. 여러 미디어에서 스토킹하는 놈들은 어떻게든 여자의 주소를 알아내어 찾아온다고 했지만 가은은 이사 온 집을 부모님에게만 알렸다. 가은의 사정을 아는 부모님이 주소를 알려줬을 리는 없다. 혹시 몰라 주소 이전도 하지 않았다. 그런데 어떻게 찾아온 걸까? 답은 곧장 나왔다.

회사였다. 택배 회사의 입사 서류에는 가은의 현재 주소가 적혀 있었다.

김 소장의 차를 타고 오는 것, 가은이 새로 이사 온 집 주소. 모두 회사 내의 누군가에게서 흘러나온 것이었다.

"누가 알려줬어?"

민석은 눈을 아래로 내리뜨고 아무런 말도 하지 않았다.

"무슨 말이에요?"

아까 가은의 손을 잡아줬던 경찰이 가은에게 물었다. 가은은 사정 이야기를 했다. 아무래도 사무실의 누군가가 정보를 흘리는 것 같다고 말했다.

"형사과로 이관해야겠는데."

민석을 붙들고 있던 남자 형사 하나가 말했다. 그러자 민석이 소리쳤다.

"알려준 사람이 있어요! 얘가 남자랑 붙어먹는다고 전화해줬다고!"

"누가!"

가은이 외쳤다. 민석은 씩씩거리며 가은을 노려보았다. 아직도 가은이 다른 남자와 만나고 다닌다고 여기는지도 몰랐다.

"몰라. 어느 날 누가 갑자기 전화를 했어."

곧장 민석의 휴대폰을 경찰들이 조사했다. 민석이 전화를 받았다는 날마다 같은 번호가 찍혀 있었다. 공중전화 번호라고 경찰이

197

알려주었다.

"누군지 알 것 같아요."

사실 가은은 오늘 일부러 함정을 팠다. 회사 내의 누군가가 민석을 자극해 자신을 공격한 거라면 가은은 그 사람이 누군지 알 것 같았다. 회사 서류를 확인할 수 있는 사람이었다. 그리고 그 사람은 가은을 괴롭히기 위해 가은이 올린 사고 접수건도 삭제했다. 가은이 접수받은 물건을 레일 위에서 내려놓은 것도 그 사람일 것이다.

회사 프로그램에 접속해 그런 일을 벌일 수 있는 사람은 두 사람뿐이었다. 예련과 수옥. 그 중 수옥이라는 건 부정할 수 없는 사실이었다. 민석에 대해 얘기를 나눈 것은 수옥뿐이었기 때문이다.

입사 초기부터 가은에게 쌀쌀맞았던 예련과 달리 수옥은 굉장히 친절했다. 자주 둘이 이야기를 할 기회가 있었다. 이런저런 얘기를 나누다 보니 속에 있는 말을 꺼내게 되었다. 그것이 이런 결과를 불러올 줄 몰랐다.

수옥이 도대체 왜 이런 짓을 벌였을까. 그 대답은 수옥에게서만 들을 수 있을 것이었다.

경찰들을 대동하고 수옥의 집에 찾아갔을 때 수옥은 어리둥절한 표정을 지었다. 전혀 모른다는 듯한 얼굴을 보면서 정말로 수옥이 아니길 바랐다. 회사에서 문책을 받도록 실수를 하게 하고 민석에게 가은의 주소를 알려준 사람이 수옥이라면 앞으로는 그 누구도 믿지 못할 것 같았다. 그동안 자신이 많이 기댔던 수옥이 그런 사람이라고 상상도 하지 못했다.

"공중전화를 비추는 CCTV로 다 확인했습니다."

경찰의 말에 수옥은 아랫입술을 잘근 깨물었다. 그 분한 얼굴이, 가은은 낯설었다.

"김민석 씨 전화번호는 어떻게 알았습니까?"

가은의 사건은 곧장 형사과로 이첩되었다. 연행된 수옥은 형사 앞에서 입을 꾹 다물고 있었다. 가은을 쳐다보려고 하지도 않았다.

"말씀하세요!"

"…휴대폰에서 봤습니다."

형사가 가은을 보았다. 가은은 잠시 그 말이 무슨 뜻인지를 알지 못했다. 하지만 곧 깨달았다. 자신의 휴대폰에서 봤다는 얘기였다. 가은은 영인으로 이사 오면서 휴대폰 번호를 바꿨지만 혹시라도 민석이 알아낼 수도 있다는 생각에 민석의 번호를 스팸 처리해 놨었다. 민석의 존재를 안 수옥이 가은의 휴대폰을 뒤져봤을 것이다. 가은의 잠금 패턴 역시 온종일 같은 사무실에서 근무하는 수옥이라면 얼마든지 알 수 있었을 것이다.

"왜 나한테 그랬어요?"

형사가 조서를 꾸미는 동안 가은이 수옥을 보며 물었다. 수옥은 조가비처럼 입술을 다물고 있었다.

"나한테 왜 그랬냐고요?"

가은이 소리쳤다. 수옥은 놀라거나 어깨를 움찔거리지도 않았다. 가은을 쳐다보지도 않았다. 가은이 수옥의 팔을 힘주어 잡아당겼다. 수옥이 그 팔을 힘껏 뿌리쳤다.

"너만 아니었으면 됐어!"

가은은 어이가 없어 한숨을 토해냈다.

"뭐라고요?"

"너만 아니었으면 내가 이럴 일도 없었다고. 사람들이 신입이 일 잘한다고, 예쁘다고 떠받들어주니까 다 네 세상 같았지? 그건 원래 내 거였어, 내 거였다고!"

가은의 입이 살짝 벌어졌다. 너무 황당해서 아무런 말도 나오지 않았다. 그랬다. 택배 회사에 입사한 가은은 열심히 일했다. 열심히 일해 자리를 잡고 싶었다. 수옥과도 마음이 잘 맞는다고 생각해 오래도록 일하고 싶었다. 그 결과 새로운 에이스라는 칭찬도 들었다.

'새로운 에이스….'

가은은 기가 막혔다. 단순히 그게 싫어서 자신을 몰래 괴롭혔다는 얘기다.

"사고건 삭제한 것도 언니가 그런 거죠? 제가 집화 받은 물건을 레일 밑으로 내려놓은 것도, 정산 내역 바꿔치기한 것도. 김 소장님이랑 이상한 소문 낸 것도 언니죠?"

가은은 자신의 전임자가 배송 기사와 바람이 났다는 것도 수옥이 벌인 짓은 아닌가 생각했다. 그것만이라면 용서할 수 있다. 다른 사람이 자신보다 칭찬을 받거나 주목을 받으면 뒤에서 몰래 못된 짓을 하는 것 정도는 다른 회사에서도 일어날 수 있는 일이다. 하면 안 되지만 어떤 인간은 질투, 혹은 자신이 남보다 우위에 있어야 하는 욕심을 어둠 속에 숨기고 있다. 하지만 민석을 불러들인 것은 선을 넘는 행위였다. 그건 누군가의 목숨을 위협하는 일이었다.

S기업 얘기는 일부러 꺼냈다. 수옥을 자극하기 위해서였다. 그런 일을 벌여온 수옥이라면 자신이 잘되는 일을 분해할 것이 분명

했다. 그 결과 예상대로 수옥은 또다시 가은에게 민석을 보냈다.

수옥이 말했다.

"내가 그랬다는 증거 있어? 있다고 해도 그게 뭐? 구속거리라도 되나?"

"언니를 믿었어요. 언니를 정말 좋아했다고요."

수옥을 의지했다. 그녀의 다정함에 위로받았고 고마웠다. 많은 것을 배우고 싶다고도 생각했다. 그런데 그것이 다 거짓이었다니, 믿을 수 없었다.

수옥이 고개를 살짝 낮추며 가은의 표정을 살피듯 눈을 치떴다.

"그래서? 불행해?"

가은은 온몸에 소름이 돋았다. 남의 불행을 바라는 그 광기 어린 눈빛에 절로 질려버렸다.

"정가은 씨는 일단 이만 돌아가시죠."

수옥의 여죄를 더 조사해야 한다고 했다. 가은이 진술한 내용 중 인터넷 채팅을 이용해 불상의 남자들을 가은에게 보낸 사람이 수옥인지도 조사해보겠다는 얘기일 것이다.

온몸에 힘이 빠진 채로 가은은 일어설 수밖에 없었다. 돌아서기 전 수옥을 보았지만 수옥은 고집스럽게 정면만 바라본 채였다.

예전에 일할 때도 가끔 그런 사람을 본 적이 있었다. 자신이 더 잘되려는 사람, 그래서 다른 사람을 끌어내리고 비하하는 사람. 그러나 이건 아니다. 이건 미쳤다고밖에 볼 수 없었다. 경찰서를 나오기 직전 가은은 형사에게 민석은 어떻게 됐는지 물었다.

"불구속 기소됐습니다."

민석 역시 집으로 돌려보내졌다는 말이었다.

가은은 터덜터덜 경찰서를 나왔다. 어느새 새벽이 되어 있었다. 그때 옆으로 지나가던 사람이 있었다. 가은은 자신도 모르게 몸을 움츠렸다.

　자신도 모르는 사이에 원망의 대상이 되어 있었다. 실수를 많이 했으면 좋겠다고, 무능한 사람이 됐으면 좋겠다고, 불행했으면 좋겠다고, 그걸 넘어서 잘못되었으면 좋겠다고 누군가 바라는 사람이 있었다는 사실이 무서웠다. 김민석은 또다시 풀려났다. 이곳을 떠나 다른 곳으로 간다고 해도 다른 사람들과 관계를 맺을 자신이 없었다. 모두 자신의 불행을 원하고 있는 것 같았다.

　가은은 황망히 주변을 둘러보았다. 어디로 가야 할지 알 수 없었다.

〈원해〉는《미친 X들》이라는 앤솔로지에 실린 작품이다. 처음 이
작품을 쓸 때 '작은 악의'에 대해 생각했다. 직장이라는 한 공간에
있으면서 알게 모르게 생겨나는 경쟁심과 거기서 비롯된 '저 사람
이 실수했으면' 하는 생각들. 오랜 기간 직장 생활을 하면서 나 역
시 느꼈던 감정에 대해 생각하며 글을 썼다. 내가 이런 내용으로
글을 쓴다고 얘기하니 한 편집자는 크게 공감하며 자신도 사무실
내부에서 일어나는 질투심과 경쟁심에 대해 많이 느껴봤다는 이
야길 전했다. 여자니 남자니 하는 것을 떠나 인간을 한 군데에 몰
아넣으면 어떻게든 자신이 위에 올라가고 싶은, 그럴 수 없다면
다른 사람이 밟히길 바라는 마음은 어디서든 존재하는 것 같다.

배경은 택배 회사다. 이 소설을 읽은 J 작가는 배경이 너무 현실
적이라며, 진짜로 택배 회사에 다녔던 건 아니냐고 반농담처럼 물
어왔다. 나는 정말로 택배 회사에 다닌 적이 있다. 2년이 넘는 기
간 동안 근무하면서 보아온 것들이 소설에 담기긴 했으나 실제 있
었던 이야기는 아니니 오해하지 마시길. 하지만 그동안 쓴 소설들
의 주인공이 대부분 절벽 같은 상황에 내몰리는 이야기였기에 이
야기가 너무 심심하게 보이지는 않을까, 공감을 얻지 못하는 이야

기는 아닐까, 고민했던 기억이 있다.

2024년을 한 달 남짓 남겨두고 《한국추리문학상 황금펜상 수상 작품집: 2024 제18회》에 내 작품이 실린다는 얘기를 들었을 때, 그래서 조금은 안도했는지도 모른다. 적어도 내가 아주 틀린 생각을 한 것은 아니라는 자신감이 생겼다. 이 작품을 선정해준 황금펜상 심사위원들에게 감사드린다. 《미친 X들》을 함께 만들어준 미스 마플 클럽에도 깊은 애정과 감사를 전한다. 미스 마플 클럽에서 내는 앤솔로지가 아니었다면 이런 영광의 순간은 누릴 수 없었을 거다.

앞으로 다가올 2025년은 오랜 기간 작가 생활을 해온 내게 전환점이 되어줄 해일 듯하다. 그동안 앞만 보며 기록을 재는 데 여념이 없었던 러너의 시간을 놓아주고 천천히 산책을 해볼 계획이다. 그 시간은 주변을 조금 더 자세히 들여다보고, 빠르게 달리느라 놓쳐버린 것들을 발견하는 계기가 될 것이다. 이 책을 읽는 독자 여러분도 풍요로운 한 해를 맞으시길 바라며, 한국 추리문학을 더욱 사랑해주셨으면 하는 마음이다.

깊은 산속 풀빌라의 기괴한 살인

김범석

김범석

2012년 《계간 미스터리》 여름호에 실린 〈찰리 채플린 죽이기〉로 신인상을 받았다. 10편 이상의 단편 추리소설을 발표했다. 주요 작품으로는 〈역할분담살인의 진실〉, 〈일각관의 악몽〉, 〈오스트랄로의 가을〉, 〈휴릴라 사태〉 등이 있으며, 오디오북으로 제작된 〈범인은 한 명이다〉, 오디오 드라마로 각색된 〈고한읍에서의 일박이일〉, 〈시골 재수 학원의 살인〉, 〈드라이버에 40번 찔린 시체에 관하여〉가 있다. 현재 웹소설과 추리소설을 동시에 준비 중이다.

1

대학생 시절, 친구들과 나는 모두 포커에 미쳐 살았다. 인정하긴 싫지만, 포커 자체는 문제가 아니었다. 내가 문제였다. 친구들은 포커에 미쳐 살았으면서도 돈을 크게 잃지 않았고, 적절한 순간에 도박을 끊을 수 있었다. 반면에 나는 계속 돈을 잃었고, 도박 중독자가 되었다. 그러니 포커는 죄가 없고, 내가 죄 많은 인간인 셈이다.

나는 부끄러웠고, 도박을 치료하는 방법으로 종교를 택했다. 문제는 내가 빠져든 종교가 사이비였다는 것. 얼마 전인 서른 살 생일날, 친구 배은철의 도움으로 간신히 그곳에서 나올 수 있었다.

내 20대를 요약하자면, 전반기는 도박에, 후반기는 사이비 종교에 빠져 살았다는 게 될 것이다.

철없던 20대를 청산하고 30대를 맞이했으니, 삶이 좀 나아졌을까? 당연히 아니었다. 경력이 없으니 제대로 된 회사에 취직할 수도 없었고, 아르바이트로 간신히 먹고사는 신세가 됐을 뿐.

그렇게 의욕 없는 눈으로 구직 사이트를 뒤적거리던 어느 날, 또 다른 친구인 김근호가 연락해왔다. 나 이상으로 도박을 좋아하다가 더 큰 판인 코인 투자판으로 뛰어든 친구다. 녀석은 코인으로 대박이 났다.

"놀러 와라. 깊은 산속에 수영장 딸린 별장을 한 채 샀으니까."

통화하는 중간 중간 녀석의 목소리가 끊겼다. 통화 품질이 안 좋았다.

"별장에서는 전화랑 인터넷 다 안 돼. 지금도 찻길까지 나와서 전화하는 거야. 그런데도 자꾸 전화가 끊기려고 하네."

나는 고개를 갸웃했다. 한국에서 전화랑 인터넷이 안 되는 곳은 매우 드물었다. 대체 얼마나 깊은 산속이기에?

"하여간 와라. 수영도 하고 포커도 한 판 치자고."

순간 손끝이 간질거렸다. 아버지가 주고 간 용돈이랑 남은 생활비를 다 합치면 50만 원쯤 된다.

"갈게! 주소 불러!"

김근호는 배은철에게도 연락을 해뒀으니, 그 녀석 차를 타고 같이 오면 될 거라고 했다. 배은철은 가장 친한 친구로, 지금도 자주 본다. 도박과 사이비 종교에 빠졌던 나를 가장 많이 혼낸 녀석이었다.

"음, 은철이는 부르지 말지."

"왜? 너랑 가장 친한 친구잖아?"

"내가 도박하는 걸 알면 날 죽이려 들 텐데."

"걱정하지 마. 내가 대신 허락받아뒀어."

"어? 녀석이 괜찮대?"

"남들 없이 우리 멤버끼리만 치는 거라고 하니까 알았다고 하더라. 내일 점심 전까지 같이 와. 아참, 그리고…."

김근호는 할까 말까 망설이는 기색을 보이다가 말했다.

"실은 어제 이 집 지하실에서 좀 수상한 걸 발견했어."

"뭔데?"

"몰라. 하여간 혼자 지하실 내려가긴 좀 쫄리니까 다 같이 오라고. 재밌을 거야. 내일 보자."

2

나는 배은철의 차를 타고 김근호의 별장으로 향했다. 은철은 고등학교 때부터 친구였고, 포커 동아리 멤버 다섯 명 가운데서도 특히 친했다. 여러모로 은인 같은 녀석이지만, 귀찮게 날 야단칠 때도 있었다.

"의외로 화를 안 내는군."

"뭘?"

"내가 다시 포커 치는 거."

"친구끼리 치는 건데 뭘."

의외로 선선하게 허락해줬다. 막상 이렇게 쉽게 넘어가니 기분이 묘했는데, 불편한 주제라 멤버 이야기로 화제를 돌렸다.

"근호, 엄청 부럽지 않냐? 코인으로 부자가 되다니."

"딱히."

"서른 살에 파이어족으로 은퇴하고 별장까지 갖고 있으면 엄청나게 성공한 거 아니냐?"

"그런 성공에는 별 관심 없어."

퉁명스러움이 가득한 말투였다. 나야 익숙하지만, 모르는 사람이 들으면 시비 거는 건가 싶을 거다. 나는 주제를 바꿨다.

"넌 요새 뭐 하냐?"

은철이 대답했다.

"요즘 공장 왔다 갔다 해."

"투잡?"

"그건 아니고. 일종의 산학협력이야."

은철은 내 무식함을 꾸짖는 듯한 표정으로 조곤조곤 설명했다. 그가 다니는 대학원과 산학협력을 맺은 공장이 있는데, 공과대학 부속공장 비슷한 역할을 한다고 했다. 은철이 연구실에서 개발 중인 최신형 탄소 와이어를 공장에서 실습 제작하는 것이다. 최근에는 일반에 공개되지 않은, 더 튼튼하고 가느다란 탄소강 와이어의 시제품을 제작했다고 한다.

"그러는 넌 뭐 하냐?"

은철이 물었다.

"알잖아. 사회에 복귀하는 중이지."

"사이비 종교에서 탈출했으니 천천히 복귀해야지."

은철은 비웃듯이 말했지만 발끈하진 않았다. 친구인 내가 들어도 말투에 문제가 많지만, 은철은 진정한 친구다. 친구가 사이비에 빠졌을 때 멱살 잡고 끌고 나와주는 친구는 드물다.

'지금 생각하면 오싹하군.'

얼마 전 신문에 한 사이비 종교의 단식 기도원이 나왔는데, 굶어 죽은 시체들이 발견되었다는 내용이었다. 그 단식 기도원이 내가 있던 종교 시설이었다. 만약 거기 그대로 남아 있었다면 나 역시 굶어 죽었을지도 모른다.

별장으로 올라가는 산길에서 자꾸 내비게이션 오작동이 일어났다. 깊은 산속이라더니, 산길로 올라가는 도로가 통신이 되는 곳과 안 되는 곳의 경계선인 듯했다.

다행히 산길로 들어서고 나서부터는 외길이어서 별장을 찾는 것은 어렵지 않았다. 별장 앞 주차장으로 진입하자, 먼저 온 황임준과 서연경이 막 차에서 내리고 있었다. 황임준은 스포츠를 좋아하는 유튜버답게 체격도 좋고 신체 비율도 상당히 좋았으며 잘생겼다. 서연경은 키는 작아도 예쁘고 똑똑했으며, 깐깐한 성격이었다. 우리 모두 그녀를 좋아했다.

우리는 주차장에서 서로 인사를 나눴다. 몇 년 만에 보는 얼굴들이라 무척 반가웠다. 다만 임준과 연경이 약혼을 했다는 걸 알고 봐서인지 기분이 조금 이상했다. 친구처럼 지내던 두 사람이 결혼한다니, 왠지 싱숭생숭한 기분으로 다시 보게 된다고 할까. 은철은 나보다 더 심경이 복잡해 보였다. 그는 서연경을 진심으로 좋아했었으니까.

주차장에서 인사를 주고받자니, 별장 문이 활짝 열렸다.

"야, 다들 왔구나! 어서 들어와!"

김근호가 외쳤다. 녀석은 안으로 들어가는 우리를 한 명씩 일일이 끌어안았는데, 짙은 향수 냄새가 풍겼다.

"꽤 크지?"

근호가 별장을 안내했다. 전체 부지는 100평이 좀 넘었고, 건물이 대부분을 차지했다. 별장 중심을 기준으로, 현관이 남서쪽에 있었고, 동쪽에는 주방이, 북동쪽에는 천장이 열린 형태의 실내 수영장이 있었다. 수영장은 좁고 긴 형태였다.

"더 둘러보기 전에 방부터 배정할게."

침실은 총 세 개였다. 1층에 큰 방과 작은 방이 있었고, 3층 전체가 근호의 방이었다.

"1층 큰 방은 준이랑 연경이가 쓰고, 작은 방은 은철이랑 혁이가 쓰면 될 거야. 특히 1층 큰 방 침대는 트리플 사이즈니까 둘이 편하게 쓰라고, 아주 찐하게. 헤헤."

근호의 질 떨어지는 농담에 웃어주는 건 임준 한 사람뿐이었다. 연경은 미세한 경멸을 담아 코끝으로 차갑게 웃는 반응만 보였다.

나와 은철은 배정된 방으로 향했다.

"작은 방치곤 꽤 크네. 침대도 두 개고."

나는 펜션에 놀러 온 사람처럼 흥분했지만, 은철은 어두운 표정이었다.

"혹시 연경이 때문에 그래?"

은철이 고개를 가로저었다.

"아냐. 마음 정리는 다 했어."

"그럼?"

"그냥, 걔들이 같은 방에서 잔다는 소리를 들으니까… 우울해지는군. 머리로는 그런가 보다 하는데 기분이 이상하네."

'정말 좋아했었나 보네.'

나는 서연경을 넘볼 급이 아니란 걸 알기에 진작 빠졌지만, 근호, 은철, 임준은 진심으로 좋아했었다. 포커판이 뜨거워졌던 것도 어쩌면 연경에 대한 열망 때문이 아니었을까.

"야, 됐고."

나는 은철의 어깨를 찰싹 때린 뒤 말했다.

"오늘 포커판에서 너 밀어줄게. 내가 왼쪽 눈을 질끈 감으면 노 메이드, 오른쪽 눈을 질끈 감으면…."

"집어치워, 인마. 신성한 도박판에서 뭘 짜고 치기냐."

은철이 내 뒤통수를 때렸다.

3

우리는 짐을 풀고 다시 거실에 모였다. 근호가 본론으로 들어갔다.

"너희들 〈이블 데드〉라는 영화 봤냐?"

"악마가 봉인된 금서를 열었다가 다 죽는 이야기지."

임준이 말하자 근호가 고개를 끄덕였다.

"지하실에서 위험한 걸 발견한 것 같아. 그래서 너흴 불렀어."

"야이, 그럼 더더욱 우릴 부르면 안 되지. 엑소시스트를 불러, 엑소시스트!"

임준이 농담으로 받아치자, 근호가 낄낄 웃다가 급정색했다.

"따라와."

우리는 호기심을 느끼며 그의 뒤를 따랐다. 가파른 계단을 내려가자, 제법 넓은 지하실이 나왔다.

"여길 봐."

근호가 가리킨 한쪽 벽만 색깔이 달랐다. 빨간 벽돌벽이었고 겉에 시멘트가 얇게 발라져 있었는데, 좀 급하게 바른 모양새였다.

"딱 봐도 수상쩍지? 처음에는 몰랐는데, 얼마 전 보일러 사전 점검하러 내려왔다가 보니까 여기만 벽 색깔이 빨갛더라고. 그래서…."

근호는 손으로 벽돌을 빼내는 시늉을 했다.

"손으로 당기니까 위쪽 벽돌 몇 개는 그냥 빠지더라? 보니까 시멘트를 아래쪽 벽돌에만 넉넉히 바르고 위는 모자라서 대충 마감한 모양이야. 아무튼 윗부분 벽돌을 빼고 구멍으로 안을 들여다봤더니…."

"봤더니? 뭔데?"

임준이 물었다.

"직접 봐."

근호가 손전등을 주며 말했고, 임준은 벽돌 틈새로 얼굴을 가까이 대려 했다.

"하지 마!"

연경이 소리를 빽 질렀다.

"갑자기 왜 소릴 질러?"

"느낌이 안 좋아. 그냥 다시 막자. 응?"

연경은 무서운 걸 좋아하지 않았다. 임준이 달래듯이 웃었다.

"겁먹을 거 없어. 사람 사는 집에 별거 있겠냐?"

"그래도 안 돼."

결국 임준은 연경과 같이 물러났고, 대신에 내가 근호에게서 여분의 손전등을 받아서 벽돌 틈새로 얼굴을 갖다 댔다.

컴컴한 복도가 보였는데, 어찌나 공기가 차가운지 눈가가 시렸다. 복도 안쪽에는 철문이 있었다. 옛날 감옥의 독방을 연상시키는 문이었다. 표면이 녹슬어서 살짝 불그스름한 철문의 상단에는 작은 감시창이 있었다. 배식구는 따로 없었고, 잠금장치는 문의 중간 부근에 있었다.

내가 머리를 떼자, 은철이 이어서 살펴봤다.

"어때? 신기하지? 안에 뭐가 있을지 궁금하지?"

근호가 헤헤 웃으며 물었다.

솔직히 궁금했다. 특히 임준은 크게 흥분했는지 스마트폰 카메라를 작동시켰다. 자기 유튜브 채널에 올릴 콘텐츠가 생겼다고 생각하는 모양이었다. 반면에 연경의 얼굴은 창백해져 있었고, 은철도 표정이 좋지 않았다. 은철이 근호에게 물었다.

"저 안에 사람이 갇혀 있을 가능성은?"

"여태 갇혀 있었다면 시체겠지. 그래도 혹시 모르니 같이 열어보자는 거지."

근호가 보일러실 구석을 가리켰다. 곡괭이, 삽, 망치, 쇠지렛대 따위의 공구가 놓여 있었다.

"나, 난 싫어! 난 나가 있을래."

연경이 계단을 뛰어올라갔다. 근호는 연경이 올라가는 걸 보고

아쉬워했다. 그리고 약혼자인 임준이 따라 올라가려고 하자, 계단을 막으며 도발했다.

"어허, 황임준 씨? 혼자 빠지시려고?"

"누가 빠진대? 연경이 혼자 두면 삐칠 테니까 잠깐만 있어봐."

위로 올라간 임준이 잠시 뒤 내려왔다. 그는 우리 눈치를 보며 말했다.

"저기, 그 벽돌 부수는 거 나중에 연경이 몰래 하면 안 될까?"

맥 빠지는 소리였다. 우리가 야유하자 임준은 두 손 모아 비는 시늉을 했다.

"연경이 일찍 재우고, 새벽에 넷이서 다시 내려오면 되잖아. 응? 응?"

나와 은철은 고개를 끄덕여 동의했고, 근호는 "하긴, 이런 건 캄캄할 때 내려와야 더 재밌지. 그렇게 하자"라고 말했다.

나는 계단을 오르다 뒤를 돌아봤다. 벽돌 너머와 비슷한 철문을 본 적이 있었다. 내가 갇혀 있던, 사이비 종교의 단식 기도원 지하실에서.

4

근호는 별장의 나머지도 안내했다. 2층에는 서재와 화장실, 창고가 있었고, 3층에는 침실 하나와 발코니가 있었다. 우리는 3층 발코니로 나갔다.

"3층도 되게 넓네."

임준이 중얼거렸고, 모두가 동의했다. 특히 3층 발코니에는 칵테일 바가 설치되어 있었는데, 멀리 산이 보였고, 시선을 내리면 천장 뚫린 반실내 수영장이 보였다. 발코니에서 내려다봤을 때, 수영장은 가로로 긴 형태였다. 파란색 수영장 타일과 반짝거리는 물빛이 매력적이었다.

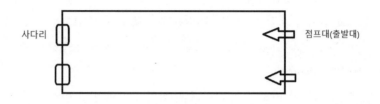

수영장은 좌우로 긴 직사각형 형태였다. 사다리와 점프대가 좌우 양끝에 두 개씩 있어서, 얼핏 보면 두 개 레인 크기의 수영장처럼 보였다. 하지만 자세히 보면 그만큼 크지는 않고, 실제 크기는 동네 수영장의 1.5 레인 크기보다도 더 작았다. 세로폭도 많이 좁아서, 사다리 간 간격과 점프대 간 간격은 서로 가까이 붙어 있었다.

"밤중에 내려다보면 더 죽여주겠는데? 수영장에 야간 조명 따악 켜고, 블루 마가리타 같은 거 한 잔 손에 쥐고 내려다보면 끝내주겠어."

임준이 말하자 근호가 씁쓸한 표정을 지었다.

"처음에 왔을 때는 네 말대로 했었는데, 새벽에 비둘기들이 꼬인 이후로는 잘 안 하게 되더라."

비둘기는 꼭 이른 아침에 몰려들어 수영장을 오염시킨다고 했다.

"처음 날아왔을 때는 비둘기가 귀엽네, 수영장에서 물 마시고 가거라, 하면서 웃었거든? 근데 그게 실수였어. 점차 대담해지더니 똥도 싸고 점프대 밑 틈새에 집을 짓더라고."

"점프대?"

"출발대라고 부르던가? 저기 있잖아."

수영장에는 출발대가 두 개 있었다. 비둘기가 작은 점프대처럼 생긴 출발대 밑 틈새에 집을 지어버린 것이다.

"열 받아서 새집을 다 부숴버렸는데 그래도 계속 집요하게 물 마시러 오더라니까. 그래서 밤에 자기 전에는 반드시 방수포를 완전히 덮어놔야 해."

"무소유가 차라리 속 편하다더니, 실외 수영장 딸린 별장이 있으니 귀찮은 일이 생기나 봐?"

연경이 냉소적으로 말했고, 근호는 뭔가 말하려다 피식 웃었다. 부정할 수 없는 모양이었다.

"근데 인터넷도 없고 전화도 안 되는데, 식재료는 어떻게 조달해?"

"일주일에 한 번 업자가 와. 이번에는 특별히 스테이크용 고기를 잔뜩 보내달라고 했지. 말 나온 김에 마당에 나가서 바비큐나 할까?"

우리는 마당에 나가서 대낮부터 스테이크를 굽고 와인을 땄다. 100만 원이 넘는 와인이라나. 좋은 시간이었지만, 유튜브용 영상 남긴다며 스마트폰 카메라를 여기저기 돌리는 임준의 모습이 조금 거슬렸다.

"야, 임준아. 먹을 땐 좀 안 찍으면 안 되냐?"

내가 짜증스럽게 묻자, 임준은 피식 웃었다.

"조회 수 좀 뽑자. 이런 거 촬영 안 하면 언제 하냐?"

황임준은 고등학교 때부터 유튜버였다. '학교 선생님 몰래 라면 먹기'라는 콘텐츠로 천만 뷰를 달성한 적도 있었다. 뉴스에도 한 번 나왔다. 하지만 고등학교를 졸업하고 난 이후부터는 조회 수가 쭉 내리막길을 탔다. 게임 방송, 익스트림 스포츠 전문 방송, 코인 방송을 거쳐서 헬스 전문 방송으로 갈아탄 상태인데, 결과는 좋지 않았다. 아마 임준도 스트레스를 많이 받고 있을 것이다.

물론 내가 남 걱정할 때는 아니지.

"아직 좀 이르지만, 다 먹고 바로 포커 한 판 칠까?"

못 참고 포커 이야기를 먼저 꺼냈다. 웃으며 포커 이야기를 꺼냈지만, 아마 내 눈에는 독기가 바싹 올라와 있었을 것이다. 나를 보는 친구들 시선에서도 비슷한 것이 느껴졌다. 다들 내가 지금도 포커를 친다는 사실에 만족하는 눈치였다.

'오늘은 크게 따야 한다.'

손끝에 전기가 오르는 듯했다. 그때, 은철이 내 등짝을 한 대 때렸다. 장난 반 진심 반으로 때린 게 느껴진다.

"술 먹더니 대낮부터 도박하자고 하네. 좀 천천히 하자, 혁아. 응?"

"쳇, 알았다."

기분이 나쁘진 않았다. 오늘 밤에는 나뿐만 아니라 다들 포커에 미칠 거라는 예감이 들었다.

식사를 마친 뒤 잠시 휴식 시간을 갖기로 했다. 와인을 좀 급하게 마셨던 탓이다. 연경은 약간 어지럽다며 잠깐 자고 일어나겠다고 했다. 임준은 약혼녀를 부축하며 함께 침실로 들어갔고, 은철, 근호, 나는 수영장에 뛰어들었다. 수영복은 근호에게서 빌려 입었는데, 보아하니 여성용 수영복도 잔뜩 있었다.

"칫. 연경이 입는 모습을 봐야 했는데."

지겹지도 않은지, 근호는 약혼자가 있는 걸 빤히 알면서도 실실 웃으며 그런 농담을 해댔다.

"어우, 좋다."

나는 배영 비슷한 것을 하며 즐겼다. 수영을 잘하는 근호는 숨을 깊이 들이쉬고 바닥 깊이 잠수했다가 올라오곤 했다. 수영을 전혀 못하는 은철은 손으로 벽을 잡은 채 둥둥 떠다녔는데, 녀석도 만족스러운 것 같았다. 물 위에 누워 하늘을 보니 구름이 끼어 있었다.

'그러고 보니 밤부터 비가 많이 온다지?'

산속이라 빗발은 더욱 거셀 것 같았다.

"쉿, 애들아."

누가 속삭여서 돌아보니 임준이었다. 녀석이 수영장 입구에 서서 씨익 웃었다.

"연경이 잔다. 지하실 탐험 못한 거 지금 우리끼리 하자."

우리는 만장일치로 찬성했다. 밤에는 포커판이 벌어질 예정이니, 하려면 지금 하는 게 나았다.

수건으로 몸을 대충 말린 뒤 옷을 입었다. 근호는 파란색 방수포를 가져와서 수영장을 덮은 뒤, 방수포에 달린 오렌지색 끈 네 개를 점프대와 사다리에 각각 묶었다. 그걸 보며 은철, 임준, 내가 한 마디씩 했다.

"방수포는 원래 물을 다 빼고 수영장을 덮을 때 쓰는 거 아닌가?"

"근데, 비둘기가 이거 쪼아서 뚫진 않냐? 뚫으려면 뚫을 수 있을 것 같은데?"

"수영이 끝날 때마다 비둘기 못 오게 매번 방수포를 덮어야 해? 뭐야, 이게. 수영장 딸린 별장이 이토록 구질구질하다니."

수영장을 소유하지 못한 남자 셋은 각자 아는 척 한 마디씩 던졌다. 근호는 씁쓸하게 웃으며 혼자 방수포 작업을 마무리했다.

우리는 연경이 깨지 않게 조심하면서 지하실로 내려갔다.

"걱정하지 마. 지하실은 방음이 철저하니까."

근호가 말했고, 내가 되물었다.

"왜?"

"몰라, 부동산업자가 그렇게 말하던데? 흡음재를 써서 지하실 천장이랑 바닥을 보강했다고."

지하실만 보강한 이유가 뭔지 궁금했지만 그러려니 했다.

지하실로 내려간 넷은 각자 공구를 손에 들었다. 나는 큼직한 쇠지렛대를 택했지만, 한꺼번에 달려들 것도 없었다. 근호가 앞장서서 망치로 빨간 벽돌벽을 후려치자, 벽이 기우뚱하더니 안쪽으로 무너졌다. 생각보다 큰 소리는 나지 않았고, 먼지도 많이 피어오르지 않았다.

우리는 스마트폰으로 손전등을 켠 뒤, 컴컴한 4미터 길이의 복도에 들어섰다. 복도는 두 명이 나란히 걸을 수 있었다. 벽돌 틈새로 봤던 철문 앞에 섰다. 철문의 상단에 달린 감시창을 가까이에서 보니 쇠창살이 세로로 촘촘하게 달려 있었다. 한쪽 손이 간신히 통과할 수 있을 정도였다. 감시창 안쪽은 캄캄해서 잘 보이지 않았다. 철문은 이중으로 잠겨 있었는데, 슬라이드 바 형태의 잠금장치와 자물쇠가 달려 있었다.

"이런! 열쇠가 있어야겠네."

"걱정하지 마."

근호가 주머니에서 열쇠 뭉치를 꺼냈다.

"실은 너희들한테 연락하기 전에 업자가 주고 간 열쇠 뭉치를 살펴봤거든. 용도가 뭔지 모를 열쇠가 있더라고."

근호는 열쇠 뭉치에서 황금색 열쇠를 뽑았다.

"내가 연다?"

근호는 거침없이 슬라이드 바 잠금장치를 옆으로 밀고 열쇠로 자물쇠도 해제했다.

근호가 힘껏 문을 당기는 동안, 임준은 공구를 내려놓고 스마트폰 카메라로 촬영했다. 나와 은철은 각자 쇠지렛대와 망치를 들고, 혹시라도 안에서 무언가가 튀어나올 때를 대비했다.

문이 열린 순간 냉기가 훅 끼쳐왔다. 우리는 불빛을 이리저리 비춰봤는데, 안에는 아무것도 없었다.

"어, 여기 스위치 있다."

딸깍 소리와 함께 천장의 꼬마전구에 불이 들어왔다.

"뭐야, 역시 아무것도 없…."

있었다. 문 맞은편의 벽에.

그림이었다.

사람 형상의 그림이었지만 아무리 봐도 사람을 그린 것은 아니었다. 비유하자면 마네킹과 같다. 마네킹은 사람의 형상을 하고 있지만 아무리 봐도 사람으로 착각하긴 어렵다. 사람 형상의 허리 언저리에는 더 작은 사람들이 모여 있었다. 작고 귀엽게 그렸지만 내 눈에는 오히려 그것들이 사람처럼 느껴졌다.

사람을 닮은 거대한 무언가를 열두 명의 작은 사람들이 추종하는 모습이었다.

"기분 나쁜 그림이네."

은철이 중얼거렸고, 근호와 임준은 주춤주춤 다가갔다. 나는 황급히 소리쳤다.

"가까이 가지 마!"

"어?"

"그, 그거, 참회교의 성화야."

참회교는 내가 몸을 담았던 사이비 종교의 이름이다. 단식원에서 생활했기에 나는 저 그림의 의미를 안다. 봐서는 안 되는 그림이다.

근호의 얼굴이 험악하게 일그러졌다.

"내 별장 지하에 이딴 게 왜 있어? 기분 나쁘게."

자기가 먼저 지하실의 비밀을 찾아보자더니 막상 사이비 종교의 성화가 그려져 있다니 기분이 나빠진 모양이었다. 반면에 은철은 분석적으로 접근했다.

"별장의 본래 용도를 알 것 같군."

"용도라니?"

"교회에서 수련회를 할 때 교외의 일반 펜션을 빌려 쓰기도 해. 아예 교회가 통째로 사서 쓰는 경우도 드물게 있고. 이 별장도 원래는 그런 용도로 쓰였던 거 아닐까?"

"원래 그런 용도라니. 지하 감옥이랑 이 기분 나쁜 그림의 원래 용도가 뭔데?"

아무도 대답하지 않았고, 불길한 침묵만 감돌았다.

"젠장, 어쩐지 값이 싸더라니. 지하에 이런 기분 나쁜 게 있었나."

그 와중에도 임준은 스마트폰 카메라로 영상을 찍느라 바빴다. 은철은 임준을 한심하다는 듯이 흘겨본 뒤 내게 물었다.

"야, 남궁혁. 괜찮냐?"

"음."

아마도 내 안색은 무척 안 좋아졌을 것이다. 함부로 성화를 들여다보고 소란을 피운 것 자체가 죄라는 것을 알기 때문이다.

"야, 빨리 나가자."

나는 억눌린 목소리로 말했다. 최대한 태연한 척했지만, 다들 내 목소리에 담긴 심각성을 느낀 것 같았다.

"너 이 그림 안다고 했지? 혹시 무슨 의미인지도 알아?"

근호가 물었다. 나는 대답하지 않기로 했다. 왜냐하면 성화에 그려진 숭배자들의 수가 열두 명이나 되었기 때문이다.

'이 건물에서만 과거에 열두 명이 죽었어.'

나는 뒷걸음질로 물러난 뒤, 쇠지렛대를 보일러실 귀퉁이에 내던지고 계단을 뛰어 올라갔다.

6

내가 먼저 뛰어 올라가자, 나머지 셋도 겁이 났는지 빠른 속도로 튀어나왔다. 우리는 거실에서 숨을 몰아쉬었다.

"기분 나쁘니까 지하실에는 아무도 들어가지 말자."

내가 말했고, 다른 애들도 만장일치로 동의했다. 성화의 의미를 모르는 사람이 봐도 찜찜하고 불쾌했다.

"특히 연경이한테는 비밀로."

임준이 덧붙였다.

"뭘 비밀로 하는데?"

어느새 잠에서 깬 연경이 뒤에서 물었다. 우리는 기겁했다가 결국 사실대로 말했다. 연경은 약혼자의 등짝부터 때렸다.

"그런 거 하지 말라니깐!"

임준이 대표로 야단맞았고, 우리는 그녀에게 편승해서 황임준이 나쁜 놈이라며 웃었다. 화내는 연경과 잘못했다고 비는 시늉을 하는 임준 덕분일까? 불길했던 기분은 빠르게 가셨다.

지하실 소동이 있고 난 뒤, 우리는 각자 자유 시간을 보냈다. 나는 저녁에 있을 결전을 위해 미리 낮잠을 잤다. 한참 뒤에 은철이 깨워줬다.

"몇 시야?"

"5시 50분."

"이런, 오래 잤네."

"곧 2층에 모여서 한 판 하기로 했는데, 피곤하면 더 잘래?"

나는 눈이 번쩍 뜨였다. 품 안에 챙겨온 50만 원부터 확인했다. 그걸 본 은철이 중얼거렸다.

"겨우 50이야?"

"응."

낮은 액수로 시작해도 새벽쯤 되면 판돈이 확 올라갈 터였다. 50만 원은 정말 푼돈이었다.

"조금 빌려줄까?"

은철은 500만 원이 넘는 돈을 챙겨왔다. 녀석이 빌려주는 돈을 사양하지 않고 받았다.

"따서 갚을게."

"초장에 확 지르지 마라."

"알았어."

"진심으로 하는 소리야."

은철이 내 눈을 똑바로 보며 말했다.

"확 지르고 딴 데서 빌리고, 또 확 지르고 하면서 도박 중독이 오는 거야. 천천히 놀자고 주는 돈이니까 초장에 오링나면, 그때는 진짜 화낸다."

"걱정하지 마."

아무래도 은철은 이번 포커판에서 내 도박 중독 습성을 길들이려는 모양이었다. 이런 식으로 도박 중독이 치료될 리는 없겠지만, 일단은 알겠다고 했다.

우리는 저녁 6시에 2층 서재에 모였다. 원탁은 큼직했고 창문이 없어서 포커 치기에 좋았다. 우리는 한 번 포커를 치기 시작하면 열두 시간 정도 내리 치곤 했다. 내일 아침 6시쯤 끝날 것이다.

"표정 한번 비장하군."

은철이 면면을 돌아보며 평소처럼 냉소적인 말을 날렸고 우리는 킥킥 웃었다. 임준과 연경이 저녁을 겸할 나초와 맥주를 잔뜩 가지고 올라왔다.

"출출하면 말해라. 나중에 라면 끓여줄 테니까."

근호가 말했다. 녀석은 현금 다발과 칩을 챙겨왔는데, 현찰로 천만 원이나 들고 왔다. 우리 기준에서는 한 명이 준비한 돈 중 최고 액수였다. 50만 원 들고 온 내가 부끄러웠다.

"텍사스 홀덤 괜찮지?"

근호가 게임명을 말했고, 모두가 고개를 끄덕였다. 준비해온 현찰 다발을 칩으로 바꾸었다.

그리고 행복한 시간이 흘렀다. 만약 누군가가 내게 행복이 무엇이냐고 묻는다면, 몰입이라고 말할 것이다. 카드패와 판돈이 오고 가는 몰입의 순간.

물론 중간 중간 몰입을 깨는 순간들이 있었다. 임준이 스마트폰을 만지작거릴 때였다.

"스마트폰 좀 그만 만지지그래?"

은철이 짜증을 냈다.

"아, 미안. 근데 파일 전송이 자꾸 실패해서."

"여긴 인터넷 잘 안 된다니깐."

근호가 말하며 마지막 리버 카드를 공개했다. 형편없는 카드였다. 하지만 카드를 공유하는 텍사스 홀덤 특성상, 내게 형편없는 카드라면 나머지 플레이어들 기준에서도 좋지 않은 경우가 많다.

나는 기세를 살려봤다.

"올인."

나는 갖고 온 돈 전부와 은철이 빌려준 돈까지 한 번에 질렀다. 은철이 대놓고 싫은 표정을 지었고, 근호, 임준, 연경은 즉시 폴드를 선언했다. 단 한 명, 은철이만 신중했다.

"야! 이렇게 막 지르지 말랬지?"

"핸드가 좋은데 어쩌겠어?"

"이번 판에 다 잃으면 밤새 혼자 뭐 하려고 그러냐?"

"잃긴 왜 잃어?"

은철은 가만히 나를 노려보다가 한숨을 내쉬었다.

"젠장. 봐준다. 폴드."

결국 은철도 포기했다. 나는 적은 액수나마 판을 먹었다.

"야!"

근호가 시비 거는 말투로 말했다. 나한테 시비 거는 건가 싶어서 움찔했는데, 근호는 임준을 노려보고 있었다.

"스마트폰 좀 그만 만져. 어차피 잘 터지지도 않는데. 딴 사람들 집중력까지 깨지잖아."

"미안. 쏘리."

임준은 스마트폰을 주머니에 넣었다. 그는 오늘따라 유난히 집중하지 못하고 있었다.

한동안 포커판이 이어졌다. 실력이 비슷하다 보니 쉽게 무너지는 사람이 없었다. 다만 임준은 아까부터 집중력을 잃은 듯했다. 만지다가 집어넣은 스마트폰 때문인가?

"아, 나 신경 쓰여서 안 되겠다. 잠깐 나갔다 올게."

"어딜?"

연경이 걱정스럽게 묻자 임준은 애인의 머리를 헝클었다.

"영상 편집자한테 파일 보내고 통화도 좀 하려고."

편집자와 꼭 연락할 일이 있는 모양이었다. 어쩌면 오늘 지하실에서 찍은 영상을 보내려는 것인지도 모른다.

"통화하거나 데이터 전송할 일 있으면 큰길까지 나가야 해."

근호가 말했다.

"알았어. 그럼 나가서 일 좀 보고 올게. 화상 회의할 수도 있으니까 좀 걸릴 거야. 한 시간, 아주 늦어도 두 시간 안에 올 거야. 나 빼고 치고 있어라."

이때가 정확히 저녁 8시였다.

8시 30분쯤, 은철이 화장실에 간다며 자리에서 일어났다. 10분 뒤인 8시 40분에 돌아왔는데, 향수를 뿌리고 왔는지 향기가 진하게 났다. 연경이 은철에게 말을 걸었다.

"오랜만이네? 그 향수."

"지금도 가끔 뿌려."

임준과 사귀기 전에 그녀는 은철과 아주 잠깐 만난 적이 있었다. 두 사람의 눈이 짧게 맞부딪쳤고, 은철은 카드로 시선을 옮겼다.

"요즘 임준이랑 사이는 좀 어때?"

은철이 물었다.

"그냥 좋아."

"아주 좋진 않고?"

연경은 대답하지 않았다. 나와 근호는 뜨악한 표정으로 시선을 교환했다. 임준과 연경은 올해 결혼할 예정이다. 둘이 한방을 쓰는 게 이상하지 않을 정도다. 은철도 이해한다고 했다. 그러면서도 약혼자가 자리를 비운 사이에 저런 노골적인 시선을 보내다니?

"결혼은 미리 축하할게, 서연경."

"고마워."

"사실, 결혼한다고 해서 한 사람이 다른 사람의 소유가 되는 시대도 아니니까."

은철은 자꾸 선을 넘는 말을 했다. 아까는 근호가 이상한 소리를 하더니, 이제는 은철까지. 임준이 자리에 없어서 다행이라는 생각이 들었다.

"나도 잠시만."

이번에는 연경이 자리에서 일어났다. 8시 50분이었다. 그리고 10분 뒤에 돌아왔다. 손에는 약혼반지를 끼고 있었다. 아마도 방에 가서 약혼반지를 찾아서 긴 모양이다. 연경의 행동이 은철의 선 넘는 발언에 대한 가장 확실한 답변이었다. 은철은 말을 잃었고, 그녀가 물었다.

"누가 딜러 할 차례지?"

밤 9시가 되었다.

"갑자기 라면 먹고 싶다. 누구 먹을 사람?"

근호가 물었고, 다들 먹겠다고 했다. 라면을 몇 개 끓일지 이야기하다가 문득 임준이 여태 돌아오지 않고 있다는 것을 깨달았다.

"유튜버가 담당 편집자랑 회의를 이렇게까지 오래 하나?"

근호가 중얼거렸다.

"같이 찾으러 나가줄까?"

은철이 물었다. 하지만 연경은 고개를 저었다.

"그럴 정도는 아니야. 아이디어 회의라도 하나 보지. 전에도 오래 걸린 적 있어."

연경이 태연하게 말했다. 어쩌면 그녀는 자신이 예비 남편 걱정하느라 전전긍긍하는 모습을 보여주고 싶지 않았는지도 모른다.

근호는 일단 여기 있는 네 명 분만 끓여오겠다고 했다. 셋은 남아서 계속 포커를 쳤다.

9시 20분쯤에 근호가 돌아왔다. 큰 쟁반에 라면뿐만 아니라 수제 교자까지 잔뜩 가져왔다. 에어 프라이어가 잘 작동하지 않아서 조금 오래 걸렸다고 말했다.

"와, 라면만 끓이는 줄 알았더니?"

"너희 주려고 깜짝 메뉴로 준비했지."

라면과 교자는 무척 맛있었다. 푸짐하게 먹고 나니 9시 40분이었다. 연경이 창밖을 내다보려다가 2층 서재에는 창문이 없다는 걸 깨닫고 포기했다.

"아까 1층에서 라면 끓일 때 보니까 비가 좀 오던데."

근호가 말했다. 그 말이 연경의 불안감을 자극했다.

"미안한데, 잠깐 나가서 임준이 좀 찾아보고 와도 될까?"

연경이 말했고, 우리는 기다렸다는 듯이 카드를 내려놓고 다 함께 밖으로 나갔다. 우르릉 소리가 나더니 비가 더 거세게 내리기 시작했다. 우산을 썼지만 바람이 워낙 거세서 별 소용이 없었다.

주차장에서 임준의 자동차를 발견했다. 이상한 일이었다. 통화가 가능한 큰길까지 걸어서 못 갈 거리는 아니지만, 날도 어두운데 차를 두고 나갔단 말인가?

"다 같이 걸어서 찻길까지 나가보자."

우리는 임준을 찾지 못했고, 20분 만에 돌아왔다. 비바람이 점점 더 거세어졌고, 임준의 흔적은 찾을 수가 없었다. 나는 문득 한 가지 생각이 떠올랐다.

"황임준 이 자식, 이거 몰래카메라 아냐?"

바람 소리 때문에 녀석들은 한 번에 내 말을 알아듣지 못했고, 나는 큰 소리로 다시 반복했다. 그러자 근호가 펄쩍 뛸 만큼 놀랐다.

"뭔 소리야? 몰카라니?"

"우리가 당황하는 모습을 유튜브 영상으로 찍어서 올리려고 하는 거 아니냐고! 일부러 태풍 오는 밤 실종된 척하는 내용으로. 막 별장 곳곳에 카메라를 숨겨놓고 말이야."

"말도 안 돼. 그딴 소린 하지도 마라."

근호가 짜증스럽게 일축했다. 하지만 은철과 연경은 내 말이 그럴듯하다고 여겼다. 임준은 평소에도 유치한 장난을 자주 했고, 유튜브 영상으로 찍어 올릴 만하다 싶으면 무리한 짓도 저지르곤 했으니까.

우리는 밤 10시쯤에 별장으로 돌아온 뒤, 둘씩 나뉘어 별장 곳곳을 수색했다. 그중에는 지하실도 있었다. 근호와 은철이 함께 내려가서 지하실을 확인하고 올라왔다.

그사이 연경과 나는 혹시나 하는 마음에 수영장을 확인했다. 반실내 수영장의 뚫린 천장에서 빗줄기가 쏟아졌고, 파란 방수포로

덮인 풀장 위를 투툭 소리를 내며 두들겼다. 평소라면 운치 있는 소리였을지 모르지만, 오늘 밤은 사람의 심정을 불안하게 만들 뿐이었다.

수영장의 불을 켜고 주위를 둘러봐도 임준의 모습은 보이지 않았다. 하지만 근호가 덮어둔 방수포가 비뚤어져 있었고, 방수포 위에 못 보던 실톱이 하나 얹혀 있었다. 실톱에는 희미한 핏물이 묻어 있었는데, 핏물의 색깔은 방수포의 틈새로 보이는 풀장의 물 색깔이었다. 마치 대량의 피가 풀장의 물과 섞여 탁한 핏물로 변했을 때처럼.

"아니야, 그럴 리 없어…!"

연경이 부정했고, 나는 얼어붙은 채 꼼짝할 수 없었다. 잠시 뒤 근호와 은철이 왔고, 그들도 내가 본 것을 보고 있었다.

둥실둥실. 시체 토막의 일부가, 하필 살짝 걷힌 방수포 밑, 불그스름한 물속에 떠 있었다.

7

충격을 받아 기절한 연경을 방으로 옮긴 뒤에 근호, 은철, 나는 수영장으로 돌아왔다. 방수포 위에 놓인 실톱을 수건으로 집어서 꺼냈다. 새하얀 수건에 핏물이 번졌고, 일단 대충 덮어서 빗방울이 닿지 않는 구석에 놓았다. 그리고 수영장 양 끝에 서서 하나둘, 하고 방수포를 확 걷었다. 우려했던 참혹한 모습이 드러났다.

하늘에서 떨어지는 빗물이 붉게 변한 풀장 위에서 참방거렸다.

참방거리는 붉은 물 곳곳에 여러 조각으로 토막 난 임준의 시체가 있었다. 일부는 떠 있었고, 일부는 가라앉아 있었다.

"이거 진짜냐…!"

근호가 부들거리며 말했고, 은철 또한 창백한 얼굴로 손을 뻗었다.

"저기."

은철이 가리킨 곳에 유난히 검은 뭔가가 보였다가 가라앉았다. 황임준의 머리통이었다. 거센 빗줄기 때문에 출렁이는 수영장에서 떴다, 가라앉았다, 했다.

나는 "일단 경찰부터 부르자"고 말했다가 뒤늦게 전화가 안 터지는 곳임을 깨달았다. 그래도 혹시나 해서 해봤는데 역시 통화권 이탈이었다. 아마 여기 별장을 이용한 참회교는 통신사 중계탑이 설치되지 않은 곳을 찾아 건물을 지었거나, 인위적으로 중계기를 철거했을 것이다.

"신고하러 큰길까지 나가야 하나."

근호가 중얼거렸다. 빗줄기와 바람이 점점 더 거세지고 있었다. 다시 나가려니 발걸음이 떨어지지 않았고, 차를 타고 나가는 것도 위험할 정도였다.

"확실히 해두자. 이건 살인사건이고, 범인은 우리 중 하나야."

은철의 말 그대로다. 외부인이 있을 가능성은 극도로 희박했다. 설령 외부인이 황임준을 죽였다고 해도, 굳이 시체를 토막 내 수영장에 던져놓고 사라질 이유는 더더욱 없었다.

"외부인이 이런 짓을 했다고 보긴 어려워. 즉 우리 셋 중 하나가 저지른 일이야."

"네 명이 아니고?"

내가 되물었다. 용의자는 나, 근호, 은철, 연경까지 총 네 명, 즉 전원이라고 봐야 하지 않나? 하지만 은철은 고개를 저었다.

"너, 남궁혁은 범인이 아니야."

은철이 강한 어조로 나를 용의자 리스트에서 뺐다.

"임준이는 8시에서 10시 사이에 죽었어. 그리고 너만 그 시간대에 단 1분도 포커판에서 자리를 비운 적이 없고."

듣고 보니 그랬다. 은철은 화장실에 갔다가 향수를 뿌렸고, 연경은 약혼반지를 끼려고 나갔다 왔으며, 근호는 라면을 끓이려고 자리를 비웠다. 은철과 연경은 10분 정도, 근호는 20분 정도 자리를 비웠다. 하지만 나는 포커판을 떠난 적이 없었고, 임준을 찾으러 나갈 때는 다 함께 움직였으니 수상한 짓을 할 시간이 전혀 없다.

하지만 내가 볼 때, 이 녀석들도 범행을 저지를 시간은 없다.

"너희 셋도 범인일 가능성은 희박한데? 살인이라는 게 순식간에 벌어지는 일이라고 해도, 이렇게 시체를 여러 토막을 내서 수영장에 버리는 데 10분에서 20분 사이에 가능할까?"

"…확실히 그렇군."

은철이 턱을 긁적였다.

"비 맞으면서 있으려니 춥군. 일단 안으로 들어가자."

우리는 풀장에 방수포를 다시 덮었다. 임준의 시체를 저대로 둥둥 떠다니게 두려니 괴롭고 미안했다. 하지만 비바람이 몰아치는 밤에 풀장 외곽에 서서, 뜰채로 핏물을 헤집으며 시체 토막을 건질 용기도 없었다.

흉기로 보이는 실톱을 감싼 수건만 챙겨서 실내로 들어갔다.

빗물에 푹 젖은 뒤라 그런지 몸이 얼어붙는 것 같았다. 깊은 산 속이라 일교차가 클 것이라고는 예상했지만 정말 추웠다.

보다 못한 근호가 2층 창고에서 난로를 꺼내왔다. 손잡이 달린 감색 석유난로는 제법 묵직해 보였지만, 캠핑 겸용으로 제작되어서 이동이 쉬운 모델이었다.

근호가 난로를 켠 직후, 연경이 비틀거리며 거실로 나왔다. 우리는 위로의 말을 조심스럽게 건넸지만, 연경이 말했다.

"경찰 신고는 안 된다고 했지? 그러면 다 함께 차를 타고 나가는 게 합리적이겠지만, 태풍이 너무 심하게 불어서 어렵겠지. 그러니 바람이 좀 잠잠해질 때까지 우리끼리 범인을 찾아내는 게 어떨까 싶은데."

말투는 평온했지만, 표독스러운 눈으로 우리 셋을 노려보고 있었다. 무리도 아니다. 우리 중에 범인이 있는 게 확실하다면, 한 명은 살인을 저질러놓고도 가증스럽게 슬프고 힘든 표정을 짓고 있다는 뜻이었다. 연경으로서는 약혼자의 죽음 자체보다 범인이 슬픈 척 위선을 떨고 있다는 사실에 더 분노할 것이다. 서연경은 그런 여자다.

"그게 흉기야?"

연경이 핏물 묻은 수건을 가리키며 물었다. 나는 수건을 펼치고 실톱을 드러냈다. 근호는 혀를 찼다.

"이 실톱은 범인이 따로 가져온 것 같군. 다들 본 적 있어?"

물론 처음 보는 실톱이었다. 목공소 같은 곳에서 목재 자를 때 쓰기 좋아 보였다.

"의외로 깨끗하네."

연경이 얼음장 같은 목소리로 말했다. 그녀의 말이 맞았다. 비를 맞았다고 해도 사람을 여러 토막 낸 물건이라면 피, 살점, 뼈가 덕지덕지 묻어 있어야 하지 않나? 약간의 핏물 말고는 깨끗했다.

"범인이 씻어냈나 보지. 풀장 물에 씻었거나, 아니면 수영장에 있는 청소용 호스로."

은철이 말했다. 그의 말도 일리가 있지만, 내가 범인이라면 굳이 흉기를 씻을 바에는 아예 안 들키게 숨겼을 것 같다.

그런 생각을 하는데, 연경이 다시 눈빛을 번뜩였다.

"즉 범인은 시간이 촉박했다는 뜻이겠지. 흉기를 안 보이게 처리할 시간이 없어서 그냥 풀장에 버리고 도망쳤다는 뜻일 테니까. 그렇지? 아니면 우릴 도발하려고 흉기를 그대로 현장에 버렸다는 뜻일 테고."

우리 셋을 번갈아 노려보는 연경의 박력에 나는 입을 다물었다.

"흉기에서는 생각보다 단서가 나오지 않는군. 혹시 모르니 알리바이를 조사해볼까?"

은철이 말했지만, 알리바이라고 해봐야 빤하다.

다 함께 저녁 6시부터 2층 서재에서 포커를 쳤다.

밤 8시에 황임준이 나갔다. 그는 한 시간, 늦어도 두 시간 안에 돌아온다고 말했다.

밤 8시 30분에 배은철이 화장실에 갔다가 8시 40분에 돌아왔다.

밤 8시 50분에 자리에서 일어난 서연경이 손에 약혼반지를 끼고 9시에 돌아왔다.

밤 9시에 김근호가 라면을 끓이러 갔다가 9시 20분에 돌아왔다.

라면과 만두를 먹은 9시 40분쯤 다 함께 황임준을 찾으러 나갔다가 10시쯤에 돌아왔다.

밤 10시가 조금 지난 시각, 수영장에서 황임준의 시체를 발견했다.

몇 번을 들여다봐도 착각할 부분은 없었고, 이것만으로는 달리 알아낼 것도 없었다.

"그래도 혹시 추가 단서가 있을지 모르니, 이번에는 각자의 방으로 가서 소지품 검사를 해보면 어떨까?"

연경이 말했고, 나와 은철도 그녀의 기세에 눌려 찬성했다. 하지만 근호가 반대했다.

"흉기는 이미 찾았잖아? 근데 뭐 하러 소지품을 뒤져?"

묘하게 방어적인 태도가 왠지 거슬렸다. 내가 얼른 말했다.

"그 부분이 더 수상해. 범인은 흉기를 고의로 현장에 떨어뜨리고 갔어. 어쩌면 실톱은 눈속임이고, 진짜 흉기가 있을지도 몰라."

"너무 꼬아서 생각하는 거 아냐? 단순히 시간이 촉박해서 버리고 갔다고 보는 게 더 합리적일 텐데."

"그럴지도 모르지. 하지만 타임라인을 보면 알겠지만, 범행이 가능한 세 사람 모두 범행 가능 시간이 촉박하거든? 그렇다면 트릭이 사용되었을지도 모르는데, 의외의 단서가 별장 어디선가 발견될지도 몰라. 그걸 위해서라도 한 번 조사해볼 필요가 있어."

"트릭? 야, 추리소설도 아니고 갑자기 왜 그 단어가 나와? 그리고 범인이 바보가 아니라면 트릭에 이용될 물건을 자기 방에 가지고 갔을까? 내가 범인이라면 진작 처분했을 거야."

근호의 말도 일리가 있긴 했다. 하지만 연경은 더욱 거세게 밀어붙였다.

"그래도 혹시 모르니까 확인을 해봐야지! 태풍 그칠 때까지 등신처럼 가만히 있을 거야?"

그녀의 히스테릭한 외침에, 근호도 더 반대할 수 없었다.

"그러면 우리 방부터 확인해보자."

은철이 말했다. 나와 은철은 같은 방이었다. 연경은 방에 들어가더니, 우리 가방을 모조리 뒤엎듯이 했고, 화장실 변기까지 싹 다 뒤졌다. 물론 흉기나 수상한 물건은 어디서도 발견되지 않았다.

은철의 가방에서는 갈아입을 옷과 재료공학 관련 책, 신소재공학 관련 논문 인쇄물, 공장에서 챙겨온 듯한 장갑과 와이어 커터 정도가 특이해 보였다.

내 가방에서는 갈아입을 옷과, 중고서점에서 산 주식투자 관련 책, 그리고 참회교에서 준 금속 목걸이가 있었다. 크롬 재질로, 뾰족한 종교 형상물이었다. 사이즈는 엄지 두 개 크기였으며, 85만원이나 주고 산 물건이었다. 사이비에 시달렸던 기억을 잊지 말자는 의미에서 지니고 있었다.

이어 임준과 연경이 쓰는 방 차례였다. 연경은 방문을 쾅 열어젖혔다.

"자, 배은철! 남궁혁! 너희도 내가 너희 방에서 한 것처럼 해봐! 싹 다 뒤져!"

연경이 독기 가득한 목소리로 소리쳤다. 나와 은철은 내키지 않는 태도로 그녀와 임준이 같이 쓰던 방을 조사했다. 임준의 가방에는 간단한 옷가지와 늘 가지고 다니지만 자주 쓰지는 않는 것 같은 촬영용 장비들이 있었다.

연경의 가방도 조사했다. 수상한 것은 없었다. 생각보다 많은 화장품과, 커다란 고데기가 눈에 띄었다. 도중에 그녀의 짐가방에서 속옷이랑 생리대가 굴러 나왔을 때는 왠지 그만두고 싶어졌다. 근호와 은철도 머뭇거리면서 연경의 짐을 뒤졌고, 그걸 본 그녀가 버럭 화를 냈다.

"그렇게밖에 못해?"

연경은 두 사람을 밀치더니, 침대 시트를 걷어내고 매트리스를 움켜쥐더니 뿌리 뽑듯이 뒤집어엎었다. 그때, 튕겨 오른 매트리스가 침대 머리맡에 있던 액자를 치는 바람에 액자가 떨어져 한 귀퉁이가 쪼개졌다.

"아앗!"

근호가 안타까워하는 비명을 질렀다. 나는 얼른 액자를 주워서 액자 귀퉁이를 다시 끼워 맞추다가 이상한 걸 발견했다. 액자 끄트머리에 전깃줄이 튀어나와 있었다. 내가 잠시 멍하니 있자, 은철이 액자를 받아서 전깃줄을 당겼다. 그러자 얄팍한 SD 카드와 소형 전지, 렌즈로 이뤄진 장치가 나왔다.

"초소형 캠코더인가."

은철이 공과대학원생답게 한눈에 알아봤다.

이게 왜 여기에 있지? 이해할 수 없었다.

우리는 근호를 쳐다봤다.

근호는 허둥거리며 황급히 변명이라고 해댔지만, 절반은 파르르 떠는 손짓발짓일 뿐이었다.

8

근호는 끊어질 듯 말듯 변명을 늘어놓았다. 말이 길어질수록 연경의 얼굴에는 점점 더 경멸이 떠올랐다.

"나를 좋아해서 우리 방에 이걸 설치했다고?"

김근호 또한 배은철이나 황임준과 마찬가지로 서연경을 좋아했다. 그리고 연경이 결혼하게 되자 지독한 상실감에 빠졌다고 한다. 근호는 연경의 모습을, 그것도 결혼할 사람만이 보여줄 수 있는 모습을 담아두기로 마음먹었다. 그래서 두 사람에게 큰 침대가 하나 있는 방을 배정하고, 그들이 한 침대에서 서로….

"그만! 더 듣고 싶지도 않아! 이 역겨운 변태 새끼."

연경이 짓씹듯이 말하자, 근호는 얼른 방바닥에 무릎을 꿇었다.

"미안하다. 입이 열 개라도 할 말이 없어. 사과할게."

우리도 기가 막혀서 말이 안 나왔다. 살인사건의 범인을 찾으려다 몰카범을 잡았으니 말이다. 하지만 지금은 살인범을 찾는 일이 더 중요했다.

"일단 마저 진행해보자."

우리는 이어 3층 근호의 방을 수색했지만, 흉기는 발견되지 않았다. 연경이 컴퓨터에 다른 사람의 몰카 영상도 있는 거 아니냐며 다그쳐서 샅샅이 뒤졌으나 다행히 그런 건 없었다. 범행과 연관 있어 보이는 물건도 없었다.

"소지품 검사까지 해봤지만 별 소득이 없군."

은철이 중얼거렸다. 하지만 연경은 고개를 저었다.

"소득이 없긴 왜 없어? 몰카범을 찾았는데."

근호는 고개만 푹 숙일 뿐이었다.

"다른 곳도 살펴보자. 어서!"

우리는 연경의 지휘에 따라 창고를 수색했다. 그곳에서도 수상한 물건은 발견하지 못했다.

"그러면 지하실도 보고 와!"

연경이 근호와 은철과 나에게 지시했다. 지하실에 무서운 것이 있다고 하니, 직접 가고 싶지는 않은 모양이었다.

우리 셋은 터덜터덜 지하로 내려갔다.

"미안하다."

근호는 우리 눈치를 보며 사과했다. 나는 뭐라 말해야 좋을지 알 수 없었다. '아니야, 김근호. 네가 나쁜 놈이긴 해도, 우리 중에서는 살인범이 제일 나빠'라고 말할 수는 없는 노릇이었다.

"사과는 나중에 연경이한테 해라."

은철이 말했다. 근호는 머리를 쥐어뜯더니, 앞장서서 지하 감옥을 살펴봤다. 소름 끼치는 그림만 있을 뿐, 이전과 달라진 건 없었다. 나는 오늘 오전에 내팽개친 쇠지렛대가 그대로 있다는 것까지 확인한 뒤, 다 함께 올라왔다.

연경은 거실에서 난로 앞에 손을 뻗은 채 수색 결과를 물었고, 나는 소득이 없다고 답했다.

"남궁혁. 너는 누가 범인 같아?"

연경이 불쑥 물었다.

"음, 우린 외부인 범행설을 쉽게 기각했지만, 정말 어쩌면 산속에 누군가가⋯."

"정신 차려, 남궁혁. 그런 미친놈이 범행을 저질렀을 가능성보다 우리 중 누군가가 범행을 저질렀을 개연성이 훨씬 높잖아? 현실을 직시해!"

나는 입을 다물고 난로 앞에서 손만 비벼댔다. 지하실이 무척 추워서 잠깐 있다가 왔는데도 몸살기가 있는 것처럼 으슬으슬했다. 하지만 연경은 쉴 틈을 주지 않았다.

"의견이나 단서 더 없어? 아무도? 그러면 수영장으로."

"뭐?"

"알리바이를 따져보고 소지품을 뒤져봐도 답이 없잖아? 이제는 시체를 살펴보는 수밖에."

확실히 추리소설에선 그렇게 흘러가곤 했다. 하지만 황임준의 시체는 자세히 보기 어려웠다. 토막 난 일부는 둥둥 떠 있고, 일부는 가라앉은 상태니까. 우리가 연경을 말리려 하자, 그녀가 불을 토해내듯 외쳤다.

"내 예비 남편 시체는 건져야 할 거 아냐! 저대로 둥둥 떠다니게 두고 싶어? 왜 그리 염치들이 없어! 너희들 친구 아니었어?"

연경은 우리에게 화를 냈고, 범인에게 화를 내고 있었다. 범인이 누군지는 모르지만, 나, 배은철, 김근호 중에 범인이 있다고 믿는 게 틀림없었다.

결국 우리는 수영장으로 가서 방수포를 다시 걷었다. 그리고 역할을 정한 뒤, 긴 뜰채를 이용해 시체 토막을 하나씩 건졌다. 나와 은철은 시체 토막을 수영장 청소용 뜰채로 건져내는 역할, 근호는 주방에서 가져온 고무장갑을 끼고 각 토막을 풀장 옆에 내려놓고 순서를 맞추는 역할이었다. 연경은 분노에 찬 호령으로 지휘하는 역할이었다.

결과부터 말하자면, 시체는 총 아홉 토막이었다. 손목이 절단된 손 두 토막, 손목 없는 팔 두 토막, 목이 잘린 머리통 한 토막, 목과 흉부와 상복부까지 한 토막, 하복부부터 무릎 위쪽까지 한 토막, 무릎 아래로 절단된 다리 두 토막.

이렇게 합쳐서 아홉 토막이었다.

특히 하복부를 건질 때는 너무나 괴로웠는데, 절단 부위에서 내장이 길게 흘러나왔기 때문이다.

"우으."

욕지기가 올라와서 뜰채를 쥔 손이 파르르 떨렸다. 다리가 일부 붙어 있는 하복부는 너무 무거웠다.

"뭐 하는 거야? 내장 흘리지 마!"

악귀처럼 소리치는 연경 덕분에 간신히 정신을 차릴 수 있었다. 근호가 묵묵히 고무장갑을 낀 손으로 각 토막을 부위별로 짜맞추었다. 중간에 연경은 근호에게 시체의 주머니를 뒤져보라고 했고, 스마트폰을 꺼냈다. 물에 젖었지만 방수 기능이 있는 임준의 스마트폰은 그대로 있었다.

"이건 나중에 확인할게. 너희는 시체를 마저 건져!"

나는 뜰채를 은철에게 줬고, 은철은 다른 토막 하나를 꺼냈다.

"시체를 토막 내어 수영장에 버린 범인의 목적이 만약 우리의 정신을 괴롭히는 거라면 대단히 성공적이군."

은철이 억눌린 듯한 목소리로 말했다. 그도 구토를 억지로 눌러

참는 것 같았다. 그가 내게 뜰채를 마지막으로 건넸다. 이제 딱 하나 남았다.

'머리.'

우리는 의식적으로 머리를 가장 마지막까지 서로에게 미뤄왔다. 마지막 차례였으니 내가 건져야 했다. 나는 간신히 검은색 머리통의 위치를 찾았고, 어떻게 해야 한 번에 건져낼 수 있을지 고민했다.

"힘들어? 힘들면 이리 줘. 내가 할 테니까."

연경이 깔보듯이 말하더니 내 손에서 뜰채를 뺏으려 했다. 내가 하겠다고 대답하며 상체를 기울인 순간.

미끌! 풀장에 빠지고 말았다. 첨벙 소리, 다른 이들이 기겁하는 소리. 수영장 핏물이 귓구멍 속을 순식간에 가득 채울 때 나는 꼬르륵 소리.

"히이익!"

나는 풀장의 핏물을 잔뜩 먹은 채 몸을 허우적거렸다. 허우적거릴 때마다 바닥에 가라앉아 있던 찌꺼기가 올라왔다. 나는 정신이 반쯤 나간 상태로 허우적거렸고, 본능적으로 첨벙거리며 반대편으로 이동했다. 다행히 멀지 않은 곳에 수영장 사다리가 있었다. 간신히 손끝으로 붙잡았다.

'어?'

이 와중에도 왠지 까끌까끌한 감촉이 손에서 생생했다. 금속 사다리의 손으로 잡는 세로 부분에, 가로로 길게 칼자국 같은 것이 있었다. 무언가에 의해 긁히고 깊이 패어 있는 자국은 두 사다리의 모든 세로 부분, 총 네 군데에 있었다.

"뭐 해! 얼른 나와!"

은철이 외쳤고, 나는 황급히 밖으로 나왔다. 나는 타일 바닥에 옆으로 쓰러진 채 헛구역질을 했고, 은철이 청소용 호스를 들고 와서 내 몸에 물을 뿌려주었다. 고개를 돌려보니 서연경은 내가 놓친 뜰채를 들고, 팔을 길게 뻗어 약혼자의 머리통을 한 번에 건져냈다.

9

우리는 다시 거실로 돌아왔다. 나는 부들부들 떨면서 난로 앞에 앉았고, 다른 사람들도 근처에 모여 수영장에서 얻은 단서를 궁리했다.

알아낸 거라곤, 범인이 황임준의 몸을 마구잡이로 토막 낸 것이 아니라, 매우 깔끔하게 일정한 형태로 대칭되게 잘랐다는 것뿐이다. 은철과 연경은 토막 난 시체를 나름 샅샅이 살폈는데, 톱에 잘린 것치고는 절단면이 너무 깔끔하다는 것이 수상했다. 그것 말고 특이점은 보이지 않았다.

"이상한 게 너무 많아."

연경이 중얼거렸다.

"첫째, 통화하러 큰길까지 나갔어야 할 임준이, 다른 곳이 아닌 수영장에서 죽은 채로 발견된 것. 둘째, 짧은 시간 안에 토막 난 시체가 된 것."

특히 두 번째 부분이 말이 안 됐다. 범인이 한 명이라고 가정하면 시간상 불가능했다.

"이렇게 된 이상 범인의 동기를 추론해보는 수밖에 없겠군. 범인은 왜 그를 죽인 걸까?"

은철이 의문을 제기하자, 근호가 머뭇머뭇 말을 꺼냈다.

"그야, 연경을 손에 넣은 임준에 대한 질투 아닐까?"

즉시 연경이 근호를 째려봤다. '넌 그냥 좀 닥쳐. 그 논리라면 네가 제일 수상쩍은 놈이니까'라고 말하는 듯했다. 근호는 고개를 푹 숙였다. 하지만 은철은 꽤 일리 있는 동기라는 듯이 고개를 끄덕였다.

"확실히, 그것도 강력한 동기가 될 수 있지. 혁이 네 생각은 어때?"

"그보다 아까 연경이 찾아낸 스마트폰에는 단서가 없어?"

임준이 스마트폰으로 무언가를 찍었을지도 모른다. 가령, 범인으로서는 절대 찍혀서는 안 되는 것을.

"미안. 스마트폰이 잠겨서 확인할 수가 없네."

연경이 임준의 스마트폰 비밀번호를 해제하려다 실패했다.

"네 생일로 해봐."

내가 말했고, 연경은 이미 해봤는데 안 열린다고 짜증을 냈다. 기껏 발견한 스마트폰은 쓸모가 없었다.

"방수폰이건만 찾아낸 보람이 별로 없군."

내가 중얼거리자, 은철이 나름의 동기를 추론하기 시작했다.

"좀 더 생각해보자. 황임준이 나쁜 놈이라거나 원한을 살 놈은 아니었다는 데는 모두 동의할 거야. 유튜버로서 조금 수익이 불안정해지긴 했어도 당장 큰 빚을 지거나 돈에 쪼들리는 수준은 아니였다고 해. 그렇지, 서연경?"

"음… 약간?"

연경은 임준이 돈 때문에 꽤 마음고생 중이었다는 것을 털어놓았다. 결혼하기 이전이라면 몰라도, 막상 결혼을 앞두니 돈에 대한 부담이 대폭 커졌다는 것이었다.

"그래서 앞으로는 더 자극적인 영상을 찍어야 할지도 모르겠다는 식으로 말하긴 했었어."

"그랬구나."

나는 갑자기 녀석이 안됐다는 생각이 들었다. 나는 임준이 웃으며 카메라를 들이밀 때마다 짜증이 났었다. 하지만 녀석도 나름 필사적이었다고 생각하니 괜스레 미안한 마음이 들었다. 그런 생각을 하고 있는데, 은철이 스마트폰을 가리켰다.

"그리고 범인에게 곤란한 영상이 찍혀서 죽였다고 보기도 어려워. 그랬다면 반드시 스마트폰을 갖고 가거나 파괴했을 테니까."

"아…!"

듣고 보니 그렇다. 나는 스마트폰이 쓸모없는 단서라고 생각했지만 그렇지 않다. 스마트폰이 멀쩡하게 남았다는 것 자체가 황임준의 스마트폰에 기록된 정보는 범행 동기에 포함되지 않는다는 뜻이었다.

"결국 남는 동기는 하나뿐이야. 임준이가 연경의 약혼자라는 사실. 임준이 연경을 독차지하게 되었다는 것. 이것 말고는 범인이 그를 죽일 이유가 보이지 않아."

은철이 나를 돌아보며 물었다.

"남궁혁. 너는 연경에 대해 어떻게 생각해?"

248

"그야… 우리 모두 연경이를 좋아했지."

나는 연경의 눈치를 보며 중얼거렸고, 그녀는 긍정도 부정도 하지 않았다. 그녀도 내심 눈치챘을 거다. 남자들 모인 동아리에 미인이 한 명 있으면 다들 좋아하기 마련이다. 더 적극적으로 나서는 놈과 그렇지 못한 놈으로 나뉠 뿐. 나는 분수를 알고 빨리 마음을 접었을 뿐이다.

서연경에 대한 마음이 컸는지 작았는지를 떠나서 다들 그녀를 좋아했고, 결국 그녀를 독차지하게 된 황임준에 대해 조금씩은 질투심을 느끼고 있었다. 지금 시점에서는 가장 큰 살인 동기였다.

"좋아. 이젠 알아볼 만큼 다 알아봤다고 생각해. 이제 평결 시간을 갖자."

은철이 근호를 쳐다봤다.

"나는 근호가 범인일 가능성이 높다고 봐."

"갑자기 뭔 소리야!"

근호가 벌떡 일어났다. 몰카범으로 몰린 건 어쩔 수 없다지만, 살인범으로까지 몰리게 되었으니 벌떡 일어날 수밖에.

"세 가지 조건, 즉 동기, 시간, 수단을 다 충족하는 건 근호 말고는 없어."

은철이 조곤조곤 설명했다:

"나도 연경이를 좋아하지만, 아무리 그래도 몰카를 설치할 정도는 아니지. 하지만 근호는 그랬고."

"그건 사과했잖아! 그것만으로 내가 범인이라고?"

"그리고 범행 가능 시간이 20분으로, 우리 중 가장 길어."

"야! 그건 너희랑 같이 먹을 것 준비하느라 20분이 걸린 거지,

그걸 어떻게 살인 가능 시간이라고 해?"

"현실적인 관점일 뿐이야. 시간상으로도 말이 되지. 아마도 너는 라면을 끓이려고 1층에 내려갔다가, 별장으로 돌아오는 임준을 발견했을 거야. 너는 그를 할 말이 있다며 수영장으로 유인해서 살해한 뒤, 창고든 어디든 숨겨둔 실톱으로 토막 내서 시체를 풀장에 버리고, 요리를 마무리해서 갖고 올라온 거야. 요리 시간도 문제 될 게 없어. 라면은 인스턴트니까 쉽고 빠르고, 교자도 에어프라이어에 넣기만 하면 되니까, 조리 시간을 조작하기 편리하지."

"야! 그 톱은 내 거 아니라고 했잖아!"

"그거야 네 주장이고, 미리 준비해둔 것일지도 모르지. 그리고 내가 널 의심한 가장 중요한 마지막 이유는, 체격이다."

은철의 말은 결정적이었다. 우리 중 가장 체격이 좋은 사람은 황임준이었고 그다음이 김근호였다. 나와 은철은 딱 봐도 호리호리한 체형이다. 연경은 말할 것도 없이 가장 키가 작고 체중도 적게 나갔다.

"근육질 체형인 임준을 죽이려면, 그것이 설령 기습이라고 해도 체격 조건이 좋아야 할 거다. 가난한 대학원생인 나는 팔다리가 가늘고 배만 나온 놈이고, 혁이도 약간 마른 체형인데 사이비 종교의 단식 기도원에 들어갔다가 나온 이후로 건강이 좋은 상태는 아니지. 모든 조건을 고려하면 네가 범인일 가능성이 매우 높아."

은철은 고집스럽게 근호를 범인이라고 주장했고, 근호는 그의 주장을 부정했다. 적어도 근호가 느끼기에는 변호였을 테지만, 실제 내용은 그렇지 못했다. 이럴 줄 알았으면 라면 끓이러 가지 말걸 그랬다, 너희를 초대하지 말았어야 했다, 혹시 너희 전부가 범인이고 나를 범인으로 몰아가려는 거 아니냐 등등의 소리였다.

"충분히 들었어."

연경이 차갑게 말을 잘랐다. 그리고 주방으로 가더니, 크기가 서로 다른 식칼 네 자루를 가져왔다.

"각자 하나씩 받아."

그녀는 공평하게도 남자 셋에게 먼저 고르게 했다. 마지막 남은 식칼을 쥔 연경은 시선을 한 번씩 맞춘 뒤 말했다.

"투표를 시작하자. 내가 셋을 셀 테니까, 범인이라고 생각하는 사람을 식칼로 겨누는 거야."

"잠깐! 의심되는 사람을 이 자리에서 찔러 죽이자고?"

내가 묻자, 연경은 고개를 저었다.

"마음 같아서는 그러고 싶지. 만약 범인이 100퍼센트 확실하다면 그렇게 하겠지만 그것도 아니고. 그러니 내일 경찰을 부를 때까지, 범인을 안전하게 가둬뒀으면 좋겠어. 가령."

연경의 눈이 지하실 계단을 향했다.

"너희가 발견한 지하 감옥에 가둔다던가."

"내일까지 밤새 거기에 가둔다고?"

상상만 해도 끔찍했다. 그토록 춥고 어둡고 무서운 곳에는 갇히고 싶지 않다. 뭐라 말하려 했지만, 연경의 말이 더 빨랐다.

"참고로 식칼 투표에는 기권도 없고 잠깐만도 없어. 만약 2 대 2로 무승부가 나온다면, 다시 셋을 센 다음 재투표. 한 명이 선정될 때까지 반복할 거야. 만약 셋을 센 시점에서 아무도 겨누지 않는 자가 있다면? 나는 그 착한 척하는 새끼를 범인으로 간주하고 바로 찔러 죽이겠어. 반드시!"

연경의 말은 명백히 비이성적이었다.

"자, 잠깐만."

"잠깐만은 없어. 셋 센다? 하나, 둘, 셋!"

연경은 빠르게 셋을 셌고, 나는 황급히 한 명을 지목했다. 무의식중에 골랐다… 라고 하고 싶지만, 사실은 의식적이었다. 내가 범인으로 지목한 사람은 근호였다.

근호 본인을 제외한 모두가 그를 골랐다. 근호는 애매하게 연경을 겨누고 있었다.

"훗. 결정됐네?"

연경이 희미한 분노의 웃음을 지었다. 은철은 얼른 그녀 곁에 붙어 섰고, 나도 주춤주춤 따라 했다. 근호만 혼자 남았다.

"아, 아니야."

근호가 허둥거리다가, 자신의 식칼을 주방 쪽을 향해 내던졌다. 주방 바닥에서 찰그랑 소리가 났다.

"얘들아. 나 진짜 아니야. 식칼도 버렸어. 봤지? 응? 응?"

연경은 칼끝으로 근호의 목젖을 가볍게 찔렀다.

"손 들어."

10

우리는 근호를 지하 감옥에 가뒀다. 연경은 1층에 남겨두고, 나와 은철이 그 일을 맡았다. 그녀는 자신이 직접 근호의 목덜미를 움켜쥔 채 끌고 가서 가두길 원했지만, 나와 은철이 말렸다. 지하 감옥에 그려진 무서운 그림을 연경이 보지 않기를 바랐기 때문이었다.

"꼭 이렇게 해야겠냐?"

근호가 눈치를 보며 물었다. 큰 저항은 없었다. 지하로 내려갈 때 조금이라도 반항하거나 하면 어쩔 수 없이 죽이겠다고, 은철이 조용한 어조로 엄포를 놓았기 때문이다.

그렇게 나와 은철은 식칼을 겨눈 채 근호를 지하 감옥에 집어넣었다. 근호는 흐느껴 울었다. 자기 별장 감옥에 갇히게 되었으니 억울하고 어이가 없어서 울음이 나오는 모양이었다.

내가 문을 닫고, 슬라이딩 록을 당겨 잠갔다. 추가 자물쇠를 근호에게서 뺏어둔 열쇠로 잠갔다. 그리고 열쇠를 문 상단의 쇠창살 달린 구멍으로 넣어줬다. 놀란 은철이 무슨 짓이냐고 물었지만, 나는 근호에게 말했다.

"김근호. 이 열쇠는 네가 가지고 있어. 우리 셋 중 누구도 열 수 없도록."

자물쇠와 슬라이딩 록은 감옥 안에서는 손이 닿지 않는 곳에 있었다. 안쪽에서는 쇠창살 때문에 철문 상단의 감시창 너머로 손을 뻗을 수도 없었고, 만에 하나 뻗더라도 자물쇠까지는 손이 닿지 않으니, 그냥 열쇠를 감옥 안에 넣어준 것이다.

"굳이 근호에게 줄 필요가 있나?"

은철이 물었고, 나는 고개를 끄덕였다.

"만에 하나 근호가 범인이 아닐 수도 있잖아."

그럴 경우, 근호는 '보호' 받는 상황인 셈이다. 단단히 잠긴 곳에 갇혔는데, 그곳 열쇠를 자기가 갖고 있는 셈이므로.

감옥은 밖에서 열 수도, 안에서 열 수도 없는 밀실이 되었다.

근호는 처량한 표정으로 바지 주머니에 열쇠를 챙긴 뒤 물었다.

"경찰은 내일 오는 거지?"

"아마도."

"그래."

"가자."

은철이 나를 잡아끌었다. 내 얼굴에 동정심이 드러났기 때문일 것이다. 우리가 근호가 갇힌 감옥에서 멀어진 순간, 근호가 한 박자 늦게 발광하기 시작했다.

"으아악! 열어줘! 열어줘! 여기 있기 싫어!"

춥고 적막한 감옥 안에서, 무서운 주신의 그림과 단둘이 갇히려니, 뒤늦게 공포가 몰려온 모양이다.

"얌전히 있어!"

은철이 소리쳤다. 이미 친구가 아니라 죄수를 다루는 목소리였다. 나는 귀를 틀어막고 위로 올라왔다. 은철이 지하실로 내려가는 문을 닫자, 근호의 비명이 더는 들리지 않았다. 과연 방음이 잘되는 별장이었다.

"잘 가뒀어?"

연경이 물었다. 나와 은철은 그렇다고 대답했다. 나는 감옥 열쇠를 근호에게 줬다고 말했다.

"왜?"

"어차피 손이 안 닿아서, 안쪽에서는 감옥 문을 못 열어."

"그래도 굳이 열쇠를 왜 줘?"

"우리 중에 범인이 있을지도 모르니까. 우리 손에 열쇠가 있고,

254

범인이 그걸 손에 쥐고 살인 기회를 얻게 되면 근호만 억울하잖아?"

연경이 화를 냈다.

"우린 김근호가 범인이라고 믿어서 그를 가둔 거잖아!"

"그렇지 않아. 네가 식칼을 나눠주면서 범인 찾기를 강요했고, 엉겁결에 근호가 범인으로 몰린 거지. 가장 수상쩍고 몰카범이라는 문제가 있지만, 그게 살인범의 증거가 되는 건 아니야. 즉 네가 진범일 수도 있고, 나나 은철이가 범인일 가능성은 여전히 존재해. 이 상황에서 우리가 굳이 근호를 감옥에 가둬야 한다면, 적어도 녀석이 어이없이 감옥 문이 열려서 죽지 않도록, 열쇠를 줘서 최소한의 안전은 보장해줘야 한다고 판단했어."

나는 스스로 놀랄 정도로 강경하게 연경에게 맞섰다. 하지만 내 주장은 전부 사실에 기반하고 있었다. 나와 연경은 잠시 눈싸움을 벌였고, 거의 동시에 시선을 돌렸다. 은철이 헛기침을 몇 번 한 뒤, 앞으로의 일을 정리했다.

"자, 다들 진정하고. 좀 쉬다가 내일 해가 뜨자마자 차를 타고 통화가 가능한 곳까지 나가자."

둘 다 동의했다. 너무나 힘든 하루였기에 휴식이 절실했다.

"혁이랑 연경이는 본래 쓰던 방에서 자. 나는 3층 근호 방에서 잘게. 물론 문은 각자 철저히 잠가야겠지."

은철이 부연했다.

"실은 나도 혁이랑 비슷한 생각이야. 우리는 근호가 범인일 확률이 높다고 판단해서 가뒀지만, 정말로 어쩌면 우리 셋 중에 하나가 진범일 수도 있어. 그러니 경찰을 부를 때까지는 서로가 조심해야겠지."

은철까지 그렇게 말하자 연경도 수긍했다. 우리는 식칼을 한 자루씩 챙긴 채로 각자 방으로 향했다. 은철은 계단을 오르기 직전에 말했다.

"내일 아침 6시에 거실에서 모이자. 그전에는 누가 찾아와도 절대 방문을 열지 않기로 하고."

모두 동의했다. 거기에 나는 한 가지를 덧붙였다.

"너희들, 거실 소파를 옮겨서 내 방 문 앞을 막아줄래?"

두 가지 이유 때문이었다. 첫째, 소파로 문 앞을 막으면 혹시 모를 범인이 내 방에 들어오는 것을 어렵게 만들 수 있다. 둘째, 내가 밖으로 나가는 것을 막음으로써, 내가 범인이라고 의심받을 가능성을 더더욱 줄일 수 있다.

"어, 그렇게 해도 창밖으로 나갈 수 있지 않나? 그런 다음 다시 1층 현관이나 창문으로 들어올 수 있잖아?"

은철이 물었지만, 나는 고개를 저었다.

"현관문과 다른 창문을 전부 잠가두면 되지."

귀찮을 수도 있었지만, 만약을 위해 철저히 하자는 내 제안을 거절할 이유가 없었다. 우리 셋은 창문을 모두 잠그고 현관문도 잠갔다.

"서연경. 네 방 앞도 소파로 막는 건 어떨까?"

내가 물었다.

"싫어. 수상한 놈이 내 방에 찾아오면 더 좋지. 범인으로 간주하고 바로 칼로 쑤셔 죽일 테니까."

나와 은철은 연경의 공격성에 완전히 질려버렸다.

"잘 자. 내일 직접 문을 열고 나오기 전에 함부로 내 방에 들어오려는 자가 있다면 범인으로 간주하겠어."

연경은 그렇게 말하고 방에 들어갔다. 은철은 내 방 문 앞을 막을 소파를 가져왔다.

"이거면 되겠지?"

"음. 테스트해보자."

안에 들어간 뒤 은철이 소파로 문을 막을 때까지 기다렸다. 안쪽에서 문을 바깥으로 밀어보려 했지만, 소파가 문과 벽 사이에 꽉 끼인 탓에 10도 정도만 간신히 열렸다. 내가 마른 체형이기는 해도 결코 통과할 수 없었다.

"좋아. 이거면 됐어. 고마워, 배은철."

"그래. 내일 보자, 남궁혁. 아침 6시에 내려오자마자 소파 치워줄게."

은철은 떠났고, 나는 문을 잠갔다. 몸은 피곤하고 머리는 지끈거렸다. 챙겨온 아스피린을 한 알 먹고 침대에 걸터앉았으나, 두통은 쉽게 사라지지 않았다. 결국 가방을 열고, 참회교의 목걸이를 손에 쥐었다. 삐죽삐죽한 상징물이 손바닥을 기분 좋게 찌르자 머리의 고통이 분산되었고, 나는 간신히 잠이 들었다.

11

밤새 옛날 꿈을 꿨다. 사이비 종교인 참회교에 빠져서, 이 별장 못지않은 깊은 산속에 있는 단식 기도원에 들어갔을 때였다. 나는 얼마 되지도 않는 전 재산을 바친 지 오래였고, 대출을 받아 추가로 기부하려고 알아볼 생각이었다. 나는 대출 상담을 위해, 숙소에 들어갈 때 반납했던 스마트폰을 돌려받았다. 사감의 감시를 받으며 스마트폰을 켰더니, 그동안 쌓인 메시지들이 우르르 쏟아졌다.

김근호, 배은철, 황임준, 서연경… 포커 동아리의 친구들이 보낸 것이었다. 특히 은철이 보낸 메시지가 많았다. 이 메시지들을 어떻게 해야 하나 곤혹스러워하는 그때 은철이 전화를 걸어왔다. 엉겁결에 받았더니 그는 자신이 이미 단식원 앞까지 쳐들어왔다고, 당장 몸만 나오라고 고래고래 소리를 쳤다. 은철의 목소리는 스마트폰과 숙소 담장 밖, 양쪽에서 울려 퍼졌다.

은철의 고성과 사감이 야단치는 소리 사이에서 망설이고 있는데, 은철이 문짝을 부수고 들어왔다. 사감이 은철을 준엄한 어조로 꾸짖다가 코가 깨져서 쓰러졌다. 은철은 주먹싸움을 피하는 성격이 아니었다. 쓰러진 채 코를 감싸 쥐고 우는 사감을 본 순간 나는 묘한 깨달음을 얻었다.

'참회교가 무적은 아니구나.'

그런 웃긴 깨달음 속에서, 나는 호들갑 떠는 다른 성도들을 무시한 채 짐을 챙겨서 숙소를 나왔다. 은철은 그런 내 멱살을 잡아끌며 빠르게 자기 차로 데리고 갔다. 나는 녀석의 차에 탄 뒤 투덜거렸다. 어련히 알아서 탈출할 수 있었는데, 네가 일을 키웠다는 식으로. 은철은 반박하지 않았다.

하지만 나와 그 녀석 모두 알고 있었다. 친구가 잘못된 길로 가면, 때로는 멱살 잡고 올바른 길로 끌어주어야 한다는 것. 사람을 정말로 올바른 길로 인도하는 것은 도박의 일확천금 가능성이나, 사이비 종교의 구원 가능성이 아닌, 우정이라는 것.

누군가가 문 앞에서 다급하게 소파를 치우는 소리가 나서 꿈에서 깼다. 급기야 문을 쾅쾅 두드리고 있었다.

"남궁혁! 일어나!"

6시 5분이었다. 나는 식칼을 손에 쥔 채 문의 잠금만 해제하고 뒤로 물러났다.

"열려 있으니 들어와."

그러자 은철이 조심스럽게 문을 열고 들어왔다. 손에 무기는 없었다.

"남궁혁. 서연경이 범인이었어."

"뭐?"

"근호가 죽었어."

믿을 수 없었다. 다른 곳도 아니고 감옥에 가둬둔 근호가 죽다니.

"자세히 말해봐."

"새벽 5시쯤 눈을 떴어. 그때, 누군가가 별장 밖으로 나가는 듯한 발소리가 들리더라고. 발코니로 나가서 보니까 연경이 황급히 밖으로 나가는 모습이 보였어. 놀란 나는 쫓아가려다가 생각을 바꿨어. 그녀가 범인이라면 아예 도망치게 두는 것이 너랑 나, 그리고 근호의 생존에 도움이 될 것 같았거든."

"그래서?"

"바로 너를 깨울까 했는데, 우선 근호가 제대로 갇혀 있는지를 확인하고 싶었어. 어쩌면 연경이 도망친 이유가, 근호가 지하 감옥에서 탈출해서일지도 모르겠다는 생각이 들었거든."

"뭐? 그게 말이 되냐?"

"근호는 이 집 주인이잖아. 우리가 모르는 내부 탈출 장치가 있을지도 모르지."

"젠장! 그런 불안 요소가 있으면 어제 진작 말했어야지!"

"설마 그럴 줄 알았겠냐? 그리고 어제, 연경이 무조건 감옥에 처넣으라고 소리치던 거 기억 안 나냐?"

"젠장. 그래서? 정말 탈출했어? 정말 비밀 탈출 장치가 있었어?"

"아니. 더 최악이야. 혼자 지하 감옥으로 확인하러 내려갔더니, 근호가 안에서 죽어 있었어."

"아니, 어떻게!"

근호는 밀실에 갇혀 있었다. 근호도 못 나오지만, 우리 중 누구도 그가 있는 곳에 들어갈 수 없다. 자물쇠가 잠겨 있었고, 열쇠는 밀실 안에 있는 근호가 갖고 있었으니까.

"직접 가서 보는 게 좋겠군."

우리는 지하실로 뛰어 내려갔다. 나는 감옥 상단의 감시창을 통해 안을 들여다봤다. 처음에는 시체가 잘 보이지 않았다. 얼굴을 감시창에 붙인 채 눈을 아래로 내리깔았더니 시체가 보였다.

"이게 뭔."

감옥 안의 근호는 쪼그려 앉은 자세로, 양손을 철문에 갖다 댄 채로 죽어 있었다. 목과 뒤통수가 만나는 지점, 안쪽에 연수가 있는 부위에 식칼이 깊이 꽂혀 있었다. 그것은 어젯밤 근호가 주방에 내던졌던 식칼로 보였다.

"내 생각을 먼저 말해볼까?"

배은철이 입을 열었다.

"서연경은 밤중에 몰래 이곳에 와서 근호를 심문했을 거야. 그녀는 혼자서 그를 심문할 기회를 얻고 싶었을 테니까. 근호는 문에 매달리다시피 한 자세로 자신은 절대 범인이 아니라고 애원했을 거고."

"그런 식으로 말했다면 연경이는 더 화가 났겠군."

"맞아. 연경은 근호에게, 열어줄 테니 열쇠를 달라고 했겠지? 그리고 감시창의 쇠창살 너머로 열쇠를 받은 뒤, 근호에게는 안전을 위해 문 앞에 무릎을 꿇고 있으라고 지시하는 거야. 근호가 문 바로 앞에 무릎을 꿇으려는 순간, 범인은 기습적으로 철문을 확 열면서 그의 목덜미에 칼을 꽂았던 거야. 근호는 즉사했겠지."

은철의 말대로라면, 근호의 시체가 쪼그려 앉은 듯한 자세로 양손을 문에 대고 있던 것이 어느 정도 설명된다.

"칼을 꽂자마자 바로 다시 문을 닫았고, 긴장한 자세로 있다가 죽은 근호는 그대로 사후경직이 시작되어, 쪼그려 앉고 문에 기댄 듯한 자세로 남은 거고."

나는 은철의 설명이 말이 된다고 생각하면서도 뭔가 석연치 않았다. 재빨리 하면 살인이 불가능하진 않겠지만, 두 가지 의문점이 생긴다.

첫째, 연경이 문을 확 연 다음 근호를 살해했다면 핏자국은 문바깥, 우리가 선 지하실에도 조금은 튀었어야 한다. 그런데 감옥 바깥에는 핏방울 하나 튀지 않았다.

둘째, 연경이 근호를 죽이고 도망쳤다면, 굳이 시체를 다시 지하 감옥에 넣고 문을 잠글 필요가 있었을까?

나는 이런 의문을 속으로 삼키고 은철에게 물었다.

"범인이 서연경이라고 단정하는 이유는?"

"나 빼고 너 빼면 연경이겠지. 연경이 범인이 아니면 네가 범인이냐?"

"나는 범인이 아니야. 자고 있었으니까. 알리바이는 따로 없지만 내 방문은 소파로 막혀 있었어."

"그래. 그래서 내가 널 믿는 거야."

"너는?"

"나?"

"그래. 내 기준에서, 표현이 좀 이상하지만, 최선의 가능성은 연경이 범인이고 네가 범인이 아닌 경우지. 사실 네가 범인일 가능성이 아예 없진 않잖아?"

이렇게 말하며, 나는 내심 주춤했다. 어쩌면 은철이 먼저 연경을 죽인 뒤 시체를 어딘가에 숨겨뒀고, 이제 날 죽일 차례라고 한다면? 내가 경계 자세를 취하자, 은철이 말했다.

"경계하지 마라. 나는 두 가지 이유에서 범인이 아니니까. 첫째로, 내가 밤중에 혼자 근호를 보러 갔다면, 그 녀석은 나를 경계하느라 문가로 오지 않았을 거야. 오직 연경이었기에 근호가 문가로 온 거야. 이해가 가?"

근호가 임준을 죽인 범인이건 아니건, 한밤중에 혼자 지하 감옥으로 내려오는 사람이 있다면 당연히 경계할 것이다. 유일하게 근호가 경계하지 않고 문가에 딱 붙어 쪼그려 앉을 만한 상대는 연경뿐이다.

"둘째로, 내가 범인이라면, 네가 쇠창살을 통해 김근호의 시체를 들여다보느라 정신이 팔려 있는 사이에 너를 죽였겠지? 네가 무방비 상태로 등을 보일 때 널 공격하지 않았다는 거. 그게 네가 날 경계할 필요가 없다는 증거야."

그 말도 맞다. 그뿐 아니라 아침에 일어난 이후로 내가 방심한 순간이 한두 번이 아니다. 그러나 은철은 방심한 나를 공격하지 않았다.

"좋아. 연경이 범인이고 도망쳤다고 해보자. 그렇다면 연경이는 왜 임준이와 근호를 죽인 걸까?"

"그거야말로 전혀 알 수 없어. 경찰이 연경이를 붙잡아 답을 알아내길 바라는 수밖에."

다소 석연치 않았다. 그래서 나는 은철에게 제안했다.

"일단 이 문을 따보자."

"어째서?"

"지하 감옥이 밀실이었다는 걸 확실히 하고 싶어. 안에서 열쇠가 발견되는지를 확인하고, 다른 트릭이나 장치가 사용되지 않았다는 걸 확인하고 싶어."

"경찰이 오기 전까지는 그냥 두는 게 낫지 않아?"

"그 말도 맞지만, 그렇게 따지면 토막 난 시체도 그대로 뒀어야 했겠지. 이건 그냥 내 감이지만, 석연치 않은 부분들을 해체해보고 싶어."

내가 고집 부리자 은철이 당황했다.

"열쇠가 없는데 어떻게 열자는 거야?"

"문을 부수는 한이 있어도 열어야 돼. 경첩을 공구로 따면 어떻게든 열릴 거야."

"공구가 많이 있긴 하다만…."

"잠시만."

나는 그렇게 말하며 보일러실 구석으로 갔다. 어제 그곳에 던져둔 쇠지렛대가 생각났기 때문이다. 하지만 지렛대는 보이지 않았다.

"이거 찾아?"

은철이 쇠지렛대를 들어 보였다. 내가 던진 곳이 아닌 다른 곳이었다. 내가 그 점이 이상하다고 말하자, 은철이 코웃음을 쳤다.

"네가 이걸 던진 건 어제 오전이지? 자유 시간 때 근호가 정리했나 보지 뭐."

그건 아마 아닐 것이다. 임준이 살해된 직후 단서를 찾아 지하실을 탐색했을 때에도 쇠지렛대는 그대로 있었으니까.

지금은 문을 따는 것이 중요했기에, 의심은 일단 넣어두었다. 나는 지렛대를 문 틈새에 낑낑거리며 끼워 넣으려 애썼고, 은철은 팔짱 낀 채 구경하다가 마지못해 힘을 보태줬다.

잠시 뒤, 빠각 소리와 함께 철문이 열렸다. 문이 열리자마자 양손을 철문에 대고 있던 근호의 시체가 기우뚱하며 앞으로 쓰러졌다. 우리 둘은 얼른 뒤로 물러났다.

"후우, 철문은 틀림없이 잠겨 있었어. 밀실이라는 건 이제 확실하지?"

"응. 그리고."

나는 심호흡을 한 뒤 김근호의 주머니를 뒤졌다. 그의 주머니에서 감옥 열쇠가 나왔다. 나는 열쇠를 배은철에게 보여주며 말했다.

"배은철. 네가 한 추리는 틀린 모양이야. 열쇠가 주머니 속에 있으니까. 이 문은 어제 이후로 열린 적이 없어."

기존 추리는, 연경이 범인이고, 감옥 안의 근호로부터 열쇠를 받았으며, 김근호를 문 바로 앞에 쪼그려 앉게 한 뒤, 문을 열자마자 그의 목덜미를 칼로 찔러 살해하고 다시 문을 닫고 잠갔다는 것이었다.

하지만 열쇠가 김근호의 바지 주머니 안에서 발견되었다. 기존 추리와 실제 상황을 종합해 말이 되게 하려면, 연경이 근호를 살해하고 문을 닫아 잠근 뒤, 쪼그려 앉은 자세로 죽은 근호의 바지 주머니에 다시 열쇠를 넣었어야 한다. 감옥 문 너머로, 감시창의 쇠창살 너머로 팔을 뻗는 것도 쉽지 않다. 무엇보다 쪼그려 앉은 남자 바지에 열쇠를 넣는 것은 더더욱 힘들다.

"흠, 그렇군."

은철은 아무래도 좋다는 듯한 태도였다.

"뭔가 트릭을 썼나 보지. 긴 막대기나 낚싯대 같은 걸 이용해서."

"낚싯대로 주머니 속 열쇠를 꺼내는 건 가능하겠지. 하지만 쪼그려 앉은 남자의 바지 주머니에 열쇠를 집어넣는 건 불가능에 가까울 텐데."

"평소에 연습했나 보지."

"서연경이?"

"어쩌면."

"낚싯대가 이 집에 있기는 하고?"

"낚싯대 트릭은 한 가지 예시일 뿐이야. 다른 트릭이 있을지도 모르지."

"좋아. 일단 감옥 안쪽부터 더 살펴보자고."

우리는 근호의 시체를 그대로 둔 뒤, 밟지 않고 넘어서 감옥 안으로 들어갔다.

'춥다. 너무 추워.'

어제 들어왔을 때보다 더 추웠다. 밤중에 비가 내려 기온이 더 떨어진 탓이었다. 이곳에 혼자 갇혀 추위에 옹송그리다 살해당했을 근호를 생각하니 죄책감이 몰려들었다. 아무리 의심스럽고, 잘못을 저질렀어도 이렇게 가둬서 죽게 해서는 안 되는 일이었는데.

"달리 수상한 건 보이지 않는군."

은철이 말했고, 나도 동의했다. 근호의 죽음을 제외하면, 지하 감옥은 처음 봤을 때 그대로였다. 다만 눈에 띄는 다른 흔적이 있었다.

"이게 뭐지?"

자세히 보니 근호의 뒤통수가 찢어져 있었다. 연수 위에 박힌 식칼에 가려져 잘 보이지 않았지만, 세로로 긴 열창이 하나 보였다. 은철도 자세히 들여다보더니 이렇게 말했다.

"딱딱한 둔기에 맞을 때 길게 째진 건지, 아니면 범인이 식칼로 김근호를 죽이려다 실수한 자국인지 애매하군."

"그렇지?"

둘 중 하나인 건 확실했으나 어느 쪽인지는 눈으로만 봐서는 애매했다.

거기까지 확인한 뒤, 우리는 감옥 밖으로 나왔다. 감옥의 부서진 문과 근호의 시체도 그대로 두기로 했다.

계단을 올라온 뒤 내가 물었다.

"애초에 서연경은 왜 살인을 저지른 걸까?"

"범행 동기는 경찰에게 맡기기로 했잖아?"

"바로 그게 문제야."

"무슨 뜻이야?"

"연경이가 범인이라고 치자. 우리가 모르는 원한이든 뭐든 특수한 동기로 살인을 저질렀다 치자고. 그런데 어떤 이유로건 살인을 저질렀으면 경찰에 잡힐 게 뻔하잖아? 그 뻔한 사실을 연경이가 모를 리가 없단 말이지. 그런데도 이렇게까지 사람을 죽인 이유를 모르겠어."

은철의 얼굴에 괴로운 표정이 스쳐 지나갔다.

"잡히지 않을 자신이 있거나, 잡혀도 상관없다는 마음가짐이겠지."

은철의 말에 잠시 고민해봤다.

'연경이가 정말로 그런 성격이었나?'

알 수 없었다.

"정말로 모르겠군. 배은철, 같이 차를 타고 떠나자. 찻길까지 나가서, 휴대폰으로 경찰에 신고하자."

"아니. 난 연경이를 찾으러 가볼 생각이야."

은철이 북쪽 산이 있는 곳을 노려보며 말했다.

"무슨 소리야?"

"남궁혁. 열쇠를 줄 테니 너는 내 차를 타고 큰길까지 가서 경찰을 불러줘. 그리고 돌아오지 말고 그대로 탈출해. 너까지 위험을 무릅쓸 필요는 없으니까."

"너는?"

"난 서연경을 찾은 다음 자수를 권할 거야."

나는 기가 막혔다.

"연경이가 임준이와 근호를 모두 죽였는데 자수하겠냐?"

"설득해야지."

"그러다 너까지 죽어!"

"그 애를 그냥 둘 수는 없어. 사실 널 깨우기 전부터 이렇게 하기로 결정했다."

경찰을 부르는 일은 내게 맡기고, 자신은 서연경을 찾겠다는 것이었다.

"연경이 정말로 북쪽 산으로 도망쳤는지, 아예 큰길로 도망쳤는지는 알 수 없지. 어쩌면 남궁혁, 네가 연경이를 먼저 만날 수도 있어. 만약 만나면 상대하지 말고 그냥 도망쳐. 네 말빨로는 연경이를 설득하기 어려울 테니까."

은철은 모든 게 결정되었다는 듯이 말했다. 나는 녀석에게 같이 차 타고 도망치자고 간곡히 권했으나 받아들이지 않았다.

내 머릿속이 끊임없이 추론을 거듭했다.

'둘 다 수상쩍다. 서연경과 배은철 중에 누가 범인일까?'

〈독자에게 도전〉

범인은 서연경 또는 배은철이다. 범인은 둘 중 한 명이며, 공범자는 없다. 범인은 누구이며, 어떻게, 왜 살인을 저질렀는가?

12

나는 은철을 둔 채, 그의 차를 타고 큰길가까지 나갔다. 산속의
빗줄기는 여전히 억셌기에 시야 확보가 어려웠다. 돌풍이 예상치
못하게 불어올 때마다 차가 밀리는 느낌이 들었다. 춥고 겁이 나
히터를 최대로 튼 채로 차를 몰았다. 중간 중간 통화권 이탈 표시
가 사라지는지 확인했다. 큰길까지 나가고 한참 뒤에야 통화권 이
탈 표시가 사라졌다.

나는 112에 신고했다. 경찰 상황실은 즉시 출동하겠다고 했지
만, 태풍 때문에 경찰차가 조금 늦게 도착할 수 있겠다는 생각이
들었다. 그래도 일단 한숨 돌렸다. 나는 차를 갓길에 댔다.

'범인의 동기는 정말로 뭐였을까?'

범인이 배은철과 서연경 중에 누구이건 간에, 내가 경찰에 신고
한 시점에서 게임 끝이다. 그 사실을 범인이 몰랐을까?

'범인은 반드시 잡힐 것이다.'

살인 동기가 무엇이건, 범인이 얻을 수 있는 건 아무것도 없다.
폭풍 때문에 경찰이 늦게 도착한다는 것 말고는 이득이 전혀 없다.

히터 열기 속에서 나는 한 가지 깨달았다.

'이게 동기였나. 시간을 버는 것.'

나는 범인의 동기를 알아차렸다. 차를 돌려 다시 별장으로 향했
다. 차를 주차하고 별장 현관문을 열려고 했다. 현관문은 잠겨 있

었다.

"배은철! 나야! 문 열어줘!"

대답은 없었고, 나는 현관문을 부술 듯이 마구 걷어찼다. 그러자 잠금장치가 달칵 풀리는 소리가 났다.

나는 현관문을 열고 안으로 들어가진 않았다. 그러자 예상대로 공격이 날아왔고, 나는 뒤로 굴러서 피했다. 일어나면서 식칼로 괴한을 겨눴다. 괴한은 은철이었다.

"이런, 너였냐."

은철은 그렇게 말하며 식칼을 거뒀다. 하지만 나는 여전히 은철에게 식칼을 겨눴다. 그가 주춤했다.

"왜 그래?"

"네가 범인이니까."

"야, 방금 식칼 휘두른 것 때문에 그래? 누가 현관문을 거칠게 두들겨서 놀라서 그랬을 뿐이야."

"그것뿐만이 아니라, 네가 범인일 수밖에 없다는 결론에 도달했어."

"허, 무슨 추리라도 했냐?"

"그래."

은철은 시계를 한 번 쳐다본 뒤 내게 말했다.

"일단 들어나 보지. 읊어봐."

"소거법으로 가자. 우선, 죽은 황임준과 김근호는 자살하지 않았어."

"그건 당연한 거 아닌가?"

"확실한 것부터 지우는 거야."

"흠, 일단 말해봐."

은철은 여유로운 척했지만 내심 시간이 흐르는 게 초조한 것 같았다. 그 모습을 보자, 나는 내가 예상한 놈의 범행 동기가 사실이었구나, 싶었다.

"우선, 임준은 스스로를 토막 낼 수 없어. 자기 자신을 토막 내 죽이는 특수 장치를 설치해뒀다고 해도, 죽은 이후에 장치를 치울 수는 없을 테니 그는 자살하지 않았어."

"그야 당연하지."

"이어서 김근호도 자살하지 않았어. 밀실에 들어갈 때 식칼이 없었고, 쪼그려 앉아 양손을 철문에 딱 붙인 상태에서 자기 목덜미에 식칼을 박는 건 불가능하니까."

"그것도 당연하지. 너는 그런 당연한 소리만 하려고 다시 온 거냐?"

녀석이 시간이 아깝다는 듯이 말했다.

"꼭 필요한 수순이니까 일단 들어봐. 이어서 내가 범인이 아닌 이유도 설명할게. 임준이 죽은 시각에, 나는 포커판을 떠난 적이 없으니 당연히 범인이 아니야. 다음 날 밀실에서 죽은 근호 사건도 내가 범인일 수 없는 이유는 문밖에 소파를 옮겨달라고 부탁했기 때문이야. 나는 방 밖으로 나갈 수 없었어. 창문으로 나갈 수는 있어도 다시 별장 안에 들어올 수는 없지. 별장의 나머지 창문과 현관은 완전히 잠긴 상태였으니까."

"그래그래, 너도 범인이 아니야. 됐냐?"

은철이 재촉했지만, 나는 당연한 사실들부터 차근차근 이어나갔다.

"너와 연경이 공범일 가능성도 희박해. 왜냐하면 내가 간파한 범행 동기의 측면에서 봤을 때, 연경의 처지에서 협력의 성과가 크지 않고, 굳이 여기서 범행을 저질러야 할 극단적인 이유가 없어. 또 만약 너와 그녀의 목적이 별장의 나머지 인원을 다 죽이는 것이었다면, 우리 셋이 남아서 소파로 내 방문을 막느니 어쩌느니 할 때 둘이 날 기습해서 죽이는 게 최선이었을 거야. 그렇게 하지 않았다는 건 범인은 둘 중 하나라고 봐야겠지."

"당연한 소리는 언제 끝나냐?"

"너와 연경이 중에 범인은 단 한 명이라는 것을 확실히 하지 않고서는 추리를 더 진행하기 불가능하기 때문이야."

"아하, 본격적인 추리를 하기에 앞서 바닥을 단단히 다지겠다? 그렇게 논리의 기초를 탄탄히 다지시는 분이 사이비에는 왜 빠지셨대?"

비아냥거렸지만 나는 피식 웃었다. 왜냐하면 친구의 비아냥이 꽤 좋은 지적이라고 생각했기 때문이다.

"사실, 이 모든 게 주님의 저주가 아닐까 하는 생각도 했다. 우리 모두 단체로 홀렸다고 보지 않으면 이렇게까지 극단적인 일이 일어날까 싶거든."

"뭐?"

"아니, 아무것도 아니야. 안에 들어가도 될까?"

은철은 주춤주춤 뒤로 물러났고, 나는 별장 안으로 들어갔다. 별장 1층은 조금 전과 달라진 점이 없었다.

"지금부터 네가 범인인 이유를 설명하지. 임준이 죽은 것을 제1사건, 근호가 죽은 것을 제2사건이라 하자. 네가 범인일 가능성이 높다고 처음 생각한 것은 제2사건이 끝나고, 날 별장 밖으로 내보낸 이후였어."

"그때 갑자기 트릭을 간파하셨다?"

"그래. 차 안에서 훈훈한 히터 열기를 받다 보니, 근호가 갇혀 있던 지하 감옥이 지독하게 추웠다는 것을 다시금 떠올렸지. 범인도 거기서 힌트를 얻었을 거야."

은철의 표정이 움찔했고, 나는 거실의 난로를 봤다.

"모두가 잠든 새벽에도, 아마 근호는 잠들지 못했을 거야. 왜냐하면 너무, 지독하게 추웠을 테니까."

그렇게 말하면서 나는 근호를 지하 감옥에 가둔 것을 다시 한번 후회했다. 범인을 꼭 한 명 지목해야 하는 상황이었다지만, 그렇게 쉽게 우리 중 한 명을 범인으로 몰아서 가두다니. 모두가 제정신이 아니었다.

"그래서 너는 저 난로를 들고 지하 감옥으로 내려갔을 거야."

손잡이 달린 캠핑 겸용 난로였기에, 좀 무겁긴 해도 들고 내려가는 것은 어렵지 않다.

"너는 근호에게, 너무 추울 것 같아서 불쌍하다며 난로를 가지고 갔을 거야. 추위에 떨고 있었을 근호로서는 네가 어떤 의도로 왔건 난로를 반길 수밖에 없었겠지."

"착각하는 것 같은데, 난로가 있어도 지하 감옥 안쪽에 넣어줄 수는 없어. 그렇다고 근호가 자진해서 열쇠를 내게 넘겼을 것 같지도 않아. 즉 철문은 그대로 잠긴 채 닫혀 있었으므로 나는 근호를 죽일 수 없어."

"굳이 밀실을 깰 필요도 없어. 밀실 너머로 죽일 수 있으니까."

"어떻게?"

"우선, 근호를 문쪽에 최대한 바싹 붙게 만드는 거지. 난로의 따스함으로 말이지."

철문이니까 당연히 열이 잘 전도된다. 은철은 난로를 들고 가서 철문 바깥쪽에 바싹 붙인 채로 난로를 켜줬을 것이다. 근호는 당연히 온기를 더 가까이 느끼기 위해 철문 안쪽에 바싹 붙었을 것이다. 자연스럽게 두 손을 철문에 붙이고 쪼그려 앉은 자세를 취했을 것이다.

"너는 근호를 그 자세로 철문 앞으로 유도한 뒤, 등 뒤에 숨겨온 둔기를 꺼냈을 거야."

"그 둔기란?"

"손잡이가 긴 쇠지렛대나 망치였겠지. 아마 쇠지렛대였을 거야."

감시창 너머로 집어넣기 좋은 흉기는 쇠지렛대일 테니까. 은철은 난로를 들고 내려가던 도중에, 내가 내팽개쳤던 쇠지렛대를 슬쩍 뒤춤에 숨겨서 감옥 앞으로 갔을 것이다.

"근호가 난로의 온기를 쬐느라 방심한 순간, 너는 쇠지렛대를 손에 쥔 다음 철문 상단의 쇠창살 안으로 손을 뻗어, 근호의 머리통을 가격했을 거야. 그렇게 근호는 즉사하거나 기절했겠지. 참고로 우리가 오늘 아침 발견한 근호 뒤통수 쪽에 생긴 열창은 바로 이때 생긴 흔적이지. 근호는 철문에 몸을 기댄 상태였기에 뒤통수에 충격이 가해지자, 철문에 바싹 붙어서 기울어진 자세를 유지했지. 그런 뒤 너는 주방에서 챙겨온 근호의 식칼을, 목덜미에 살짝 찔렀을 거야. 깊게 찌르지 못한 이유는 팔과 식칼의 길이 때문이었겠지. 감시창은 철문의 상단 쪽에 있었으니까. 그래서 너는 그 상태에서 다른 손에 쥔 쇠지렛대로, 살짝 박은 식칼을 내리쳐서 깊이 박아 넣었을 거고. 식칼이 살짝 꽂힌 못이었다면 다른 손에 쥔 쇠지렛대가 망치 역할을 했던 셈이지. 그렇게 식칼이 깊숙이 박히면서 근호는 완전히 절명해. 이것이 제2사건의 진실이야."

"이론상 가능하다는 건 인정하지. 하지만 내가 그랬다는 증거는? 너는 아니라 쳐도, 연경이 했을 수도 있잖아?"

"그건 불가능해. 제2사건을 저지르려면 최소한 세 가지 조건이 필요해."

"세 가지 조건?"

"큰 키, 그리고 현장과 공구에 대한 이해."

연경은 우리 다섯 중 유일하게 지하 감옥을 직접 본 적이 없었다. 즉흥적으로라도 범행을 계획하려면 결행 이전에 미리 지하 감옥에 한 번 들어가 보는 과정이 필요한데, 연경은 그런 적이 없다. 현장을 모르는 그녀가 이런 범행을 생각할 수는 없을 터였다.

"그리고 쪼그려 앉은 김근호를 철문 상단의 감시창 안으로 손을 뻗어 죽여야 하는데, 연경의 키에 비하면 제법 높아. 우리 중에 키가 가장 작은 그녀로서는 불가능해."

"흠, 두 가지 부분은 반박할 수 있을 것 같은데?"

"해봐."

"가령, 우리 몰래 지하 감옥을 사전에 봤을 가능성도 있잖아? 그리고 키 문제는, 발판 같은 걸 밟고 올라갔을 수도 있고."

"전자의 가능성은 그렇다 쳐도 후자는 어려워. 왜냐하면 난로를 이미 철문에 바싹 붙여둔 상태니까."

"아."

"키가 큰 사람도 난로가 거치적거리는 것을 감수하고 둔기를 휘두르는 게 불편할 정도인데, 키가 작은 연경이가 난로 옆이나 뒤에 발판을 두고 그걸 밟고 올라갔다면 자세가 더 불안정해질 거고, 쇠지렛대를 휘두를 각도가 여의치가 않게 돼. 과연 범인이 그런 불안정한 자세와 각도로 살인을 시도할까? 한 번이라도 빗나가면 근호는 감옥 안쪽으로 달아날 테니까 기회는 한 번뿐인데? 그러므로 서연경은 범인이 될 수 없어. 그리고 내가 눈치챈 범행 동기까지 합치면, 네가 범인일 가능성은 더 늘어나."

은철은 반발하지 않았다.

"뭐, 그렇다고 치던가. 그러면 제1사건은 어떻게 설명할 생각이지?"

"90퍼센트쯤 추론을 했지만, 아예 보면서 설명하고 싶군. 수영장으로 같이 가도 될까?"

"그러지."

빗물에 희석된 핏물의 수영장. 토막 난 시체는 풀장 옆에 그대로 있었다.

"경황이 없어서 대보진 않았지만. 우리가 발견한 실톱의 굵기와 시체 절단면의…."

"일일이 짚고 넘어가는 건 됐고, 트릭이나 말해."

배은철이 짜증을 냈다. 나는 고개를 끄덕인 뒤, 점프대를 살펴보았다.

'역시 있군.'

점프대의 하단 부분에, 무언가에 가로로 긁힌 흔적이 있었다. 건

너편 사다리에 있는 가로 흔적과 동일했다.

"제2사건과 제1사건의 범인이 같다고 가정한다면 오히려 쉬워. 이상함을 깨달은 건 시체 토막을 건지다가 물에 빠졌을 때였어."

지금 생각해도 괴롭다. 그냥 수영장 물을 왈칵 삼켜도 기분이 안 좋은데, 황임준의 핏물로 된 수영장 물을 들이켰으니.

"허우적거리다가 수영장 사다리를 붙잡고 빠져나올 때, 급한 마음에 사다리의 세로대를 붙잡았다가, 가로로 긴 흠집을 만지게 됐어. 그건 분명 낮에 수영할 때는 없던 흔적이었지. 흔적들은 두 개의 사다리에 모두 있어서, 총 네 개였어."

"…."

"그때는 그냥 넘어갔지만, 가로로 난 가는 흔적은 아무리 봐도 인위적이었어. 그래서 사건과 관련이 있다고 판단하고 고민해봤지. 나는 그것이 와이어 같은 걸 아주 세게 묶었을 때 생기는 흔적일 가능성을 떠올렸어. 그 가능성이 맞는지 확인하려면, 각 사다리의 반대편, 즉 점프대 쪽을 살펴봐야 했어. 같은 흔적이 일정한 간격으로 있는지 확인해봤지."

"그 흔적을 지금 발견한 거군."

"맞아. 그리고 지금 막 모든 추리가 완성됐어. 너는 전공을 살려서 살인을 저지른 거였어."

나는 심호흡을 한 뒤 선언했다.

"어제, 너는 산학협력 중인 공장에서 새로운 탄소강 와이어를 개발했다고 했지. 아마 그건 매우 예리하고 가늘고 튼튼한 것이겠지. 너는 사전에 그걸 챙겨온 거야."

프로토타입으로 제작한 탄소강 와이어 일부를 몰래 훔치거나,

실험용이라는 명목으로 적당히 받아왔을 수도 있다. 그것을 몸에 숨긴 채 가지고 온 것이다.

"너는 우리가 포커를 치러 2층으로 모이기 이전의 자유 시간 때, 임준을 만났을 거야. 그리고 그를 부추겨서 좋은 유튜브용 영상을 몰래 찍어주겠다고 꼬드겼겠지. 그것은 3층 발코니에서 1층 수영장으로 뛰어내리는 것이었어."

임준은 스포츠에 능했다. 지금도 헬스 유튜브 채널을 운영 중이고, 한때는 익스트림 스포츠를 즐겼으며, 위험한 장난도 곧잘 했다.

물론 그런 임준의 기준에서도 3층 발코니에서 수영장으로 뛰어내리는 것은 위험한 일이었다. 그럼에도 은철의 제안을 의심 없이 받아들인 이유는, 자극적인 영상을 찍어야 하는 절박함 때문이었다. 결혼을 앞둔 그는 돈이 꼭 필요했다.

"내가 임준에게 그런 제안을 했다면, 그는 왜 너희들에게 비밀로 했을까?"

"아마 두 가지 이유였겠지. 첫 번째는, 그 편이 더 재밌으니까. 몰래 기행을 벌이는 장면을 영상으로 올린 뒤, 친구들 반응을 보는 게 임준 성격에 더 맞았으니까. 두 번째는 연경이 때문이었어. 임준은 연경에게 붙잡혀 사는 정도는 아니었지만, 당연히 약혼자가 위험한 다이빙 영상을 찍는 걸 허락할 리가 없겠지? 그래서 너와 임준은 다른 사람들에게는 알리지 않고 몰래 하기로 했던 거고."

"흠, 그렇다 치고, 구체적으로 어떻게 했는지도 설명할 수 있나?"

"그래. 임준을 속인 너는, 저녁 이전의 자유 시간에 혼자서 수

영장으로 갔어. 산속이라 저녁 무렵에는 쌀쌀했으니까, 수영장에
사람이 오지 않을 거라는 걸 예상했겠지? 너는 그곳에서 아까 말
한 탄소강 와이어를 총 네 줄로 연결했어. 각각 사다리의 세로대
에 두 개씩 총 네 개. 마찬가지로 점프대의 하단부에 두 개씩 총 네
개. 수영장의 양쪽 끝을 길게 가로지르는, 잘 보이지 않는 팽팽한
네 개의 와이어 함정이 만들어진 거지."

"아무리 그래도 낮에는 눈에 띄지 않나?"

"감추기 좋은 게 있지. 방수포. 아예 통째로 덮어두는 거지. 마침
근호가 미리 방수포를 쳐뒀으니, 너는 그걸 살짝 걷었다가 와이
어 함정을 설치한 뒤 다시 덮으면 그만이지. 그리고 밤이 오면, 임
준과 너는 차례로 포커판에서 일어나. 동시에 떠나면 연경이 의심
할지도 모른다고 그를 속였겠지. 임준은 오후 8시에 통화를 하러
멀리 나간다고 둘러댔어. 하지만 바깥으로 나간 게 아니라, 너와
의 촬영 약속을 진행하기 위해 살금살금 3층 발코니로 이동해 대
기한 거야. 너는 8시 30분쯤, 화장실에 다녀온다고 거짓말을 한 뒤
수영장으로 이동해서 방수포를 걷었어. 물론 방수포 아래에는 미
리 설치해둔 살인 와이어 함정이 그대로 남아 있었고. 임준은 3층
에 있고, 수영장의 야간 조명은 어두운 편이라서 가느다란 와이
어는 눈에 보이지 않았을 거야. 너는 스마트폰으로 그를 촬영하는
척하고, 뛰어내려도 좋다는 손짓 신호를 보내지. 임준은 그걸 믿
고, 양팔을 높이 뻗은 채…."

나는 이 살인에 담긴 참혹함 때문에 말을 멈췄다. 이 살인이 정
말로 참혹한 이유는 시체가 여러 토막이 났기 때문만이 아니다.
친구의 믿음을 이용한 살인이기 때문에, 피해자인 임준이 친구의

말을 그대로 믿었기에 성립할 수 있었던 트릭 때문에 참혹한 사건이었다.

"…임준은 네 신호를 믿고 뛰어내렸어. 그냥 뛰는 게 아니라, 팔을 머리 위로 쭉 뻗은 채, 최대한 과감하고 멋있는 포즈로 뛰어들었지. 그리고 와이어는 그런 황임준의 몸을 여러 토막 냈고, 토막 난 시체는 수영장에 그대로 빠지게 되는 거야."

발코니에서 내려다봤을 때 가장 위에 설치된 와이어를 제1와이어라 하고, 위에서 아래 순서대로 제2, 제3, 제4와이어라고 할 때, 제1와이어는 양쪽 손목을 절단하고, 제2와이어는 목과 양쪽 어깨를 절단하고, 제3와이어는 상복부와 하복부 사이를 절단하고, 제4와이어는 양쪽 무릎 쪽을 절단했다.

이것이 시체가 기괴하게도 몸 곳곳이 대칭 형태로 토막이 난 이유다. 임준이 친구를 믿고 손을 위로 뻗은 채 풀장으로 똑바로 뛰어내렸기 때문이다.

"임준이 토막 나서 물에 빠지는 걸 확인한 너는 즉시 와이어를 수거하고, 미리 준비한 돌 따위의 적당한 무게추에 잘 감은 뒤 수영장 한 귀퉁이에 빠뜨렸을 거야. 핏물로 변한 수영장 밑바닥에 숨겨두면, 경찰이 본격적으로 조사하기 전에는 쉽게 발견되지 않을 테니까. 우리를 속이는 건 쉬운 일이었겠지. 그렇게 한 뒤, 너는 재빨리 네 방으로 돌아와 몸에 향수를 뿌리고 즉시 포커판으로 복귀했지. 빠듯하지만 이 모든 건 10분 안에 가능해."

"거기에는 오류가 있어."

"또 거짓말이야?"

"아냐. 와이어를 수영장 바닥에 가라앉혔다는 부분 말이야. 나는 그걸 회수해서 계속 숨겨두고 있었어."

"어디에?"

"몸에 지니고 있었어."

"계속 지니고 있었다고?"

"그래. 소지품 검사를 제안한 것은, 몸 수색을 막으려는 선제적 조치였지."

"만약 연경이 일일이 옷을 벗고 신체검사까지 하자고 했다면?"

"그랬다면 곤란했겠지만, 다행히 근호가 몰카범이라는 게 먼저 들켰지."

"설마 그것도 이미 알고 있었다고?"

"아니. 그 부분은 우연이었지만, 나는 어떻게든 근호를 범인으로 몰 자신이 있었어. 그리고 근호를 범인으로 몰면 너는 당연히 가장 친한 친구인 내 편을 들 테고."

"엄청 계산적이군."

"그래. 뭐, 네 추리는 다 맞았다고 치자. 다음은?"

"네 말대로 굳이 유도할 것도 없었어. 연경은 마음속으로, 몰카범인 근호를 범인으로 점찍은 듯했으니까. 그리고 다 함께 그를 범인으로 몰아서 지하 감옥에 가뒀다. 감옥에서 근호를 죽이는 트릭은 이미 설명했으니 생략하지. 문제는 이 뒷부분인데."

나는 심호흡을 했다. 내 짐작이 맞다면, 이제 범인의 추악한 범행 동기를 말해야 한다.

"그런 다음 너는 깊은 새벽에 몰래 연경의 방으로 가. 그녀는 함부로 들어오는 자를 죽이겠다고 했지만, '근호가 감옥에서 자살한 것 같아!'라는 식으로 속이면 나오지 않을 수 없겠지. 연경이 방

밖으로 나오고 조금이라도 등을 보이면, 너는 그녀를 제압하고 별장 어딘가에 숨겨두는 거야. 그런 다음 나를 깨웠어. 네가 오늘 아침부터 이 귀찮은 연극을 펼친 이유는, 단 한 가지 이유 때문이었어. 나를 죽이지 않고 별장에서 내보내는 것."

"흠. 그 이유는?"

"나, 남궁혁은 너의 가장 소중한 친구니까."

그랬다. 은철이 근호를 죽인 이유는, 아마도 세 가지였을 것이다. 첫째, 자신의 최종적인 범행 동기를 충족시키기 위해 불필요한 존재인 근호를 죽이려고. 둘째, 몰카 행위가 괘씸해서. 은철은 정말로 연경을 좋아했으니까. 셋째, 내게 시체를 보여주고, 충격과 혼란을 줘서 떠나게 만들려고.

특히 세 번째 이유가 내게 적중했다. 근호가 기묘한 밀실에서 살해된 장면을 보면 나로서는 '은철 아니면 연경이 범인이다. 위험하다'라고 생각할 수밖에 없고, 최대한 빨리 별장을 떠나야 한다고 믿게 된다. 은철은 연경이 범인이라고 몰아갔고, 실제로 나는 그가 시키는 대로 혼자 탈출했다.

"…그 이후는 우리가 다 아는 그대로지. 진실을 깨달은 나는 돌아왔고."

"훌륭하군. 다 맞아. 사실 너를 죽이지 않고, 상처만 입혀서 제압할까, 생각도 했었어. 하지만 너도 성깔이 있는 놈이라 안 죽이고 절묘하게 제압할 자신이 없더군. 그래서 널 내보내기 위해 이 모든 귀찮은 짓거리를 한 거다."

다시 말해, 날 내보내겠다는 이유가 없었다면, 감옥에 갇혀 있는 근호를 반드시 죽이진 않아도 됐다는 소리였다.

"네 살인 동기, 최종 목적에 대해 말해야겠군."

"그 부분은 짧게 하지. 나는, 나와 연경. 이렇게 둘만 별장에 남기를 원했다. 아주 잠깐이라도 좋으니까."

더 자세하게 풀어서 말할 수도 있었지만, 일단 넘어가기로 했다. 정말 물어봐야 할 건 따로 있었으니까.

"연경이는 살아 있겠지?"

"그래. 새벽에 기절시키고 팔다리를 묶어서 3층 내 침대 밑에 숨겨뒀다가 네가 떠난 직후에 침대 위에 올려뒀어."

"네 침대가 아니라 김근호의 침대겠지."

"아니, 내 침대야. 김근호는 죽었고, 나는 정당하게 그걸 빼앗은 거니까."

"친구를 속이고 죽이는 걸 정당하다고 하냐?"

"친구는 두 종류가 있지. 찐친과 그렇지 않은 친구."

"개소리 말고."

말은 이렇게 했지만, 녀석이 나를 그냥 친구가 아니라 진짜 친구라고 해준 게 아주 조금 기분이 좋았다. 녀석은 피식 웃으며 자신을 정당화했다.

"내 살인은 법적으로 정당하지 않지만, 근호와 임준의 것을 빼앗은 나는 정당한 권리를 얻었다고 본다."

"어떤 논리로?"

"그야, 나는 처벌을 각오했잖아."

은철은 내게 강의하듯 말했다.

"너도 경찰에 체포되지 않는 것이 내 최우선 목표가 아니었다는 걸 알 거다."

나는 이해했다. 은철이 두 사람을 몰래 죽인 건 경찰에게 잡히지 않기 위해서가 아니라, 최종 목적, 즉 자신과 연경만 남을 수 있도록 환경을 조성하기 위해서였다. 경찰에 영영 잡히지 않는 것이 최우선 목적이라면 용의자가 한정된 별장에서 살인을 저지를 이유가 없고, 입을 막으려면 나까지 이미 죽였어야 했다.

"나는 경찰에 붙잡혀서 사형당해도 상관없어. 단, 나중에. 네 말대로 내 최종적인 범행 목적은 연경과 단둘이 남는 것. 그리고."

은철은 막상 자기 입으로 말하려니 창피한지 잠시 머뭇거렸다. 그리고 이어서 말했다.

"동침하기 위해서였어."

은철은 기괴할 정도로 수줍은 말투로 말했다. 도저히 믿고 싶지 않은 추악하고 광기에 찬 살인 목적이었다. 황임준을 죽인 건 연경의 약혼자이니까 방해가 되어 살해한 것이었다. 김근호를 죽인 것도 별장의 소유주이니 방해가 되는 데다, 다음 날 아침 밀실 살인으로 나를 놀라게 하는 데 쓸모가 있기 때문이었다. 나는 그나마 은철의 진짜 친구니까 안 죽이고 내보낸 것일 뿐. 그렇게 훼방꾼을 다 죽이거나 내보낸 뒤, 연경과 단둘이 남아 동침하는 것. 이것이 은철의 목적이었다.

"동침 같은 소리하네, 살인 강간범 새끼. 진심으로 하는 소리냐? 처음부터 이걸 다 계획한 거라고?"

"그래. 네 말대로야. 다 진심이고, 미리 계획했어. 너라면 이해할 텐데."

"내가? 역겨운 범행 동기를 이해한다고?"

"너도 한때 미쳤었잖아. 도박에, 종교에."

은철은 딱히 날 비난하려는 기색 없이 설명했다.

"상식적으로 도박에서 자꾸 지면 중독에서 해방되어야 하지. 하지만 실제로는 그렇지 않아. 잃으면 잃을수록 더더욱 매달리게 돼. 종교도 마찬가지고. 아무리 질문해도 답변하지 않는 주님일수록, 신도는 더더욱 간절하게 매달리곤 하잖아? 그런 주님을 위해서라면 현세의 상식이나 가치는 의미를 잃어버려. 오직 주님에게만 매달리게 되지. 내게는 서연경이 도박이었고, 한 번이라도 좋으니 그녀를 안아보는 게 구원이었어. 그러니 연경과 동침한 뒤에는 아무래도 상관없어. 경찰에 체포되고 사형수가 되어 죽어도 상관없어."

허세가 아니라는 건 분명했다. 하지만 그냥 떠들게 내버려둘 수도 없었다.

"아니. 너는 지금 합리화하고 있어. 모든 토막살인, 밀실 살인범은 죄다 미쳤지만, 자기만의 논리를 가지고 있었지. 지금의 너처럼."

은철은 화내지 않았다. 이미 자신이 미쳤다는 것을 인정하는 놈을 도발하는 것도, 설득하는 것도 쉽지 않았다. 나는 방향을 틀었다.

"하여간, 네 말대로라면 연경을 죽이진 않겠군?"

"그래. 내 여자니까 죽일 생각도 없다. 말했듯이 내 소원만 끝나면…."

"그러면 그녀를 보여줘. 살아 있다는 걸 확인하기 전에는 네 말이 진실인지 알 수 없지."

은철은 잠시 망설이다가 수긍했다.

"좋아. 따라와."

연경은 3층 침대에 누워 있었다. 입은 테이프로 막혀 있었고, 손등과 발등을 탄소강 와이어가 꿰뚫고 있었다. 손목 발목을 묶는 것보다 더 잔혹하고 확실한 방식이다. 그녀는 입을 틀어막힌 채로 울부짖고 몸을 뒤틀었지만, 그때마다 손과 발의 구멍만 찢어질 뿐이었다.

"꼭 저렇게 해야 했나?"

"내게도 시간이 많지 않으니까. 아닌 게 아니라 네 탐정 놀이에 맞춰주느라 시간을 너무 많이 지체했군. 연경이 확실히 살아 있는 걸 봤으니 됐지? 이제 마지막 제안이다."

은철이 칼로 계단을 겨눴다.

"지금 즉시 떠나라. 멀리 떠나도 좋고, 싫다면 별장 밖에서 기다려. 경찰이 오면 네가 안내하던가."

"연경을 풀어줘."

"안 죽였잖아. 지금은 저항 중이지만 곧 내 마음을 받아줄 거다."

"저런 식으로 구속하는 것 자체가 비정상이고, 그녀가 널 좋아하게 되는 건 더 비정상이지."

"비정상이라도 상관없어."

"아니, 상관있어. 그럼 넌 날 왜 구했냐?"

"어?"

"사이비 종교에 심취한다고 다 죽는 건 아니야. 몸과 정신이 속박된 상태가 될 뿐이지. 하지만 너는 그런 나를 구하러 단식원까지 찾아왔었지. 정말 비정상이라도 상관없다면, 왜 그때 날 구하러 왔었냐고!"

은철은 당황했다. 나는 연경을 가리켰다.

"네가 미친 종교로부터 나를 구했듯이, 나는 지금의 연경을 미친 너로부터 구하겠다."

"…말이 안 통하는군. 죽지 않을 정도로만 제압하겠다."

은철이 내게 달려들었다. 예상은 했지만, 막상 싸우려니 몸이 굳어버렸다. 바로 어깨에 칼을 맞았고, 칼을 떨어뜨리며 한쪽 무릎을 꿇었다.

"멍청한 자식. 네가 날 이길 수 있겠냐?"

놈이 날 비웃었지만, 나는 어느 정도 예상, 아니 믿음을 가지고 있었다. 은철이 날 깊게 찌르진 못할 거라는. 찔리면 그대로 쓰러지는 척하면서 자세를 낮게 깔고 기습하기로 마음먹고 있었다.

쉬익! 내가 던진 참회교의 목걸이가 놈의 얼굴에 꽂혔다. 사람의 눈은 좌우에 달려 있어 밑에서 위로 갑자기 올려 치는 기습에 약하다던가? 참회교의 삐죽삐죽한 목걸이에 맞은 놈이 움찔하며 눈을 감았다. 그 틈에 나는 놈의 하복부를 향해 몸통 박치기를 먹이며 끌어안고 밀어붙였다.

계획대로 성공했다. 나 자신도 믿지 못할 힘으로 놈을 계속 밀어붙였고, 우리는 발코니로 가는 창문을 깨고, 난간을 부수고, 아래로, 수영장으로 함께 떨어졌다. 떨어지면서 주마등처럼, 첫날의 기억이 떠올랐다. 블루 마가리타 어쩌고 하며 떠들던 즐거웠던 순간.

우리가 함께 내지른 비명은 수영장의 첨벙 소리와 꾸르륵 소리에 덮였다. 안 죽고 풀장 속에 함께 떨어진 모양이다.

핏물 속에서 몸싸움을 벌였다. 놀랍게도 내가 더 유리했는데, 핏물에 한 번 빠진 경험이 있었기 때문이었다. 은철은 처음 빠져보는 핏물 풀장 속에서 기겁했고, 나는 놈을 물밑으로 자꾸 끌어내렸다. 핏물을 잔뜩 삼킨 녀석은 맥을 못 췄다. 나는 기회를 틈타 위로 올라가 크게 숨을 한 번 쉬고, 다시 놈을 위에서 찍어 눌렀다. 놈의 저항은 점점 더 약해졌다.

부옇게 분비물이 깔린 수영장 바닥에서, 나는 은철을 죽였다. 내가장 친한 친구, 내 멱살을 잡고 꺼내줬던 은인, 그리고 다른 친구들을 죽인 살인자의 시체를 그대로 둔 채 혼자 수영장 밖으로 나왔다.

타일 바닥에 쓰러져 울다가, 은철의 칼에 찔린 어깨의 상처가 벌어지고 피가 콸콸 쏟아지고 있다는 것을 깨달았다. 나는 대충 손으로 틀어막은 채 움직이기 시작했다. 3층까지 올라가서 연경을 구해야 했다.

기력이 모자라서 도저히 해낼 수 없겠다고 생각한 순간, 경찰이 도착해 문을 두드리는 소리가 들려왔다.

나는 안심하고 눈을 감았다.

에필로그

경찰이 출동했다. 별장 3층에서 한 여성을 구조했다. 그리고 남자 네 명의 시체를 발견했다. 한 명은 지하실의 감옥에서, 나머지 셋은 수영장에서 발견되었다. 수영장에서 발견된 시체 중 하나는 하루 전쯤에 일정한 크기로 토막 난 상태였고, 한 명은 익사했으며, 마지막 한 명은 과다 출혈로 죽은 지 얼마 안 된 상태였다.

지하의 감옥에는 그림이 있었는데 커다란 거인 한 명과 거인을 숭배하는 열두 명의 작은 인간들의 모습이었다.

  2023년 봄, 결막결석을 제거하러 안과에 갔습니다. 대기실 의자에 앉아 차례를 기다리던 중, 연습장을 꺼내서 트릭 아이디어를 이리저리 써봤습니다. 치료받기 전의 불안감 때문인지 유난히 기괴한 분위기의 트릭이 떠올랐습니다. 간략한 그림으로 그리다 보니, 이에 어울리는 기괴한 집단, 사이비 종교에 대한 아이디어로 이어졌습니다. 언젠가 사이비 종교를 핵심 키워드로 삼는 연작 단편을 써보고 싶다는 욕망도 생겼습니다.

  그렇게 연작 단편에 관한 생각을 품고 지내던 어느 날, 기존 아이디어와 연관된 새로운 트릭을 하나 더 만들 수 있었습니다. 사이비 종교 관련 아이디어와 새로운 트릭을 다듬어 활용한 작품이 〈깊은 산속 풀빌라의 기괴한 살인〉이라는 소설입니다.

  초기 기획 단계에서부터, 기괴하면서도 공정한 본격 추리소설을 구현해내고 싶었습니다. 그리고 이를 위한 요소들을 고려하며 집필을 시작했습니다.

  집필 중 위기도 몇 번 찾아왔습니다. 하나만 꼽자면, 예상보다 기간과 분량이 점점 불어났다는 것입니다. 이 한 작품만 붙잡고 있을 수도 없었기에, 집필을 잠시 중단했다가 재개하는 일을 반복했습니다.

이런 과정을 통해, 2023년에 단편으로 시작한 작품이 2024년에 중편으로 완성됐습니다.

이번 작품을 쓰면서 많은 걸 배우고 느꼈습니다. 특히 황금펜상 후보에 오르게 되어 예상치 못한 큰 보람을 느꼈습니다. 이 작품을 재미있게 읽어주신 모든 분께 고개 숙여 감사드립니다.

앞으로 더 재미있는 소설을 쓸 수 있도록 정진하겠습니다.

2024 제18회
한국추리문학상 황금펜상

박인성(문학평론가)

올해도 2024년 한국 미스터리 문학의 발자취를 돌아보는 18회 한국추리문학상 황금펜상 심사를 진행했다. 지난 1년간 발표된 미스터리 단편소설을 대상으로 검토가 이루어진 예심을 거쳐 총 6편의 작품이 본심 후보작으로 추천되었다. 본심의 수상 후보작들은 김범석의 〈깊은 산속 풀빌라의 기괴한 사건〉, 무경의 〈낭패불감, 이러지도 저러지도 못하고〉, 박건우의 〈환상통〉, 장우석의 〈고양이 탐정 주관식의 분투〉, 정해연의 〈원해〉, 홍선주의 〈회귀〉다. 올해는 다양한 경향의 미스터리 하위장르 작품들이 본심에 진출했다. 본격 미스터리에서부터 사회파 미스터리, 코지 미스터리와 일부 특수설정을 활용한 작품들도 눈에 띄었다. 이와 같은 다양한 하위장르가 시도되고 또한 주목받았음은 고무적이며, 심사

과정에서도 각각의 개성적인 장점과 미스터리로서의 포괄적인 매력을 섬세하게 살피고 비교하는 과정이 필요했다.

우선 김범석의 〈깊은 산속 풀빌라의 기괴한 사건〉은 공간적 구성을 이용한 트릭의 활용과 클로즈드 서클을 구성한 작품 분위기가 매력적이라는 평가였다. 잔인하면서도 말초적인 사건을 전시하면서 이를 추리해나가는 즐거움을 주는 본격 미스터리의 원초적인 매력을 잘 살린 작품이다. 하지만 클로즈드 서클이 현실로부터 유리된 미스터리만의 독립적 공간을 만드는 방식은 편의적이라는 인상이 강했다. 인물과 동기에 대한 이해 역시 마찬가지였다. 도박, 사이비 종교, 왜곡된 욕망까지 다양한 소재를 활용하고 있지만, 이러한 요소들이 효과적으로 연계되며 이야기의 의미화에 기여하는 것은 아니며, 소설적인 공간성이 가진 개성이 미스터리가 심화되는 깊이감으로까지 이어지지 못한 점이 다소 아쉬웠다는 평이다.

박건우의 〈환상통〉은 시대적인 참극으로부터 회복되지 못한 정신적 상흔을 가지고 살아가는 인물의 삶을 심리학과 정신의학에 기반하여 병리적 현상의 추리 과정으로 그려냈다는 점에서 예외적인 작품이라고 할 수 있다. 하지만 단편이라는 분량의 한계이기도 하겠으나, 시대적인 사건에 대한 천착과 여전히 지속되는 고통의 의미를 다룬다는 장점에도 불구하고, 개인 삶의 차원에서만 집중된 형태의 고통을 환기한다는 점에서 다소 제한된 해석으로 독자를 이끌어가는 측면이 있었다. 미스터리 장르가 다룰 수 있는 인간 내면의 복잡성을 구체화한 장점은 분명하지만, 소재와 사회적 맥락을 재현하는 방식의 제한성 및 그에 따른 전체 이야기 의미의 확장 가능성을 고려할 때 아쉬움이 남는다는 평이 있었다.

장우석의 〈고양이 탐정 주관식의 분투〉는 고양이 실종 사건을 다룬 일종의 코지 미스터리에서 인간 심리와 돌봄의 문제를 다루고자 한 점에서 시의성을 잘 반영하고 있는 작품이었다. 하지만 전반적인 이야기 전개에 있어서 아파트 단지라는 제한된 공간에서 이루어지는 추적 과정이 다소 번거롭고, 구구절절하게 전개된다는 아쉬움이 있다. 일상적인 삶의 감각에 집중하여 반려동물과의 공존의 문제를 구체화하지만, 아파트 단지라고 하는 인간 거주 공간에 대한 의미화 및 그에 대한 사회적 진단 및 문학적 판단으로까지 이어지지 못한 점이 아쉽다고 할 수 있다. 코지 미스터리가 가진 일상의 단면에 응축된 미스터리의 확장 가능성을 충분히 끌어내지는 못했다는 평이다.

홍선주의 〈회귀〉는 동시대적인 소재들을 바탕으로 다소 개성적이지만 남다른 인물의 동기와 트릭을 활용해 비약적이면서도 흥미로운 전개를 보여준 작품이다. IT 업계의 너드형 인물의 자기 폐쇄적인 성격과 통속적이고 이기적인 여성의 자기중심적인 성격을 연결하여, 인물들의 욕망이 좌절되는 방식으로 모든 사건을 정리하는 과정이 다소 비약적이지만 동시에 매력적인 측면이 있다. 하지만 각각의 인물들 저변의 동기를 전달하는 방식에서 충분히 설득력이 있었는지에 대해서는 의문이 있다. 특히 예외적인 인물 구성과 그들 사이의 관계에 대한 압축적인 묘사가 전체 미스터리를 위해 편의적이고 기능적으로 표현됐다는 점이 주된 아쉬움으로 남았다.

앞에서 언급한 작품들은 저마다 미스터리 하위장르의 개성을 담보하면서도, 전체 이야기의 구성적 매력이나 설득력에 있어서는 다소 아쉬움이 남았다. 따라서 이번 본심에서는 심사위원들 사이에 손쉽게 최종 후보작 두 편으로 논의를 집중할 수 있었다. 바로 무경 작가의 〈낭패불감, 이러지도 저러지도 못하고〉와 정해연 작가의 〈원해〉다. 두 작품이 도달한 미스터리로서의 수준은 비슷하게 보았으나 각각의 장단점이 상당히 다르다 보니, 저마다의 수상 자격에 대해 여러 각도에서 논의가 이루어졌다.

먼저 정해연의 〈원해〉는 전반적인 이야기 전개와 구성이 탄탄하고 완성도가 높은 작품이었다. 여성 스토킹에 대한 구체적인 재현으로서 가지는 시의성과 이를 비틀어 주인공이 겪는 이중의 소외를 효과적으로 그리는 데 성공했다. 이러한 구성적 특징이 촘촘한 이야기 전개 속에서 미스터리적인 반전의 효과를 거두는 것 역시 안정적이다. 반면에 소위 미녀 주인공이 남녀 모두에 의해 고통을 받는 상황은 다소 단순한 사회적 통념으로 환원되는 측면이 있다. 이러한 단순성은 인물 동기의 차원에서 더욱 아쉬움으로 연결된다. 물론 스토킹 범죄를 다룰 때 민석이 가진 동기로도 핍진한 측면이 있지만, 이야기가 한 차례 반전을 겪으면서 더욱 깊이감 있는 동기를 요구하게 된다. 하지만 진범이라고 할 수 있는 수옥의 동기가 민석의 동기에 비해 통속성의 범주에서 크게 차별성이 없다는 점이 결말의 효과까지 감소시킨 것 같다.

무경 작가의 〈낭패불감, 이러지도 저러지도 못하고〉는 우선 이 작품이 미스터리인가에 대한 관습적인 질문을 해결할 필요가 있었다. 그러나 오이디푸스 왕의 이야기처럼, 가장 오래된 미스터리적인 이야기에서 근본적인 미스터리는 자기 정체성에 대한 수수

께끼를 풀어나가는 고전적인 비극에 뿌리를 두고 있음을 환기할 필요가 있다. 이 소설에서 악마의 등장은 단순한 특수설정이 아니라는 점이 우선 긍정적인 평가를 이끌었다. 이 소설의 구성은 오늘날의 특수설정이 아니라 악마와의 만남이라는 오컬트물의 외양을 빌려 한 인물의 죄의식으로 가득한 삶에 대한 재구성을 수행하는 심리적 공간의 재현으로 이해해야 한다. 악마는 외부의 오컬트적인 존재가 아니라 우리의 내면에 깃들어 있으며, 주인공을 사로잡은 모든 죄의식과 진실을 과거의 딜레마를 반복하는 방식으로 다시금 고통스럽게 경험하는 것이야말로 자기 정체성에 대한 비극적인 재발견이다. 미스터리란 이처럼 여러 단서를 발견해나가는 과정에서 회피할 수 없는 필연적인 자기 발견의 장르이기도 하다.

심사위원들은 논의를 거쳐 최종적으로 〈낭패불감, 이러지도 저러지도 못하고〉를 올해의 황금펜상 수상작으로 선정하는 데 합의할 수 있었다. 이 소설은 요즘처럼 특수설정 미스터리가 난립하는 시기에, 아주 예외적인 특수한 상황에서 시작된 미스터리의 발견이 근본적으로 삶을 복습하고 재구성하는 과정으로 발전하는 사유의 추리를 심층적으로 소화한다. 또한 지엽적일지라도 역사적인 맥락을 통해서 한 개인의 삶이 자신의 과거와 죄의식에서 벗어날 수 없음을 자각하는 반성적 추리 과정에서 현재 자기 자신을 재발견함으로써, 미스터리라는 장르가 과거와 현재 사이의 투쟁적인 해석적 이야기라는 사실을 효과적으로 환기한다. 이 심사평을 통해서 올해 황금펜상을 수상한 무경 작가에게 각별한 축하를 보낸다. 또한 수상한 무경 작가 외에도 후보로 언급된 작가들, 그리고 2024년 한 해 미스터리의 다양한 스펙트럼과 하위장르의 개성적 즐거움을 선보인 작가들 모두에게 격려와 응원을 보낸다.

한국추리문학상 황금펜상 본선 심사위원

백휴, 박광규, 박인성

수록작 발표 지면

낭패불감, 이러지도 저러지도 못하고_무경 《계간 미스터리》81호, 나비
클럽)

회귀_홍선주 《계간 미스터리》80호, 나비클럽)

고양이 탐정 주관식의 분투_장우석 《계간 미스터리》80호, 나비클럽)

환상통_박건우 《계간 미스터리》82호, 나비클럽)

원해_정해연 《미친 X들》, 안전가옥)

깊은 산속 풀빌라의 기괴한 살인_김범석 《계간 미스터리》83호, 나비클
럽)

한국추리문학상 황금펜상 수상작품집 2024 제18회

초판 1쇄 펴냄 2024년 12월 12일

지은이 무경 홍선주 장우석 박건우 정혜연 김범석
펴낸이 이영은
편집장 한이
교정 오효순
홍보마케팅 김소망
디자인 여상우 조효빈
제작 제이오
인쇄 민언프린텍

펴낸곳 나비클럽
출판등록 2017. 7. 4. 제25100-2017-0000054호
주소 서울특별시 마포구 동교로22길 49 2층
전화 070-7722-3751 팩스 02-6008-3745
메일 nabiclub@nabiclub.net
홈페이지 www.nabiclub.net
페이스북 @nabiclub
인스타그램 @nabiclub

ISBN 979-11-94127-10-9 03810